满族说部研究丛书（第一辑）

主编 邵汉明

满族说部文本研究

朱立春 等◎著

長春出版社

全国百佳图书出版单位

国家出版基金项目
NATIONAL PUBLICATION FOUNDATION

图书在版编目(CIP)数据

满族说部文本研究 / 朱立春等著. -- 长春 : 长春出版社, 2016.8
(满族说部研究丛书. 第一辑)
ISBN 978-7-5445-4556-3

Ⅰ. ①满… Ⅱ. ①朱… Ⅲ. ①满族-少数民族文学-文学研究-中国 Ⅳ. ①I207.921

中国版本图书馆 CIP 数据核字(2016)第200623号

满族说部文本研究

著　　者:朱立春等
责任编辑:李春龙
封面设计:楠竹文化

出版发行:長春出版社
总编室电话:0431-88563443
发行部电话:0431-88561180
地　　址:吉林省长春市建设街 1377 号
邮　　编:130061
网　　址:www.cccbs.net
制　　版:荣辉图文
印　　刷:吉林省赛德印业有限公司
经　　销:新华书店

开　　本:787 毫米×1092 毫米　1/16
字　　数:285 千字
印　　张:18.75
版　　次:2016 年 8 月第 1 版
印　　次:2016 年 8 月第 1 次印刷
定　　价:38.00 元

编 委 会

总序

作为第一批国家级非物质文化遗产项目，满族说部不仅由吉林省申报，其国家级、省级传承人富育光先生和省级传承人赵东升先生，都生活在吉林省；作为传统的满族及其先世女真、渤海等肃慎族系民族，在当今的吉林大地，留下了众多传统生活的遗址、遗迹和大量文物；作为佛满洲（满语，汉译“旧满洲”）重要组成部分的海西女真以及清代驻防八旗、京旗回迁等满人后裔，至今仍是吉林省人口构成的重要成分；某些在吉林地区已有数百年生活史的满族家族，至今保留着浓郁的满族民俗和珍贵的萨满祭祀、谱牒传修、族史讲说等原生态的民族传统，成为国内外民族、民俗学者进行田野调查和追踪研究的样本。

正因为如此，2011 年 9 月，由吉林省社会科学院牵头，联合吉林省民族宗教研究中心、吉林大学、东北师范大学、延边大学、长春师范大学、北华大学、四平师范大学、长春大学、通化师范学院（今长白山大学）等相关高校、研究单位，成立了吉林省满族说部学会，以满族说部的研究与推广为宗旨，致力于满族说部文本以及传承演进过程和关系的研究、满族说部与满族历史文化关系的研究等，团结专业研究者和业余爱好者，深入研究、普及和推广满族说部及其研究、开发的成果。

学会成立以来，不仅持续组织会员深入满族聚居区进行田野调查，而且与有关学校联合建立研究基地，进行“满族说部进校园”等系列普及活动，还推动学会会员，在文本研究、价值研究、历史文化研究、基础理论研究、保护与传承研究和比较研究多个层面，对满族说部开展全方位的学术研究，先后在《社会科学战线》《黑龙江社会科学》《东北史地》等学术期刊开辟专栏，集中推出研究成果；学会的第一部研究论文集《满族古老记忆的当代解读》，于2012年正式出版；在学会的组织、推动下，先后有三位学会会员申报的研究项目获得国家社会科学基金立项。

在此基础上，学会组织骨干力量，撰写“满族说部研究丛书”。第一批三部著作分别是由朱立春等著的《满族说部文本研究》，由杨春风、苏静、李克合著的《满族说部英雄主题研究》和周惠泉研究员的遗著《满族说部口头传统研究》。此前，有关满族说部研究的专著，只有中国社会科学院少数民族所高荷红博士的《满族说部传承研究》（中国社会科学出版社2011年版）、杨春风与苏静合著的《满族说部与东北历史文化》（吉林文史出版社2013年版）、郭淑云教授的《〈乌布西奔妈妈〉研究》（中国社会科学出版社2013年版）和部分论及满族说部基础理论问题的王卓研究员的《清代东北满族文学研究》（吉林文史出版社2013年版），而系列性地集中推出满族说部研究专著，还是第一次。

《满族说部文本研究》，全书共分六章，系统研究满族说部代表性文本的历史和文化价值，重点研究神话史诗类说部文本的体系化特征，并以满族及其先民社会历史生活为蓝本，揭示满族及其先民的萨满教观念及其思维模式、民族特征等。

《满族说部英雄主题研究》认为，满族说部是满族先民历史文化的百科全书，讲述了满族先民在几千年的历史长河中不断克服困难、拼搏进取的历史轨迹。满族说部中的绝大部分作品中都存在英雄主题，因为满族先民相信唯有明决果敢、大智大勇的英雄才能带领他们走出困境，进而发展壮大。

《满族说部口头传统研究》，是国家社科基金研究成果，对满族说部的口承传统做了溯源性的考察，并将满族说部放在整个中国文学史的背景下考察其意义。

“满族说部研究丛书”的第一批成果，是学会成立以来学术研究的集大成之作，代表着吉林省满族说部研究的阶段性成就。希望以此为起点，将满族说部研究持续推进下去，为满族说部研究本身及其对于满族文化、东北地域文化、中华文化和人类文化的珍贵价值，逐步挖掘出来，也为文学、历史学、民族学等学科研究视角的拓展、研究资料的丰富提供更多的借鉴。

2014.10.20

目录

第一章
满族说部文本概况

第一节　满族说部文本的传承与保护

满族说部是2006年国家首批非物质文化遗产的项目，也是吉林省第一个被列入国家非物质文化遗产名录的项目。满族说部，满语称为“乌勒本”，意即“讲古”“讲根子”，是满族千百年来传承保留下来的珍贵的口传历史和文化。

满族说部作为特定族群的表达样式，和其他民间文化样式一样，被纳入传统文化的抢救和保护范围，已引起越来越多的关注。满族讲唱说部主要在氏族内以口耳相传，代代承继。早期说部多用满语说唱，清中叶后满语渐废，遂改用汉语讲唱。说部是满族对其先民历史的记忆，其中提及的历史内容有的鲜为人知，有的弥补了我国北方历史文献记载的不足，是研究东北民族史、疆域史、民族关系史，以及人类学、社会学和民俗学的珍贵资料。

满族说部的整理与研究是北方人类文化史上的壮举和重大发现，给中国民族学、文学、历史学的研究增添了光彩，极大地丰富了人类的非物质文化遗产宝库。满族说部作为国家级非物质文化遗产优秀代表作和国家文化遗产的珍品，目前已经为国际学术界、文化界所瞩目，享有很高的声誉。

中国史诗研究正在突破西方史诗研究的经典范式。口传史诗作为特定族群或集团的文化表达样式，与其他民间文化样式一样，被纳入传统文化的抢救与保护范围，引起越来越多的关注。中国各个民族史诗主要是活形态的史诗，这一点也是中国史诗学科建设的生长点。中国各民族史诗总数，估计当在一千种以上。中国史诗谱型丰富，横跨五个语系，含纳了几十个民族的文化传统，在分类上更有英雄史诗、创世史诗和迁徙史诗三大类型。史诗文本的类型复杂，史诗歌手的类型在世界上更具特色。

满族说部的整理出版具有重大的研究价值。首先，由于满族说部产生于满族传统的渔猎经济环境和绵延数千年的氏族制社会政治环境，与汉族以农耕为主的经济、社会、文化类型有别，构成了中华民族多元一体文化的一个重要组成部分；其次，满族说部篇幅浩帙，包含了满族及其先世数百甚至数千年层层累积而成的丰富的文化信息。

满族说部被列入国家第一批非物质文化遗产名录以来，引起各方热烈关注。满族说部体例宏大，在民间的传播方式从以满语在民族内部口耳相传，到用满汉相兼的语言讲述（用手抄本或神本子或其他形式相传），再到后世主要用汉语书写的形式传承，直到现在多种方式传承并存。

二

人类数千年来所创造和绵延不绝的物质和非物质文化遗产，是中华民族取之不尽、用之不竭的宝贵财富，在历史中虽时有更迭变幻，但时时处处又在丰富发展着，焕发出新的生命力。我们对北方民族文化的考察，便是在如此不断地校正、充实中，完成自己普查之路的。文化考察是对已逝文化的探索和挑战，它并不都能够因为人们主观意愿就可事半功倍，多数情况下都需要随时修正调查航标，只有实实在在地熟悉采录对象的历史、语言、文化，紧紧围绕符合调查对象的心理情感，并与之融为一体，才能得到理想的效果。

考古发掘资料表明，在东北这片富饶美丽的沃土，人类文明开发史极其悠久。远古时代，曾经生息着古肃慎人以及与肃慎族文化相通的古老民族。历史上，东北民族地方政权从汉魏以来即颇有影响，如夫余、高句丽，渤海国及其后的辽、金、清，至今仍在东北居住的土著民族有满、蒙、达斡尔、鄂伦春、鄂温克、锡伯、赫哲等少数民族。而且，东北边疆又与俄、朝两国交壤，与两国有着久远的人文、历史、地理等诸方面关系。东北史地的研究因而十分重要，始终备受国内外关注。新中国成立以来，我国东北史地研究成果斐然，涌现众多著名学者和传世佳作。

20 世纪 70 年代后期，吉林省社会科学院佟冬院长提出“不要嫌苦，怕风险，将东北史研究尽快搞起来”，首先建立起东北民族文化研究室，在全国最早实施对东北诸少数民族文化遗产的挖掘、抢救、翻译与整理，承担起北方民族文化抢救的大业。其中，特别在黑龙江省宁安、瑷珲启动了对满族传统说部考察、挖掘和抢救工程，几乎走遍大半个中国。经过锲而不舍地努力，除了挖掘和梳理出大量中国北方诸民族萨满文化遗存，还结识了多位年高德劭的各民族文化传承人，喜获满族说部传藏线索和数百万字的手抄文本，在萨满文化和满族说部等沉积有年的重大项目上取得科研的主动权和发言权，客观上也为东北史地研究提供了珍稀的民间史料，推动了对东北民族史、地方史、边疆史等人文学科研究的深入发展。

满族颇具传奇性，在中国古代史、近代史中有着特殊的地位与影响。众所周知，满族是东北地区一个古老民族，自古便生息繁衍于黑水白山之间，其民族文化在清代达到鼎盛。清朝二百余年中，满文、满语被作为“国语”，广泛使用。清亡后满语废弃，满族的生活、文化与汉族文化进一步趋同。

有明以来，东北辽东、黑龙江出海口及黑龙江以北广袤地域的开发等众多问题的梳理与研究，中国疆域史、中国北方民族关系史、有清一代满文在世界的地位与作用等，都与满族文化历史发展进程有着千丝万缕的联系。正因如此，满族史及满学研究始终成为国内外多学科关注的课题。从 20 世纪 80 年代初以来，我们紧紧抓住这个要点开展调查研究。由于受极“左”思潮的影响，在一些满族群众中总觉得“几代辗转迁徙，祖传遗物散失殆尽”，“久已不会满语，跟汉人没啥异样”，甚至流露出自卑愧疚感，更担心外露家藏文物而招惹是非，避谈祖先往事，社会上亦有某些人士对满族文化遗存实况持有疑义。为冲开来自社会传统观念的阻力，我们在群众中广泛做宣传和疏通工作，排除多方干扰；到满族聚居的村屯住下去，设法接近满族各姓穆昆达（族长）、哈喇达（本姓长老）、萨满达（主祭萨满）及文化知情人，与之同吃同住同劳动，甚至到卫生院帮助照护病人，用我们的赤诚赢得群众的信任。他们把许多隐匿多年的家传文物无私地拿出来，包括大宗清亡后满族祖藏满文萨满手抄神谕、满文档册谱牒、诰封、神服、神器、神偶、茔地山川舆图等珍稀遗物，并为我们举荐深孚众望的说部传本收藏人及手订说唱文本。这让我们深受震撼：民族文化遗存不因社会风云变幻而消失，它之所以永葆无限的生命力，就是因为在各民族中，都有一批可钦可敬的文化传承人，像保姆、园丁、卫士一样精心呵护着祖宗文化。

在黑龙江、内蒙古、吉林各地人们大力相助下，我们多次分别召开民族文化遗存展示会和民族民俗遗产摄录会，建立民族考察基地和民族文化信息员队伍，激发民族文化的自豪感和保护民族文化的责任心。东北地区满族传统说部的挖掘和抢救，亦在此基础上日益活跃起来。

二

满族说部，属于在我国北方满族及其女真先民中传袭古老的民间口承艺术遗产，满语俗称“乌勒本”（ulabun），译成汉意就是“传”或“传记”之意。数千年来，在满族先世女真众部落和满族诸姓氏族中代代传咏，至今在满族聚居区年近古稀之年的男女老人中，仍可记忆起童年时代老辈人们的一句耳熟的口头禅：满语“苏都离阿勒勒”（说史）、“夫勒赫阿勒勒”（唱根子）等话语。满族老人崇尚古俗，沿袭古风，凡有寿辰、婚嫁、出征、远猎、丧葬、祭祀等活动，老人们更倡行讲唱“乌勒本”，寓教于乐，激励民心，这实际上就是古代部落为凝聚族众、激励子孙、奋志蹈进，世世代代传袭着的民族习惯法，备受族众喜闻乐见。各部族所创造、积累、传袭下来斑斓多彩的“乌勒本”口碑故事，经时代磨砺，与日月同辉。脍炙人口的满族说部，以激昂磅礴的气势、雄浑凝重的历史文化积淀、传袭不衰的独特讲唱形式，讴歌了氏族聚散、古代征战、部落兴亡、英雄颂歌、蛮荒古祭、民族和重要人物史传，堪称民族文化瑰宝。满族说部是民族史诗和百科全书，在我国北方诸民族民间文学遗产中，占有着重要的地位。只是随着近世社会的变革和生活的变迁，它渐被人们遗忘，濒临消散的危境。

关于"说部"一词的来源，考其因，晚清至民国以来，满语渐废，社会生活已习用汉语，瑷珲、吉林和北京的满人便将满语"乌勒本"渐渐改称"说古""满洲书""英雄传""说部"等名称。"乌勒本"古语，只在谱牒和萨满神谕里依稀可见。但是，人们仍感到"满洲书"等众多称谓，既不像满语便于人们的理解与传播，也未能鲜明体现"乌勒本"内容的艺术特征。20世纪30年代后，瑷珲等地满族说部传承人们便用"说部"一词代替，借以表示并区别在满族斑斓多彩的民间文学遗产中，除有喜闻乐见、家喻户晓的"朱伦""朱奔"，即活泼短小的歌谣、俚语、"奶奶口中的古趣儿"之外，尚有大宗独特而神圣的家珍，那便是祖先留下的一部部恭放在神龛上炫耀氏族生存历史、记载部族非凡伟业的泱泱巨篇。"说部"虽借用汉词，并不是源出汉语，也是从满语转译来的。瑷珲大五家子村老人们常说"满朱衣德布达林"（manju I tebtelin），汉意即"满洲人的段落较长的说唱文学"，即韵体满族说部。"德布达林"艺术形式在满族等北方民族中出现很多，实际上就是民间叙事诗，专有讲唱艺人，有不少题材就是民间史诗。如，至今仍有满族老人会咏唱的《莉坤珠逃婚记》，又叫《莉坤珠德布达林》，就是一部动情的悲情史诗。"说部"一词一经叫出便被大家所接受，后来便沿用下来。①

笔者认为，"乌勒本"与"说部"两个名称，代表时代的发展，

---

① 公布"说部"一词，见富育光《萨满教与神话》后记，沈阳：辽宁大学出版社，1990年，第340页。另，1986年4月在广西南宁"中芬两国民间文学搜集保管学术会"上，富育光发表《吉林省学者多年对满族传统说部挖掘抢救成果》一文。次年12月，中国民间文艺出版社出版《中芬民间文学搜集保管学术研讨会文集》收入该文。

标志着满族说部随着社会生活巨变和观念的发展，亦有很显明地变革与丰富。而且随着社会前进，满族说部的名称还在发生变化。“乌勒本”从内容到形式上严循古风古制，使用满语讲唱，有氏族长辈或名师讲述，有严格的礼俗和秩序，显示氏族的凝聚力和神圣性；而“说部”发展到近世，恰恰是满族社会生活变化后的演进形态，是“乌勒本”口碑艺术传播过程中的嬗变。满语已逐渐退出历史舞台，氏族影响力日淡，讲唱“说部”失去往昔的排场，而且有的说部不归某氏族所独有，已传入社会，统属权混乱，有了很大的扩散性和自由性，甚至有的“说部”表现形式趋向话本和评书。

有关我国早期满族民间讲唱活动的史料十分匮乏，考察中国北方满族等通古斯语族早期社会现状，不能不提及史禄国先生。令我们兴奋的是，他的《满族的社会组织——满族氏族组织研究》和《北方通古斯的社会组织》两部呕心力作，用大量亲身考察的生动素材，为我们记述了20世纪前期中国北方满族等诸民族社会组织的生态原貌，并留下了难以复现的珍贵史料。他“于1912年开始对通古斯人进行民族调查，并于1915年来到阿穆尔河两岸，在这里的通古斯部落和满族人之中呆了约18个月”①，“1912年和1913年我曾到后贝加尔作过三次考察，1915至1917年期间我又去蒙古和满洲作了考察②”。作者在该书中最早披露了满族民众中传统的“说古”盛事：“讲述传说和故事是满族人喜闻乐见的一种消遣方式。这里有一种半专业性的故事能手，他们在人们空闲的时候表

① 史禄国:《满族的社会组织——满族氏族组织研究》,高丙中译,北京:商务印书馆,1997年,第1页。

② 史禄国:《北方通古斯的社会组织》,吴有刚等译,呼和浩特:内蒙古人民出版社,1985年,第1页。

演。满族人把幻想性的故事（他们称为‘说古’）与历史性的故事相区别，他们通常更喜欢历史性的故事。只有在冬天，满族人才为了听故事聚在一起，他们在下午和晚上花很长的时间听故事能手讲述。他们更喜欢男故事能手，而不是女故事能手。”① 文中强调“更喜欢男故事能手，而不是女故事能手”的说法，记述十分真实，完全证明史禄国先生确实参与了民间活动，感触才会如此真切。满族人性格奔放，很少受中原礼教的束缚，讲唱说部无拘无束。满语本身幽默含蓄，若是男人讲唱，自然要比女人更随意，情趣横生，魅力四射。

作者在他另一部传世名著《北方通古斯的社会组织》中，又以极大的热情和大量的篇幅记述通古斯语群（包括满族）固有的说唱艺术。“通古斯”一词，“通常将操通古斯语群的民族称为通古斯北支，将以满洲族为中心的诸民族称为南支，两支总称为‘通古斯’”②。所以，在学术界一般讲到“通古斯”，亦涉及满族。“通古斯人非常喜欢各种社交活动，如婚礼、萨满跳神、像年度集市那样的商业集会，等等。他们利用这些机会娱乐。”③ “通古斯人爱听故事。有各种年龄、性别和风格的讲故事人。优秀的讲故事人受到场人们的赞赏。……他们讲的故事有好多种类，即多少被遗忘的叙事诗、历史传说、狩猎故事、恋爱故事以及关于动物和萨满教的故事

① 史禄国：《满族的社会组织——满族氏族组织研究》，高丙中译，北京：商务印书馆，1997年，第166页。

② 陈永龄主编：《民族词典》，上海：上海辞书出版社，1987年，第953页。

③ 史禄国：《北方通古斯的社会组织》，吴有刚等译，呼和浩特：内蒙古人民出版社，1985年，第503页。

等。……生动的场面和表情，往往由于听众的要求而重复表演。”①“往往因为受较长的故事或议论的吸引通宵不寐，一般是过半夜很久之后才就寝。”② 值得我们注意的是，文中提出在满洲通古斯人讲唱中有“多少被遗忘的叙事诗”，引起了作者的关注。这又恰是我们在民族民间文学采风中常忽略的方面。在我们的习惯意识中，似乎总以为中国不同于西方，缺少诗情，故而常常“遗忘”民族抒情诗的挖掘和抢救。史禄国先生有力证明满洲通古斯语群等北方诸民族中，确流传着脍炙人口的民间叙事诗。作者讲道：“在访问瑷珲（今黑河——译注）地区的满族人期间，我采录了称得上是满族的《奥德赛》的《特普他林》（tebtelin），它是由一位老太太口述给我的。我所记录的这一诗篇以及其他的故事、传说和各种不同的萨满歌词是我们进行民族研究的极好的参考资料。”③ “这部美不胜收的史诗以及满族民间文学的其他资料有一些部分已被翻译出来，但由于俄国的政治动荡而未能发表。”④ 作者不仅说明满族存在史诗，还将其比作“满族的《奥德赛》”⑤。我们多年来在北方民族文化田野考察中，深切感受满族等北方诸民族有着豪迈而乐观的禀赋和叱咤风云的民族性格，在社会生存和原始古祭中创造出众多激情跌

---

① 史禄国:《北方通古斯的社会组织》,吴有刚等译,呼和浩特:内蒙古人民出版社,1985 年,第 504 页。

② 史禄国:《北方通古斯的社会组织》,吴有刚等译,呼和浩特:内蒙古人民出版社,1985 年,第 493 页。

③ 史禄国:《满族的社会组织——满族氏族组织研究》,高丙中译,北京:商务印书馆,1997 年,第 2 页。

④ 史禄国:《满族的社会组织——满族氏族组织研究》,高丙中译,北京:商务印书馆,1997 年,第 3 页。

⑤ 作者似乎是指《尼山萨满》,可见 1917—1918 年瑷珲当时满人仍讲满语,当地称《音姜萨满》。

宕、饱蕴理念的长歌长诗，如《天宫大战》《乌布西奔妈妈》《恩切布库》《西林大玛发》等，仅是凤毛麟角，只可惜民族歌手相继离世，许多传世长歌没能记录下来。

三

文化人类学家爱德华·泰勒说：“历史是口头的或书面的回忆”，“研究蒙昧状态和野蛮状态及半文明状态的关系，需要几乎全部关于史前或史外的材料”。① 满族传统说部的传承源远流长，为后世保留下一笔重要的口头或书面的历史回忆。经我们长期苦心搜求，所获最早的说部体遗文，可追溯到辽金时代，而且数量可观，如《苏木夫人传》《忠烈罕王遗事》《金兀术传》《女真谱评》《金世宗走国》《海陵遗闻》《白花公主》等。其中，有的说部不论是史学价值还是艺术塑造都达到一定造诣，生活气息浓烈，保留金源古俗，千载流传不衰。金代历史传说故事如此丰富，绝非偶然。这与金代君臣身体力行地倡导祖德宗功密不可分。《金史》卷六十六载：“女真既未有文字，亦未尝有记录，故祖宗事皆不载。宗翰好访问女真老人，多得祖宗遗事。……天会六年，诏书求访祖宗遗事，以备国史。”② 这段记载，必然对当时金代女真部族讲唱“祖宗遗事”或“乌勒本”活动是极好的发动。金世宗完颜雍，女真名乌禄，是金史中颇有政绩的女真君主，他不忘女真旧俗，热心倡导女真古风。大定十三年（1173）四月，他对皇太子说：“朕思先祖所行之事，未尝暂忘，故时听此曲（指在睿思殿上歌者所歌之女真词），

① 爱德华·泰勒：《原始文化》，连树声译，上海：上海文艺出版社，1992年，第38页。

② 《金史》卷六十六《完颜勗传》，北京：中华书局，1975年，第1588页。

亦欲令汝辈知之。汝辈自幼惟习汉人风俗，不知女真纯实之风，至于文字语言，或不通晓，是忘本也。”① 金世宗不令女真后裔忘本，重视女真纯实之风，于大定二十五年（1185）四月，幸上京，宴宗室于皇武殿，共饮乐。在群臣故老起舞后，自己吟歌，“曲道祖宗创业艰难……至慨想祖宗音容如睹之语，悲感不复能成声”②。元人宇文懋昭在《金志》中记载了金代女真人有趣的古习，“贫者以女年及笄行歌于途，其歌也乃自叙家世”③，形象而生动地描绘民间女子讲唱身世故事，并以此求偶的活动。

渤海靺鞨时期，满族说部内涵亦有可喜发展，如在吉林省珲春搜集到日伪时期日本人采录的《银鬃白马》④ 和新中国成立以来陆续录记和征集的《红罗女》《红罗女三打契丹》《红罗与绿罗》《二十四块石传奇》等，均属同一主题。进入明代特别是明中叶以后，中国北方满族说部的产生和传播则进入空前繁荣时期，其题材广、形式活泼、内容丰富，讲述与传承者亦不单纯拘泥于某个氏族哈喇（姓氏），甚至有高官显贵亦加入说部的创作、讲述与传播中，更加彰显了满族说部的史学和文学艺术价值。如为人们熟知的《扈伦传奇》《萨大人传》《老将军八十一件事》《飞啸三巧传奇》《雪妃娘娘和包鲁嘎汗》《东海沉冤录》《两世罕王传》等，都记载了明清以来在历史上卓有建树的名人勋业，便是典型代表。

满族是善于学习、积极进取的民族。早年“几乎所有的满族人

---

① 《金史》卷七《世宗本纪》中，北京：中华书局，1975 年，第 892 页。

② 《金史》卷三十九《乐志》上，北京：中华书局，1975 年，第 891—892 页。

③ 《大金国志校证》卷二十九《婚姻》，北京：中华书局，1986 年，第 553 页。

④ 《白马银鬃》系日伪时期由东京出版的一本日文《满洲昔话》书中刊载。

都读满文、写满文，但是他们也懂汉语，并且对汉语文献极有兴趣”①。《清史稿·选举志·学校》载：“有清学校向沿明制，京师曰国学，并设八旗宗室等官学。直省曰府州县学。世祖定鼎燕京，修明北监为太学，顺治元年置祭酒、司业及监承、博士、助教、学录、典籍、典簿等官，设六堂为讲肆之所，曰率性修道，诚心正义、崇志广业，一仍明旧。”又载：“康乾间天子东巡，亲诣阙里，拔取生员。”仅以清代重镇瑷珲为例，瑷珲乃人才荟萃之地，涌现众多满族说部与此有着必然联系。清康熙朝之前，瑷珲为荒芜千年的漠北渔村。

据《黑水精英传》《萨大人传》讲述，清康熙二十一年（1682），清军都统郎谈、彭春，副都统玛拉，奉旨由京师星夜兼程抵瑷珲，马背上除驮干粮水囊外，还带来了康熙皇帝赏赐给瑷珲的汉书和国学（满文）读本。八旗将士闲暇时，便由彭春、玛拉教授满文。满族著名民俗笔记《瑷珲十里长江俗记》载：“瑷珲满文长于宁古塔，几族同窗，共延满师，日久打虎儿、索伦有国学绝精者，盖兴旺自圣祖朝彭春公之创。”瑷珲、齐齐哈尔等地还相继建立满洲官学。康熙三十四年（1695），黑龙江将军萨布素于墨尔根（嫩江）两翼各立一学，这是黑龙江设立最早的官学。此后，经乾隆朝一直到咸丰、同治年间，瑷珲地方官学始终坚持下来，培养出众多北方名流。当时，清军大营中还留下排序讲唱满族说部的传统。八旗丁勇，应召来自吉林、盛京、宁古塔等几处，初驻北域，语言习俗迥异。帐外风雪坚冰，寒夜难度，都统彭春率先给大营众将士讲唱满洲说部，还让各旗牛录领兵大人都参与进来，达斡尔

---

①　史禄国：《满族的社会组织——满族氏族组织研究》，高丙中译，北京：商务印书馆，1997年，第164页。

族、鄂伦春族将士也要讲唱本族故事。清军胜利回师后，瑷珲各族将传播满文、唱讲说部之风，一直传袭下来。有清一代，齐齐哈尔、瑷珲、墨尔根文化荟萃，影响四周集镇，诸种满文传抄件甚多，直至民国期间亦甚突出。由此窥见，满族传统长篇说部虽为数十万甚或近百万言泱泱巨篇，绝非文化愚氓者所能为之。它集多种条件和因素而诞生，有着广泛的社会基础和深厚的文化底蕴。考察满族说部的创始者，虽有荷马史诗型人士，更有满汉齐通的大家，朝廷的学士、编修、将军。他们博古通今，甚至通晓阿尔泰语系诸民族语言、风俗，使满族说部独具一格，具有历史学、民族学、宗教学、社会学、民俗学等多学科价值，令各方人士百听不厌，爱不释手。满族名门望族还不惜银两，延请汉学名师，意在延续和传承满族说部。民国以降，部分家族说部失传或传留日少。近世满族说部的传承人如祁世和、何荣恩、程林元、刘显之、傅英仁、马亚川、富希陆、关墨卿、徐昶兴、孟晓光等，都是满族诸姓有较高文化的著名人士，其中有几位不仅通晓汉文而且满文亦很好。黑龙江省孙吴县四季屯村至今能讲流畅满语的何世环老人，她的父亲何蔼如先生满汉齐通，是瑷珲下马场村小学校长。在某些人的观念中，讲述满族说部者只是普通的农民，没什么文化，事实恰恰相反，他们都是文化修养比较深厚的民族知情人和文化传承人。

四

满族世代根深蒂固的氏族祖先崇拜观念，是满族传统说部永葆无限生命力的源泉，也恰是满族说部至今得以流传的奥秘之所在。在东北满族聚居的诸姓中，至今仍维系着凝聚氏族力量的精神支柱——穆昆制。古老的穆昆制度，是以同一“哈喇”（姓）为轴心，凝聚成坚强而紧密的同一血亲的氏族生存集群。恩格斯曾说“氏族的名字创造了谱系”①，就是指“哈喇谱系”。凡在这同一谱系下的本“哈喇”子孙，既有弘扬本“哈喇”之天职，又有承袭本“哈喇”一切遗产的权利。为此，氏族首领穆昆达、哈喇达以及萨满们，处心积虑地创造本哈喇的非凡和荣耀，传咏下来本族的创世神话和祖先英雄故事，作为氏族的精神财富，并培育儿孙驾驭“对周围生物环境的高度熟悉、热心关切，以及关于它的精确知识②”的本领，成为高扬氏族文明的后继者。这种古老而严肃的观念，潜移默化地激励和影响满族说部的世代传承。

满族民俗笔记《瑷珲十里长江俗记》云：“乌勒本皆咏己事，不言外姓哈喇轶闻趣话。盖因祭规如此。凡所叙故事，与神案谱牒同样至尊，享俎奠，春秋岁列阖族祭仪中。唱讲者各姓不一，有穆昆达，有萨玛。而萨玛唱讲者居多，睿智金口，滔滔如注，庶众弗及也。”讲唱满族说部就是敬祖、颂祖，是祖制家规，“每岁春秋，恭听祖宗‘乌勒本’，勿堕锐志”③。所以说，满族世代根深蒂固的氏族祖先崇拜观念，是满族传统说部永葆无限生命力的源泉。所有“乌勒本”传本被氏族穆昆达或萨满珍藏，由阖族德高望重的玛法、妈妈、萨满或氏族中指定的讲唱人，焚香洗漱毕开场，届时常辅以恰拉器、哈勒玛刀、洪乌、手鼓和口弦琴伴奏，族众按辈分依序围坐聆听，时有翩舞助兴。清中期后，多有“乌勒本”手抄传本传

---

① 恩格斯：《家庭、私有财产及国家的起源》，张仲实译，北京：三联书店，1950年，第110页。

② 列维-斯特劳斯：《野性的思维》，李幼蒸译，北京：商务印书馆，1987年，第9页。

③ 引黑龙江省瑷珲满族《富察氏谱书·序文》。

世，与祖先神匣供于西墙神龛之上，享阖族致祭。满族说部讲唱者在族中倍受尊敬，擅讲唱说部的人被称为“有金子一样的嘴”，尊称为“色夫”（师傅）。族中少年受父兄耳濡目染，勤学苦练，将学讲“乌勒本”、竞作传人视为己任。说部的传教谨遵氏族内传程式而行，皆由传承人嫡传长子世代承袭。为使讲唱者人才济济，各宗支亦常有遴选聪颖好学、非嫡传子弟，收作说部传人者之例，被选者父母亦显荣贵。

据杨青山老人回忆，族里格外敬重祖上说部传本，很早就制定了戒规：如“传本因由‘色夫’缮写讲用，允许专人保管在手，若遇疾患、病逝等情，传本统归族理；传本若有删补、歧义等纷争，依族长议决，惟恪守祖宗原貌至要；学讲‘乌勒本’乃大公大德之举，阖族护爱，实有拮据者应享族银微济；弟子族内拔优公推；传本彰祖宗之迹，族人勿权外传”①。经调查，满族大户望族早年都有此类约束，对说部的留存起了保护作用。

满族说部因其讲唱内容迥然，在漫长的社会演进中已逐渐形成一些严格的不同传播形态，构成了满族说部现实特有的传承与保护特征：

第一，凡讲唱本家族族源历史或家族英雄传奇类的说部，原传袭家族视为祖传遗产，至今多由有直系血亲关系的后裔承继和保护，父传子，子传孙，直系无传传嫡庶，有清晰的传承谱系。这类说部始终保持单传性质。如久居黑龙江畔的满族富察氏家族，祖籍宁古塔（今宁安市），清康熙朝为抵御沙俄，奉旨永戍黑龙江瑷珲。家藏除满文宗谱、文档及珍贵的历史文化史料外，还有传了300年

① 引自1962年夏富育光赴瑷珲大五家子和兰旗沟村录记说部《雪妃娘娘和包鲁嘎汗》，为传承人杨青山讲话记录的手稿。

的满族说部《萨大人传》。此外，本家族还传藏《天宫大战》《飞啸三巧传奇》《雪妃娘娘和包鲁嘎汗》《东海沉冤录》等祖传说部，亦有百余年传承史。又如吉林省永吉县满族赵氏家族系明末扈伦四部乌拉部首领布占泰后裔，至今本族讲颂满族说部《扈伦传奇》，已传9代300余年。还有，黑龙江省宁安市满族傅氏家族传讲说部《萨布素将军传》流传百余年；黑龙江省双城市满族马氏家族传讲说部《女真谱评》传袭数百年之久。

第二，满族传统说部除属少量上述祖先传记体类型说部外，大宗满族说部包罗万象，涉猎满族及其先世文化历史的各个方面，是满族说部艺术流传的主流。这类说部尤具传播的广泛性和久远性，情节跌宕、深入人心，已完全融入满族及北方各族社会生活，成为北方民族共同精神财富。这些满族说部在民间流传的时间或传承的脉络线索错综复杂，已无法准确考究其最初产生在什么时间、出自哪一哈喇的讲唱艺术，更无法详知其究竟经历了多少哈喇的传述、修润与承袭。我们只能从其流传地域和故事内容的脉络分析，大约推断其形成和传播经历的概貌。这些满族说部，就是在这种不断提高、不断丰富、不断传承中得到艺术升华，是民族智慧的长期共同结晶。这些都充分证明了满族传统说部的源远流长及其历史价值。它们在流传中得到无数族众的继承和传承，在一定时期内依附一定的传承人，得到继续地传统保护，使之传袭不衰。这也是满族说部延续中一条特有的口承传承规律。如《红罗女》《红罗女三打契丹》《金世宗走国》《两世罕王传》《忠烈罕王遗事》《松水凤楼传》《红罗和绿罗》《飞啸三巧传奇》《雪妃娘娘和包鲁嘎汗》《东海沉冤录》《乌布西奔妈妈》等，都是在满族诸姓存藏中征集到的。我们在录记、整理过程中，力求弄清楚其传承人群与地域特征，有利于说部的诠释与研究。

第三，满族说部的挖掘、抢救与保护，有其特殊的历史与现实的特殊性。正如前述，满族说部早期在民间靠满语传承与保护，但从文学与民俗学考察可知，在强大汉文化氛围下，满人在清中叶后便习用汉语。迨到辛亥革命之后，“严格禁止用满语教学。从此之后，满语只局限在家庭生活中继续使用，并且一点一点地让位给汉语”。“在吉林省和盛京，汉语的影响一直很大。在上个世纪前半叶，满语的运用已经明显衰微，而在宁古塔地区这一满族人本来的范围内，人们几乎完全不再使用满语。”①

新中国成立后，满族语言文字没有像藏族、蒙古族等少数民族的语言文字一样，被作为少数民族的语言文字受到国家保护——即使在各满族自治县、满族乡等满族聚居区。满语因而被废弃成为“死去的语言”，被大多数满族人遗忘。满族人在长期与广大汉族人交往中，早已习惯于使用汉文汉语。我们多年来田野调查实践证明，满族文化遗存都是满族老人们用汉语讲述的，只在口述中保留有一些满语词汇。或在满族聚居地区，偶尔搜集到满语歌谣或遇见少数年过古稀老人说一些满语或讲述简短的满语故事。仅有部分萨满神谕、宗谱等因系家藏清中后期至民国初遗物，有满文和汉字标音手抄传件，但多数为文墨迹珍品。我们在满族文化抢救中，还坚持采取双向努力的原则，既对大量以汉文字叙述的遗产的抢救，又以极大的热情兼顾对残散满文遗存（民歌、民谣、谱牒、神歌）的征询、采录和搜集。笔者曾多次到黑龙江省孙吴、逊克两县录制满族老人何世环、傅金荣、何金芝、孟秋英等用满语讲述的《音姜萨

---

① 史禄国:《满族的社会组织——满族氏族组织研究》,高丙中译,北京:商务印书馆,1997年,第12页。

满》《白云格格》《骄傲的鲤鱼》《獾子和貉子的故事》《萨哈连乌拉依朱奔》，以及迎送、求雨歌谣等。在录记满族说部和上述满文遗存中，常常搜集到大量用汉字注音满语的手抄件。满语方音土语变化甚大，汉字标音又不准确，在一些民族老人的帮助下，解决了很多困难和障碍。因满文满语长期废弃，东北满族习惯使用汉字注音满语，满语方音土语变化又甚大，在翻译整理中都带来了诸多问题。满族说部的另一保护措施，就是培养传承人，使说部在满族中逐渐讲唱起来。讲唱是最贴近群众性的传播、延续方式。满族老人们建议："别挑剔，讲起来就好。"只有如此，满族文化遗产才可能很好地保护和传续下去①。

第二节　满族说部文本的类型及特征

满族说部的艺术形式，经历了一个由简到繁、由短到长的发展过程。说部艺术形式具有完整的故事情节和生动的人物形象，说唱结合，以说为主，有时也伴有讲唱者模拟说部中人物动作的生动表演。满族民间俗语所谓"要有金子一样的嘴"，乃是对于擅长讲唱口头文学和说部作品的代表性传承人最大的褒奖和最高的夸赞。讲唱说部并非单纯的娱乐和消遣，而是追念氏族先人业绩、传承"民族文化记忆"的最好行动。因而讲述的过程被阖族看成神圣而隆重之举，往往由族中德高望重的长者或萨满讲唱。开始之前要焚香漱口、祭拜神灵，而后虔诚讲唱，气氛神圣肃穆。听众则要严分辈

① 经调查，吉林省九台市其塔木乡刘家，曾有位著名人士关云鹏，满族，小学教师，传下说部《赵家坟》《七星山》《快马杨三》等，其子与族人仍在民间用汉语讲诵，足见口承文化的感染力。

分，谦恭有序。满族的“讲祖”“颂祖”活动同氏族内部的祭祖习俗密切相关，乃是女真—满族传统文化中最稳定的因素，承载着氏族对自然、社会的认识和对祖先、英雄的崇拜。经过漫长的发展过程，赞语和颂文终于演变和升华为篇幅浩瀚、雄浑壮阔的说部艺术，把北方民族口头长篇叙事文学推到新的境界。

女真—满族传统说部具有极其丰厚的历史文化积淀和十分广泛的社会生活内涵，乃是满族及其先世社会史、氏族史、家庭史的浓缩与剪影，属于民族精神、民族智慧无比丰富的载体。由于其中蕴含着博大精深的知识体系，因而被称为“北方民族生活的百科全书”。据近年来整理出版的传统说部内容看，大致包括以下四种类型：

第一类为窝车库乌勒本，俗称“神龛上的传说”。这类说部主要来源于各姓满族珍藏的萨满神谕、萨满记忆。如黑龙江瑷珲地区流传的《尼山萨满》《西林大萨满》《恩切布库》《天宫大战》《乌布西奔妈妈》等，便是典型代表。其中《天宫大战》是有关满族原始先民开拓北疆、繁衍人类的英雄神话，作品歌颂了三百女神与恶魔的鏖战，反映了满族原始先民通过与自然、社会的拼搏抗争，而达致天与人和谐、人与人和谐的波澜壮阔的曲折经历，堪称人类神话中魅力四射的珍奇瑰宝，完全可以同世界上最著名的神话相媲美。流传在乌苏里江以东锡霍特山麓的创论满族说部世史诗《乌布西奔妈妈》原为满语（女真语）韵文，可诵可唱，表现的是部落时代的战争风云，从形式和内容看都属于地地道道的萨满英雄史诗。

第二类为包衣乌勒本，即家族传、家族史。这方面的说部在满族诸姓家族中至今时有发现。比如吉林省长春市赵姓家族的《扈伦传奇》，黑龙江双城马亚川承袭的《女真谱评》《海宁南迁传》，黑龙江瑷珲富氏家族的《顺康秘录》《秋亭大人归葬记》《东海沉冤录》，黑龙江宁安傅英仁传承的《东海窝集传》等。其中《东海窝集传》乃是流传于黑龙江宁安深山老林中的窝集人的作品。“窝集”为满语（女真语）“稠密森林地带”的意思，窝集人即野人女真。所谓“野人女真”，是生活在原始森林中即大山深处的“林中之人”。宁安地区四周环山，中间属河谷平原，与外界相对隔离的特殊地理环境为传统说部的保存流传提供了得天独厚的条件，也使《东海窝集传》成为说部中具有原始活力的代表性作品，堪称研究满族原始思维及其审美观念的活化石。

第三类为巴图鲁乌勒本，即英雄传。这部分作品的内容十分丰富，可以分作两大类：一是真人真事的传述，二是传说人物的演义。前者如黑龙江宁安地区富察氏后裔傅英仁承袭讲述的《萨大人传》，以及《两世罕王传》（又名《漠北精英传》）、《金兀术传》、《忠烈罕王遗事》、《双钩记》（又名《窦氏家传》）、《雪妃娘娘和包鲁嘎汗》、《鳌拜巴图鲁》、《松水凤楼传》、《黑水英豪传》等；后者如《乌拉国佚史》《佟春秀传奇》等。其中《雪妃娘娘和包鲁嘎汗》记录了清朝开国皇帝努尔哈赤家族通过与蒙古贵族联姻、团结蒙古族共同创建大清王朝的历史故事，反映了各民族你中有我、我中有你和共生共存、互动互补的发展过程，为中华民族的多元一体格局谱写了一曲响彻云霄的赞歌。整个作品情节曲折，引人入胜，达到了颇高的艺术水准。

第四类为给孙乌春乌勒本，即说唱传奇。这些说部主要歌颂各氏族流传已久的英雄人物。如著名的爱情传说《红罗女》及其不同传本《比剑联姻》《红罗女三打契丹》，表现图们江守航江神的《图们玛发》以及护佑福祉的《关玛发传奇》，地方风物传奇《巴拉铁头传》《白花公主传》，满族民间长篇说唱《姻缘传》《莉坤珠逃婚记》《依尔哈木克》《得布达利》等。《红罗女》流传在黑龙江省镜泊湖附近地区，其变体《比剑联姻》《红罗女三打契丹》则流传在黑龙江省牡丹江一带，而在吉林省东部的敦化等地区又有《银鬃白马》《红罗绿罗》的不同传本。上述为同一母题的变体纷呈的状况，属于民间口头文学通常所说的“变异性”。

传统说部作为口耳相传的民间文学形式，在不同的时间和空间上动态地传承着，因而带有立体性的三维空间，甚至四维空间的特点是不奇怪的。正如阿尔伯特·洛德指出的：“每一次表演都是单独的歌，每一次表演都是独一无二的，每一次表演都带有歌手的标记。”在同一母题中经常出现异文，这是民间口头文学同作家书面文学创作方式的根本区别，也是民间口头文学永不衰竭的活力之所在。

第三节　满族说部文本的研究概况及活态传承

近年来，满学研究和东北民族文化领域一个最为重要的新资料，便是满族说部系列丛书的面世及相关研究文章的大量涌现。

满族说部的最早发现，要归功于俄国杰出的人类学家 C. C. 米哈伊洛维奇，即史禄国。

史禄国受俄国科学院（彼得堡）、俄国中亚和东亚民族调查委员会的派遣，于 1912 年开始对通古斯人进行民族调查，并于 1915 年来到中俄边境地区，在通古斯部落和满族人中生活了 18 个月。1917—1918 年间，他又把调查范围扩大到东北南部和北京的满族之中。作为精通通古斯语言和文化的专家，史禄国正是在进行社会调查和田野作业的过程中，面对面地接触和聆听了女真—满族口耳相传的长篇叙事文学。史禄国甚至还将其中有的作品誉为“美不胜收的史诗”和“满族的《奥德赛》”。并指出他当时已对作品着手翻译，“但由于俄国的政治动荡（十月革命）而未能发表”①。

最早的满族说部《尼山萨满》的满文文本，早在20世纪初便为俄国学者史禄国整理面世，民国时期学者凌纯声的《松花江下游的赫哲人》中有记录，20世纪60年代首先由俄国学者公布，并在世界范围内形成了一门新的学科“尼山学”。富育光先生于1990年在《萨满教与神话》一书中，首次公布了《天宫大战》的主要内容和《乌布西奔妈妈》的部分内容。

20世纪80年代以后，在联合国教科文组织推动保护人类口头非物质文化遗产的热潮中，上述珍贵文化遗产才重新受到我国民间文化工作者的注意，并开始有目的地进行搜集工作。据田野调查掌握，迄今为止，满族传统说部尚有30余部作品藏于民间，记录整理的工作尚未全部完成。

由于说部是通过口耳相传的方式传承的，因而传承人的活态保存十分重要。但是从20世纪80年代初的田野作业中得知，这些传承人多为年过六旬的老人，当时尚有20余位健在。2002年黑龙江省孙吴县沿江乡四季屯78岁高龄的何世环老人，还能用流利的满语讲唱《尼山萨满》，不过其他传承人都只能用汉语讲唱。20世纪80年代以后至21世纪初，满族说部的传承人已有十七八位相继谢世。因此，立即采取措施迅速抢救、保护这份珍贵的民族民间文化遗产，已刻不容缓。

2002年，吉林省文化界和学术界成立了中国满族传统说部艺

---

① 史禄国:《满族的社会组织——满族氏族组织研究》,高丙中译,北京:商务印书馆,1997年,第1—2页。

术集成编委会，满族说部的抢救与保护工程正式启动。2006 年 5 月 20 日，满族说部经国务院批准，被列入第一批国家级非物质文化遗产名录。“满族口头遗产传统说部丛书”既是作为非物质文化遗产项目又是作为学术研究的文献资料整理和出版的，其内容之丰富、价值之珍贵，蕴含了大量北方满族早期历史文化信息，给学术界带来极大的震撼，引起了学界和社会的广泛关注。

满族说部中展示的内容，极大地丰富了《清史稿》和近代中国北方边疆史的研究。有的匡正史料，有的补充了正史史料不足，甚至有些史料鲜为人知。满族说部的收集和发掘，对于东北满族史、民族关系史、东北涉外疆域史有着重要的研究价值。如《黑水英雄传》《雪山罕王传》等，细腻翔实地记载了黑龙江北广阔地域，包括库页岛在内的历史。

目前亟待解决的问题是要开展满族说部的内容研究以及传承演进过程和关系的研究。

首先是涉及的相关理论问题，包括满族说部的称谓、分类、性质等基本的问题亟待解决。其次是一些重要问题需要进行甄别和研究，如“满族说部”的历史真实性问题。满族说部产生于渔猎经济环境和绵延数千年的氏族制社会政治环境，以及与汉族以农耕为主的经济、社会、文化类型的交流与融合，最终成为中华民族多元一体文化的一个重要组成部分。因此，有必要成立相应的研究学术团体，通过一些相关理论问题的研究，广泛推进对说部学的价值认定。

与此同时，说部学作为一门独立的学科出现已经具备了条件，在以富育光为代表的一大批满族说部主要研究者和传承人的支持下，吉林省社会科学院成立了吉林省满族说部学会。

满族说部的传承依托的是语言，但是在现代社会更要借助于多种媒介的介入。

首先，满族说部的传承不会因为进入满族说部的次生口语文化时代，就抛弃了最初的口语文化形态，先发明的持续时间最久，中间虽出现断层，但会一直持续下去。

其次，网络对满族说部传承的影响。这种信息的提供主要起到知识普及的作用，让人们了解满族说部，焕发人们对满族说部传承的热情。

再次是立体的传承，如博物馆的传承方式、活态展演及民俗生活文化的传承。

满族目前没有全国性的博物馆，地方性的博物馆有辽宁省的岫岩、新宾，吉林省的伊通，河北省的丰宁，吉林市王百川大院已建成满族民俗博物馆①。

伊通满族博物馆让人们对满族的过去与现在有一个大致的了解，它有两个特点：一个是文物（实物）多②，还辟专室反映了满

① 王百川大院位于吉林市船营区德胜路47号，是目前吉林市唯一尚存完好的清代至民国年间吉林典型的四合院民居。人们要想找寻老吉林城四合院的影子，只能到王百川大院去寻踪了。1999年，王百川大院被吉林省人民政府列为重点文物保护单位。王百川又名王富海，在清末民初曾先后担任长春、吉林永衡观银号钱号经理和总经理，1940年曾捐巨款修建了吉林市松花江第一座公路桥——吉林大桥。为吉林市建设做出了一定贡献。王百川大院为一封闭式四合院，原为二进院落，坐北朝南，建于20世纪30年代，系南北中轴线布局，前后左右共有正房、厢房30间。与北京四合院相比，吉林四合院室内炕灶布局及门窗上的花纹图案都带有满族地方风俗特色。王百川居宅旧址对研究昔日吉林民居特点旧有重要实物价值。

② 这里不仅有满族的生产工具、生活用具和各式武器，而且有满族精美的艺术品，比较全面地反映了满族人的生产生活、骑马射猎、骁勇善战和艺术创造。

族的祭神、祭祖活动。另一个特点是辅助展品特别逼真。例如所有人物塑像都是用硅胶制作的，个个栩栩如生……建于1985年的岫岩满族博物馆，该馆设有“满族发展史展”“满族民俗展”“满族民间文化艺术展”等展馆。岫岩满族刺绣、岫岩皮影戏、岫岩满族剪纸等均陈列于馆内，显示出当地浓厚的满族历史文化底蕴。2003年建设的新宾满族民俗博物馆，全馆共分设8大展区，约有600余件展品，主要展现了明清之际兴京（新宾古称）地域满族的兴盛史以及当地流传的满族民俗。丰宁满族博物馆新馆2003年竣工，分为历史文物、满族民俗、郭小川生平事迹展、知青专题展、丰宁藤氏布糊展、丰宁满族剪纸艺术展、丰宁化石展等7个展区。北京市满族怀柔区喇叭沟门满族乡满族民俗博物馆占地约2000平方米的满族民俗博物馆就坐落在山坡上，外形宛如一座清朝王爷府。① 吉林市王百川大院满族民俗博物馆陈列展览面积2400平方米，共展出各级各类文物1147件，其中国家级珍贵文物31件。②

---

① 该馆展柜中陈列着自汉代以来的各种文化珍品950多件，其中满族民间实物有500多件，大部分是从当地百姓家中征集而来。满族收藏家爱新觉罗·毓岚还捐赠了235件自己珍藏的满族文物。

② 无论是先秦的陶俑、瓦当还是满族人民劳动用具、生活服饰，从宫廷的青铜禽鸟到民间的轱辘车，人们都能从大量珍贵的实物、照片、图表和影像中一瞥吉林满族源流、生产习俗、生活风俗、重要历史人物、宗教信仰、文体游艺的特色与变革。在展览主展厅，沙盘模型复原了乾隆皇帝望祭长白山的盛大场景；在生活习俗展厅则复原了满族人家吃年夜饭的场景，通过传统民居、服饰、食品及生活用品的展示，逼真再现了吉林满族“窗户纸糊在外、姑娘叼着大烟袋、养活孩子吊起来”的生活习俗；皇家贡地展厅在喜庆的满族鼓乐声中，惟妙惟肖地重现了当年打牲乌拉总管衙门朝贡的热烈而宏大的场面；在满族源流展厅，一个鞑鞨罐的实物即可让人们对满族文化的源起与发展有具体而微的了解。

作为满族故乡之一的吉林省吉林市，近年来不断加大对满族说部的保护力度，吉林市文化局先后启动了满族说部进校园、建立满族说部培训展演基地、将满族说部拍成动漫和电视剧等活动。

2010 年 9 月，吉林省吉林市文化局在王百川大院举行了“满族乌勒本演出展示会”，有来自吉林省满族博物馆的工作人员与吉林市第二十五小学、华强学校、轻工业学校的学生们，表演了乌拉满族萨满乐舞、八角鼓舞唱、满族传统乐器单弦表演、满族传统舞蹈单鼓舞等多个富有原生态满族文化特色的节目。满族锡克特里家族第 12 代传人——全国年龄最小的“萨满”石光华，还用满语讲述了满族说部故事，原汁原味的表演赢得了观众的喝彩。打牲乌拉第十三任总管“云生公”的曾孙女赵清兰老人，出现在中国满族说部活态传承保护展演中，使人们看到承续说部艺术的根基与希望。91 岁的她声音依旧洪亮，“满族说部文化的传承必须从娃娃抓起。现在看见说部走进校园，我也要尽自己的一份力，用故事传承的方式传播说部。现在我写了 120 个满族说部故事。今年我 91 岁，能促进弘扬说部文化，使说部从家族走向大众，我不累，很高兴也很幸福”。

2011 年 8 月 9 日，吉林有满族说部学会成立时，主办方特别加入了满族说部的表演：吉林市委宣传部的安子波表演了《萨布素》，吉林市群众艺术馆评书演员孙霞飞表演了《雪妃娘娘和包鲁嘎汗》，吉林市文化局的孙中志表演了《奉旨拓乌拉》，满语音乐歌手宋熙东用满语讲述了《萨大人传》中的两段，宋熙东和王朔还为《长白山》编词。次日，来自全国各地的 40 余名专家学者来到伊通满族自治县进行满族文化实地考察活动，他们欣赏了伊通满族艺术团所展示的满族说部内容的歌舞表演，其中最具特色的是满族艺术团新编排的满族歌舞《八角鼓》。

由吉林省社会科学院、长春市图书馆主办的“关东文化讲坛”，连续三次将满族说部作为主讲内容。在黑龙江省北部及吉林省一些地区大的满族家族或氏族当中，举办祭祖活动时会以说部“讲述祖先的丰功伟绩”，但活态传承仅存于个别家庭中。在现代传媒发达的当下，年轻人都喜欢用更便捷的方式获取信息，说部这种“讲古”的方式受到冲击，学术机构的努力也会为满族说部的传承起到一定的作用。此外，满族说部受众面的扩大和社会认同度的提高，也大大有利于其传承及孕育新的传承人。

第四节 满族说部文本的文化属性

满族说部是极为重要的满族文化，从其诞生之日到满族文字的产生为止，历经了漫长的岁月，一代又一代的满族人不断地丰富与发展了它。要想很好地理解她，有必要从它的文化特性上去寻根问源。

社会学观点给文化的定义是这样的，“文化是人类行为选择的标准体系”。据此，我们可以给“满族文化”定义为，“满族文化就是满族人的行为选择的标准体系”。这个概念涵盖了以下内容，即满族文化的根源一定是诞生于满族，是满族人的行为选择标准，这个标准要成“体系”。满族说部诞生于满族，它在满族文字诞生以前，以“口述”的方式进行传承与传播，是满族人的重要的“行为选择标准”，已成功挖掘或整理出来的如历史的、文学的、军事的、医药的、体育及音乐的满族说部，构成了深厚而博大的体系。

一 满族说部文本所蕴含的文化要素

文化作为人类行为选择的标准体系，它既是人类行为的结果，又约束和指导着人类的行为，无论从哪个角度去理解它，其所蕴含的基本要素都是固定的，包括价值观、社会规范、符号系统，等等。

1. 价值观是满族说部文化的核心

价值观是一个社会或群体所共有的对于区分事物的好与坏、对与错、可行与不可行的基本判断。不同社会或群体的价值观存在一定的差异，但同一社会或群体中的价值观倾向总是一致的。无论是哪一类或是哪一种决定人类行为选择标准体系，都离不开人的最基本的价值判断。

窝车库乌勒本的代表性作品《天宫大战》，咏唱了人类创世之初，善与恶、光明与黑暗、生命与死亡两种势力的激烈争斗，最终以真、善、美、光明获胜，从而创造了人类世界，其反映的核心价值观就是人类是在正义战胜邪恶的过程中诞生的。《萨布素将军传》作为包衣乌勒本的代表作，讲述了萨布素从穷苦的满族放牛娃到浴血镇守北疆、率领边疆各族人民英勇抗击沙俄入侵的封疆大吏，成为一代名将，其反映的核心价值观是以勇敢、爱国为主旨的民族主义精神。给孙乌春乌勒本著名说部《苏木妈妈》的主人公苏木，发明并传授织布染衣技术，最终成为药神、烹饪神，反映了满族人们的生存智慧。从现有的满族说部来看，反映满族人勇敢、团结、智慧、爱国、乐观与进取的民族精神理念，是满族说部文化的核心价值观。

2. 满族说部文化是满族社会的“黏合剂”

在社会学家看来，社会是人与人关系的总和，是独立于组成它的人们的一个客观实在。在满族氏族部落中，每个人从生到死始终处于与他人的关系当中，如富于感情的家庭关系、氏族内成员间的血缘关系、部落与部落之间的成员所结成的各种关系等。正是这些关系有机地结合在一起，才形成了满族氏族社会本身。当然，每个氏族社会成员本身并不是以完整的个人出现在关系的两个端点上，而是以局部的个人来呈现，这个局部的个人被称之为“身份”，身份就是一个人在社会或群体中被确定了的位置，每个人都要占有这些身份，和他人结成各种关系，每个人也都在努力地实现这些身份，即要满足特定关系对身份的要求。身份是通过角色扮演来实现的，社会学家把对特定身份的行为要求和期待叫作“角色”，角色的扮演过程就是身份的实现过程。这里的身份和角色都是社会地定义了的，不属于具体占有和扮演它们的个人。也就是说，在一个满族氏族部落中，身份是绝大多数氏族社会成员所公认最适宜的、长期发展中定了型的，是趋于共同的价值取向，这种身份的规范内容就是人的行为选择标准，即文化。

满族说部在文字产生以前是最主要的文化传承方式，反映在满族说部里边的人物大多基于社会现实而存在的。这些人物的艺术形象，都可以在满族现实社会中找到其“身份”的存在。对这种身份的规范内容，在已发掘出的说部当中，总是具有趋同性，“英雄人物”就该如此如此，“萨满”就该如此如此，“大妃”就该如此如此；对这种艺术形象的认同，在同一个满族氏族部落中具有趋同性，就是在不同的部落之间也具有趋同性；尽管在不同的满族部落中，产生了不同的满族说部，但这些不同的满族说部所反映的社会价值观是趋于一致的。满族说部在“讲古”中传承，又在传承中不断演进“讲古”方式，成了满族艺术中的奇葩，对每部满族说部中的“舞台”艺术形象塑造，抑或经过说部艺人“源于生活而又高于生活”的不断丰富与发展的现实社会身份的规范内容，也就是“文化”，它是经过长期积淀而形成的广泛的社会认同。这种“广泛的社会认同”，把满族氏族部落成员“凝结”在一起，即使在不同的部落之间，也起到了一定的“凝结”作用。

3. 满族说部是满族人体验满族社会的意义体系

说部文化的伟大意义在于，它按照自己独有的方式把满族传统的氏族社会的形形色色的各类“人”进行了社会化，也把社会“黏合”在一起，宽容与博大是它的生命力。满族说部作为满族文化艺术的奇葩，也是中华民族优秀文化的一部分。富育光说：“它是满族口碑文学艺术文化遗产，堪称民族文化的精粹和古卉，对满族社会、历史、文化的研究乃至中国北方民族关系史、疆域史和社会学、民俗学、文艺学、宗教学的深入研究，都是大有裨益的。”它对建构满族社会体系的意义，不能不引起广大学者的思考。

人类认识客观世界和本身是靠知觉手段与认识工具的，这种知觉手段和认识工具的进步，是一个十分缓慢的过程。就早期阶段来说，人类把外部的客观世界转化成内部世界、把物质世界变成精神世界，只能依赖于比较原始的知觉手段和认识工具。就是今人，即使有了高精度的显微镜、现代的天文望远镜，也不能说就彻底地认识了微观世界和茫茫的宇宙。但是，认识世界的手段或工具发展无论多么缓慢，也是不断前进的。满族说部就是满族人在没有文字的时代里依赖于知觉手段和认识工具认识世界的产物。因此，各个时代的满族说部都呈现出是一个相对独立的“意义体系”。萨满文化的诞生至少可以追溯到5000多年前，能够传承至今，满族说部的作用可见一斑。“口头”上的东西无法考证“萨满”一词来源，有文字记述的最早见于南宋徐梦莘《三朝北盟会编》中，女真语，意指“巫师”，属于“神”与人的“中介者”。早期的满族说部所建立的意义体系是以萨满教为核心内容的，它作为我国北方少数民族普遍信仰的一种原始宗教，产生于原始母系社会的繁荣时期。现在整理出来的代表性作品就是《天宫大战》，后世的其他萨满神话，如《恩切布库》《西林安班玛发》《乌布西奔妈妈》等无不是《天宫大战》在后世的延续和发展，在人物神谱、思维特色、情景模式和创作风格等方面都与《天宫大战》有着千丝万缕的联系。随着满族人们认识工具和知觉手段的不断进步，满族说部所反映的外部世界和人类自身的意义体系也就活跃起来，甚至发生了本质的变化。《苏木妈妈》就是一部比较典型全面反映满族社会的满族说部，苏木是满族传统社会的“女神”，集生育神、药神、记忆神、渍菜神于一身，将美丽、勇敢、智慧于一体，在知觉手段不断进步的情况下，一代又一代的满族先民在“口传”中，把自身所期望的社会身份，寄托在苏木妈妈身上。

“人类生活于意义的领域之中，我们所经验到的并不是单纯的环境，而是环境对人类的重要性。即使是对环境中最单纯的事物，人类的经验也是以人类的目的来加以衡量的——假使有那么一个人想脱离意义的范畴而使自己生活于单纯的环境当中，那么他一定非常不幸，他将自绝于他人。我们一直是以我们赋予现实的意义来感受它。我们所感受的不是现实本身，而是我们经过解释后之物。”① 可怕的是，并不是人们对客观事物做出了“错误”的解释，而是人类对所感知的事物根本就无法解释，得不出一种意义，眼前的认识工具和知觉手段限制了人类的认识能力，从而留下大片需要人们的灵性感应去填充的空白世界，早期的满族说部大多带有这种“灵性感应”的印痕，这是人类文化历史的共性。

---

① 阿德勒:《自卑与超越》,黄光国译,北京:作家出版社,1986年。

二 满族说部文本的演进与变迁

满族说部的演变可以分成两个部分，即满族说部的演进与变迁，这是文化发展的必须历经的两个阶段。满族说部发展的历史也就是满族说部的演变史，对满族说部演变史的研究，能够管窥满族的人类史，对满族人类史的研究也能够帮助我们去探索、发掘满族说部古老的历史痕迹。满族说部的演变过程也是满族人行为选择标准体系的演变过程。

1. 满族说部的演进

在发掘、整理满族说部的过程中，以富育光为核心的学者们基本上达成了共识，就是按内容对满族说部划分四类：窝车库乌勒本：氏族萨满讲述的萨满教神话、萨满祖师的神迹；包衣乌勒本：家传或家史；巴图鲁乌勒本：英雄传；给孙乌春乌勒本：民间说唱故事。还没有人提出按照“乌勒本”所产生的年代去分类，这样做太困难了，口耳相传的东西，传得久远了，所产生的具体时间逐渐就出现了偏差，有的甚至连大概的年代都不好推算。但是，能够说清楚“满族说部”作为一种文化的演进过程，如果按“时间”来分类，哪怕是“推算性”结论，也是极为重要的。

现在，我们只能站在文化的发展脉络上去审视、透析满族说部。人类文化的发展，也就是人类行为选择标准的进步，是以所依赖的生产力水平的提高为标志的，从旧石器、中石器、新石器、青铜器、铁器犁杖、蒸汽机到计算机，这也是人来文化发展的足迹。“人猿相揖别，只几个石头磨过”，在人类的“小儿”时节，在语言产生之后、文字产生之前，这个时期的原始文化传承，无论哪个民族都得靠“说部”，在已发掘出来的满族说部当中，关于对萨满教的最古老记忆，应该就诞生于这个时期。窝车库乌勒本《天宫大战》《恩切布库》等说部，“石器”“采集”“狩猎”就是其产生的物质基础。四千年前，铁犁的发明使人类进入了农业时代，可以说农业给中原带来了整个人类史上最具深远意义的文化进步，各种行为规范都逐渐“养成”。而在东北地区，社会发展出现了“断裂性”，“原因就是东北地区的原始文化是游牧、渔猎文化，还没有进入真正意义的农业社会”，所以，无法找到关于记忆农业文化的满族说部，在进入工业与都市文化之前这个广袤的时空里，更多的满族说部只能是反映“游牧”“渔猎”“民俗”“种族争斗”，尤其是满族是个尚武的民族，无论是包衣乌勒本、巴图鲁乌勒本抑或是给孙乌春乌勒本，更多的是关于军事文化的记忆。

2. 满族说部的变迁

文化的变迁过程是一个社会或群体大多数社会成员重新确立行为选择标准的过程，但满族说部作为一种特殊的文化现象，它必定不是人的直接的行为选择标准，更多的是对人的行为选择标准的影响，对人的行为往往起到的是“潜移默化”的作用。一部满族说部一旦“形成”，在传承与传播过程中，其文化的本质几乎没有变迁的可能性。满族说部的变迁只能发生在满族人类史的“横断面”上，按照文化的发展脉络，中原文化历经了原始文化、农业文化、工业和都市文化，满族人的文化史则应该是原始文化、游牧、渔猎文化、工业和都市文化。这里把游牧和渔猎文化从原始文化“独立”出来，是从文化发展的角度考虑的。中原进入农业社会以后，满族的游牧、渔猎文化也不断向前发展，并且出现了长期的高度繁荣的时期，从这一点看，巴图鲁乌勒本、给孙乌春乌勒本是满族说部的主体。窝车库乌勒本反映的是满族人对原始文化的记忆，是与原始的生产力发展水平相适应的。包衣乌勒本讲述的是家传、家史，这不应该是“平民版”的乌勒本，而是贵族的家传、家史，最早的包衣乌勒本也应该是贵族产生以后的记忆。

满族说部作为一种非物质文化遗产，反映的是以人为主体社会实践活动，产生于不同历史时期的满族说部，反映了不同历史时期的生产力发展水平。

3. 满族说部的文化潜移现象

随着社会的不断进步，各种人类文化系统也不断通过多种途径与其他文化交流，如战争扩张、通婚联姻、宗教布道、学术传播及贸易往来等，每一种文化也都有吸收外来文化的能力和要求。一种文化在和另一种文化接触过程中产生演进到变迁的过程，被社会学称之为“文化的潜移”现象。

“从东北地域的民族与文化的演变中，我们看到了东北地域与中原的互动关系。一是民族间的互动，即东北少数民族不断进入中原，向关内移民。……同样，东北也是中原汉人选择迁移的理想之地。如东汉末、魏晋南北朝时期，是中国历史上中原汉人向东北迁移的重要时期。还有一种情况：当东北的游牧民族屡次进入中原，总是掳掠大批汉人，把他们带回东北……”①，民族间的“互动”，文化交流也是不可避免的。在近代的满族说部表演中，吸收了汉人说书的很多艺术手法，文化交流可见一斑。“从根本上讲，在评书中的‘讲’‘说’‘演’的技艺又是相辅相成，都是更好的塑造人物，讲述故事的艺术手段。而曲艺的‘演’又包罗万象，又根据表演者的‘肚囊’才艺有多宽绰而异。融多种行当的表演艺术、技巧与一身，要‘文武兼备’才行。他追求神似，点到为止。不像戏曲

---

① 戴逸：《东北历史与文化论丛》序一，《东北历史与文化论丛》，长春：吉林文史出版社，2007 年，第 1 页。

追求‘一招一式’的形似。从这一点上讲：曲艺表演所用的说、学、逗、唱、演、评等综合艺术的目的，主要是为塑造生动形象的需要，同时又是展示自己技艺、技巧的载体和平台。这些具有综合性的表演艺术技艺，在《满族说部》中的段子不胜枚举，甚至有过之无不及。”汉人说书，也同样汲取满族说部艺术的营养，“而据富育光回忆：只有像瑷珲这样的大镇子里边，才会有奉天或哈尔滨来的说书艺人，有绰号叫‘小雷公’‘扇子刘’‘小彩凤’‘堂笑天’的艺人，用扎板、琴弦、八角鼓弹唱《雪妃坟》《漠北英雄传》。他们为了挣钱，学了一些满族话，也学说部有时也加一些满族话，一加入满族说部的内容，满族人都爱听。”① 满族说部艺人和汉族的说书艺人都各自汲取了对方的艺术手法，可谓是相得益彰，两门民间艺术发生了文化的潜移现象，文化的交流与交融，不但繁荣了文化，也发展了艺术。

三　满族说部文本的传承与传播

满族说部是满族文化重要的历史遗存，也是中华民族的宝贵的文化遗产，更是研究人类史的一部历史文化宝典。目前，学者们已经认识到了肩负的重大责任。这里，笔者结合实际工作，谈点粗浅的做法与看法。

1. 传播满族说部文化的符号系统

群体生活是人类生存的前提，无论是在满族的氏族内部，还是部落之间，如果要把某种信息传递给他人，没有符号系统，几乎是不可能的。对于满族说部来讲，其符号系统主要为：口头语言，也

---

①　高荷红：《满族传统说唱艺术“说部”的重现》，《民族文学研究》2007年第2期。

称“言语”。文化学家一般认为，自从人类脱离了类人猿种族之时就有了口头语言，口头语言起码有了近百万年的历史。我们所挖掘出来的满族说部，只有1500多年的历史，满族说部的真正历史，虽然无从考究，但肯定要比这个时间长得多。口头语言作为一种听觉符号，总是受到时间和空间的严格限制，满族说部的讲说现实场景只能是近距离的，这是“口头语言”符号的有限性。关于相对更加要遥远的记忆，上古时期，主要采用的是“结绳记事”“刻木记事”，所以，图形、图像也是满族说部的比较重要的符号。

“简单多用，是评述道具的具体特征。扇子、醒木（惊木堂）、手帕为多见。书中任何器物均可用道具替用做戏。这些道具又具有象征意义，传说扇子代表着周庄王的尚方宝剑，手帕代表着周庄王的圣旨，醒木代表堂印……满族说部的道具虽然简单，但比起传统评述道具更具民族性。它主要体现在既是乐器又是道具上。也同样具有代表象征的意义。如依木钦（抓鼓）代表飞翔的鸟类和云海，恰拉器（扎板）代表着神的步履之节奏、木库连代表着神的歌声……这些神器之所以又作为《满族说部》的道具，除了乐器本身具有民族特色外，更重要的原因是历史上满族萨满就是《满族说部》的讲述人，大量流传下来的《乌勒本》都是萨满传承下来的，这些道具、响器又是他们使用的神器，这是一脉相承的结果”，这里所讲的扇子、醒木、手帕、依木辛、恰拉器是满族说部的物质性符号。

还有一种较为重要的满族说部符号，就是“体态语言”，是指满族说部的讲述者用自己身体的某个部位的动作来表达意义的方式。它是口头语言的有效补充，在口头语言中找不到适当的词语来说明其意义，讲到兴奋处，表演者双臂直摇、顿足捶胸、面目狰狞，等等，最常用的则为“手势语”。此外，还有一种具有特殊意义的满族说部传承符号——音乐与舞蹈。满族说部是国家级非物质文化遗产的民间文学类保护项目，但它所具有的曲艺艺术的属性决定了它又是一种表演艺术。因此，活态传承就成为其保护成果的重要标志。因为它呈现出民间口头文学重在活态传承的非物质文化遗产本质特性。作为满族说部的表演艺术符号——音乐，在相关书中囊括了中国北方民间传统音乐的大部分体裁形式：山歌、号子、民间小调、传统戏曲音乐、器乐曲等，应有尽有。“而像《乌布西奔妈妈》《尼山萨满》《西林安班玛法》《天宫大战》等多部巨著原来就是‘唱’的。这种巨片的演唱，从音乐的角度上探究肯定是大型的套曲结构，甚至可以追溯其整体的音乐结构，调式、调性、基本调，腔身发展，器乐伴奏等多方面音乐要素，这是非常值得深入研究的巨篇满族音乐课题。”在舞蹈方面，满族说部中有大量的女真舞蹈、蒙古舞蹈、秧歌、萨满舞蹈等。而具有史诗性质的说部《乌布西奔妈妈》共用了三十五个舞蹈贯穿始终，可以称为典型的歌舞式说部，是满洲诸舞的根基和起源。从表演者的角度来讲，这些歌舞的介绍甚至现场的表演更是沟通观众情感、展现个人技巧的重要手段。

2. 满族说部的传承

文化传承，指文化的传递、继承关系，方向感明确，从“上”到“下”进行传递，要求“受众”必须继承，且常常是血缘关系。文化的传播则不然，虽然也有传递关系，但这种传递可以是“纵向”的，也可以是“横向”的，目的是传扬出去，而不查究“受众”效果，也并非指血缘关系。

早期的满族说部传承仅限于氏族内部，窝车库乌勒本“由于其神秘性，有特定仪式、说唱场合和时间，只能在氏族内部传承，传承人一般都为萨满，不能为氏族外更多的人所了解①。”包衣乌勒本《萨大人转》，一开始也只在富察氏中流传，只不过那些著名的，如关于萨布素将军故事在民间的广泛流传，使一些包衣乌勒本迈出了“家门槛儿”。从文化传播的角度看，满族说部的家族式传承，限制了满族说部文化的发展，使得满族说部文化变成了“濒死文化”。

3. 满族说部文本的传播

本着“在创新中传承，在传承中创新”的文化传播精神，笔者在这里对满族说部的文化传播实践给予两方面解读。

第一，变更传承主体，使活态传承变为活态传播。

在满族说部传承过程中，各级传承人必须站在弘扬中华民族优秀传统文化的高度来审视满族说部，它并不是个人的私有财产。我们讲要促进非物质文化遗产的生产性传承，并不是说所有的非物质文化遗产都具有生产性传承特质。满族说部作为一种历史文化遗存，我们不能让它继续尘封于历史，它的古老的育人功能是无法替代的。

当代大学生，就是“传承”满族说部的一个鲜活、生机勃勃的群体。如何让满族说部走进大学生课堂，的确是值得令人深思的问题，吉林电子信息职业技术学院，于2008年将非物质物化遗产引进旅游类专业建设，将满族说部适当的内容巧妙地嵌入导游专业“人才培养方案”。在《北方著名导游词精选》课程融进《红罗女传奇》《萨布素将军传》等在长白山、镜泊湖著名景区周边发生的说部故事，把满族说部表演纳入《才艺课》，既有效培养了具有地域

① 高荷红:《满族传统说唱艺术“说部”的重现》,《民族文学研究》2007年第2期。

特色的导游人才，又对大学生的思想政治教育收到了潜移默化的功效。他们还通过“吉林乌拉——我的精神家园”满族学生 qq 群、“大学生满族说部协会”等平台推广、普及满族说部知识，卓有成效。

第二，改进传播方式，实现多途径静态传播。

与活态传播相比，静态传播的方式、途径是比较多的，也较为灵活。2010 年，吉林电子信息职业技术学院与吉林市满族博物馆共同开发制作了《康熙东巡》动漫片和几部满族说部的动漫剧本；沈阳鲁迅美术学院大连分院满懿教授对满族说部中的神话传说部分也申请国家社科基金立项，并做了服饰与造型的专题研究，取得了较大突破，推出了系列成果。大连东北民族大学外语学院、河北秦皇岛大学外语学院也都着手开展了对族部文本的英文翻译工作，必将有力地推动这一民族瑰宝走向世界，为域外文化界、学术界所关注和喜爱。吉林电子信息职业技术学院旅游与文化传播学院的“满族剪纸协会”，把满族说部内容分解，制作成满族剪纸，进行旅游纪念品的研发，等等。该校作为“吉林省满族说部实践教学基地”，在满族部的活态、静态传播方面，做出了许多有益的尝试。

第二章
满族说部“窝车库乌勒本”文本研究

第一节　从《天宫大战》看满族创世神话的特点

创世神话是神话的重要组成部分，是原始人类对开天辟地、万物生成、人类起源及存在的整体思考与想象。在世界各地的创世神话中，中国的创世神话并不是十分丰富，以至于有学者断言“中国古代无创世神话”。但是在中国东北某些区域内，则广泛流传着多姿多彩的萨满女神创世神话。萨满女神创世神话大多讲述了创世之初的善神与恶神、光明与黑暗、生命与死亡、存在与毁灭两种势力的激烈搏斗，是先民对宇宙如何创生、生命如何出现、天地万物如何产生的天才想象。在萨满女神创世神话中，保留了更多的原型神话的意蕴，从而在中国古代创世神话甚至在世界创世神话中占据独特的地位，是一份十分宝贵的非物质文化遗产。

一　传承方式的不同

中国古代没有记录神话的专门书籍，神话的材料主要散见在《山海经》《楚辞》《淮南子》等文化典籍中，此外，《庄子》《国语》《左传》中也可以看见神话的身影。袁珂先生说：“中国神话材料散碎的特点，这是只要初涉神话领域的人，谁都知道并且谁都承认的。它的散碎的情况，照旧的图书分类法，简直可说是在经、史、子、集四部里都有。”①

与汉族神话仅遗存的断简残篇不同，满族神话能历经千百年的变化和时代更迭，得以较好的传承和保存，最主要的原因在于其传承途径：萨满教的长久延续。从富育光先生在《满族萨满神话〈天宫大战〉的流传与传承情况》一文中，可得知，在通古斯语中，《天宫大战》的故事叫作“窝车库乌勒本”，满语“窝车库”的意思即“神位”“神龛”和“神板”。“窝车库乌勒本”就是“神龛上的故事”，是萨满传世的原始神话。这类故事与普通的民间口碑故事不同，它是作为神的训谕广布族众，因此带有十分肃穆的原始宗教意义。

在满族诸姓平时讲唱传统说部“乌勒本”，可请族中妈妈、玛发或者萨满色夫讲唱，但是在讲述《天宫大战》的时候就不一样了，因为它自始至终是唱颂万物的众神。而且这些神祇，都是满族萨满教神系中世代崇祭的大神，不能随便地讲唱，必须要由族中最高神职的执掌者、德高望重的大萨满才有口授故事和解释故事的资格，可见其庄严性和神圣性。

此外，与汉族创世神话相比，从流传地域的广泛性来看，满族创世神话只在北方满族诸姓中流传。除了传承的方式不同，与满族神话都用满语讲述也有关联，“《天宫大战》故事，长期以来直到20世纪30—40年代前后，还全用满语讲唱，最受北方满族族众虔诚崇拜，奉为‘天书’‘神书’‘尊天敬地、怜爱众灵醒世录’”②。而且，《天宫大战》自始至终讲述的天地万物的诸神谱系，不是任何

---

①　袁珂：《神话论文集》，上海：上海古籍出版社，1982年，第46页。

②　富育光讲述；荆文礼整理：《天宫大战　西林安班玛发》，长春：吉林人民出版社，2009年，第2页。

族人不分任何场合可以讲述的，只有德高望重的大萨满才有讲述此类故事的资格。据富育光回忆，“往昔，萨满咏讲《天宫大战》，俨然如同阖族举行一次萨满颂神礼”①。这样的讲唱方式，使得满族神话不能大面积外传。所以，相对于其他民族神话流传的广泛性与普遍性上，满族创世神话具有特定的地域性。

二　塑造了众多的女神形象

满族神话《天宫大战》塑造了众多的女神形象，她们是万物的起源。女性的生育功能诞生了新的生命，在很早以前就被人们所认识，所以万事万物起源于女性的生殖功能。在满族创世神话中，女神创造了万物。《天宫大战》写到“世上最古最古的时候，是不分天、不分地的水泡泡”，“水泡泡里生出阿布卡赫赫”，“阿布卡赫赫下身又裂生出巴那姆赫赫”，“阿布卡赫赫上身裂生出卧勒多赫赫”，“三神永生永遇，育有大千”②。从某种意义上可以说，《天宫大战》展现了以阿布卡赫赫为中心的女神谱系图，而且众位神祇以血缘关系为纽带，并有一定的统属关系。阿布卡赫赫是万神之母，她与巴那姆赫赫和卧勒多赫赫是创世三女神。九头恶魔耶鲁里是由三姐妹的骨肉魂魄的敖钦女神转化的，耶鲁里把阿布卡赫赫打败，并把她身上的战裙扯了下来。在众神的保护下，阿布卡赫赫逃回了九层天上，昏倒在太阳河旁。九彩神鸟扯下自己身上的羽毛，用九采神光编织护腰战裙，又衔来太阳河水，为阿布卡赫赫冲洗伤口。巴那姆

---

① 富育光讲述；荆文礼整理：《天宫大战 西林安班玛发》，长春：吉林人民出版社，2009 年，第 3 页。

② 富育光讲述；荆文礼整理：《天宫大战 西林安班玛发》，长春：吉林人民出版社，2009 年，第 9—11 页。

赫赫将自己身上生息的江海鱼虾、百虫的魂魄招来，让每个兽禽献出一种神技，来帮助阿布卡赫赫。每当阿布卡赫赫身处险境时，诸神总能心甘情愿给予无私的奉献，帮助她打败敌人，最终阿布卡赫赫成为寰宇不可战胜大神。这是母系氏族社会的一种反映，阿布卡赫赫也是女性头领的象征，反映了女性在当时社会的崇高地位。满族创世神话与汉族神话相比，能明显看出其不同之处。

在汉族神话中，盘古是一位男性，尽管不同的文本对盘古有不同的描绘，但是神话的基本内容大致相同。在天地还没有开辟以前，宇宙就像一个鸡蛋一样，混沌一团。有个叫盘古的巨人一直在其中酣睡，盘古凭借着自己的神力，开天辟地。他的身体变成了东、西、南、北四极和雄伟的三山五岳；皮肤和汗毛变成了大地上的草木；血液变成了江河；他的左眼变成了太阳，右眼变成了月亮；头发和胡须变成了夜空的星星；牙齿、骨骼和骨髓变成了地下矿藏；汗水变成了雨露。盘古的精灵和魂魄也在他死后变成了人类。与女神创世、女性在社会生活中居于主导地位不同，汉族的这则神话明显看出男性是社会生活的主宰。但两个神话也有共同之处，他们都体现了中华民族的自我牺牲精神和不屈不挠的英勇气概。阿布卡恩都力额上突生红瘤“其其旦”，化为美女，嫁与雷神西思林为妻。其其旦女神见大地冰厚齐天，无法育子，便私自盗取阿布卡恩都力的心中神火。怕其熄灭，她就把火吞进了肚子里；嫌两脚行走太慢，便以手为足助驰。天长日久，便在运火中，被神火烧成虎目、虎耳、豹头、豹须子、獾身、鹰爪、猞猁尾的一只怪兽。她四爪踏火云，巨口盆烈焰，驱冰雪，逐严寒，为大地和人类送来了火种，招来了春天。两则神话都体现了天神为了人类的诞生所付出的牺牲和代价。

三 《天宫大战》体现了满族神话的民族性

《天宫大战》属于“神龛上的故事”，一般由氏族的萨满讲述，主要珍藏在神谕当中。由于神谕具有较强的氏族性和家族性，因此，神谕记载的神话也具有这样的特点；而能够广泛流传的往往是民族性较强的神话故事，可以为不同的氏族所接受。《天宫大战》中有许多满族的信仰，阿布卡赫赫与恶魔耶鲁里的善与恶、正与邪两种力量的代表，同时也象征着人类由女性作为统领的母系氏族社会向父系氏族社会过渡、男女两性之间的较量，因此具有普遍的意义，比较容易被广大族群接受。

《天宫大战》体现了满族神话独有的特点，而且是用具体的形象来阐释的。驱邪避凶是很多满族习俗的主要目的，而耶鲁里曾是人们观念中最残暴和凶狠的恶魔，它是自然界中强大而无法抗拒的神力的象征。萨满教观念认为，人类创世之初，必定会有两种针锋相对的殊死搏斗，最终以善、真、美、光明获胜，万物才真正获得了生存的权利。《天宫大战》讲述了创世之初，善与恶、光明与黑暗、生命与死亡、存在与毁灭两种势力的激烈抗衡。因此，满族及其先民的风俗很大部分最初都与善神、恶神双方的对抗有关。比如满族人有爱花习俗，就是源出刺猬神为了救天母阿布卡赫赫，化为一朵芳香四散、洁白美丽的芍药星星。众恶魔与耶鲁里都觉得这朵神花美不胜收，于是抢着去摘。这时，白光突然变成千万条光箭，直射耶鲁里的眼睛，疼得耶鲁里闭目打滚，吼声震天，逃回了地穴之中。从此，满族人世代爱花，认为头髻戴花或插花，可以惊退恶魔，且对白芍药花尤为喜爱，并养成了插花、戴花、剪纸花等习俗。满族及其先民一直流传着佩戴各种饰物的习俗，这些饰物的质地各不相同，不仅有装饰的作用，也能驱邪避凶、保佑平安。特别是佩戴骨饰，能使人具有野兽的非凡能力。即便是无所不能的天神阿布卡赫赫也要靠骨饰来增强自己的法力。满族人还有点天灯的习俗，在山顶、高树上用兽头骨里盛满野猪油，点燃照天灯，升篝火照耀黑暗，除了缅怀与恶魔战斗中牺牲的女神，也是为了能驱赶一切妖魔，保佑生活幸福平安。

满族人对传统习俗十分重视，他们不仅在生活中，而且在思想上同样保持着这样亘古不变的特点。所以，满族的口头文学及说唱故事中都有对其民俗的展现，体现出自己的民族特质。此外，还可以看出满族神话中所体现的原始崇拜观念。

满族神话是在生产力比较低下的情况下，借助丰富的想象和幻想，把自然力拟人化的特殊精神产品，也是原始先民思维活动的形象记述和总结。在保留下来的满族神话中，可以窥探出萨满教原始崇拜等观念，即满族神话中体现的灵禽崇拜与自然崇拜现象。

满族创世神话《天宫大战》中记载了有几种鸟帮助创世女神阿布卡赫赫，在与恶魔耶鲁里的战斗中，立下了创世殊功，因此成为满族先民心中崇拜的灵禽。比如白鹊、白鸟，在创世神话《天宫大战》中，也有生动的记述："阿布卡赫赫一心打败狠毒的九头恶魔耶鲁里，就要强壮筋骨。突姆神告诉赫赫要多据有石火，吃石补身，便天天派侍女白腹号鸟、白脖厚嘴号鸟，飞往东海采衔九纹石。吃彩石就能壮力生骨，吃彩石可以身长坚甲，热照天地。白腹号鸟、白脖厚嘴号鸟勤快辛劳，日夜不停，衔回彩石累了，便在回程时总要在东海九叉神树上歇脚，察望耶鲁里的恶魔动静。"①

九色花翅大嘴巨鸭，把阿布卡赫赫从被囚困的冰水中背上蓝

---

① 富育光讲述；荆文礼整理：《天宫大战 西林安班玛发》，长春：吉林人民出版社，2009 年，第 57 页。

天。天穹被冰海遮住，九色花翅大嘴巨鸭口喷巨火，把冰天给啄个洞，才又出现了日月星光，才有了光明和温暖。巨鸭的嘴曾经也是又尖又宽、又厚又长的，就因为救助阿布卡赫赫的时候凿冰不止，被冰凌给挤压成又扁又圆的了。

另外，猫头鹰、雁、乌鸦，它们在夜里、清晨、傍晚呼唱，使得天穹有了生气，它们在阿布卡赫赫与耶鲁里的战斗中起到了很重要的作用。满族先民在白山黑水之间，“他们主要依靠渔猎为生与大自然朝夕相处，在与自然环境以及各种危及人类生存的力量进行搏斗中，长期生活在林海之中，与大森林中的百鸟为邻，朝夕相处。在当时生产力极为低下的情况下，人们从鸟类那里直接和间接地得到这样那样的帮助和有益的启示。”① 灵禽崇拜是满族先民现实生活的产物。

自然崇拜的对象是被神化的自然力和自然物，如被神化的天地日月星雷雨山石。满族神话《天宫大战》中讲到很早以前整个宇宙是一个不分天地、混沌未开的世界，后来阿布卡赫赫与某些灵禽神兽开天辟地，创造了这个生命世界，产生了无数神灵。自然崇拜是原始人的一种自发宗教，但这种宗教又没有固定的形式，因为当时人类只凭着极不发达的思维观念和微妙的实践经验去观察周围庞大、神秘的世界。生活在这个世界之中的人们，对于不可理解的所有的自然现象，都会将其作为自己崇拜的对象。由于原始生产力的低下，大自然一方面给赖以生存的人类提供一切物质资料和条件，另一方面又会给人类带来巨大的灾难，自然崇拜就是这一矛盾冲突的产物，由此也产生了原始崇拜。

---

① 张雪飞、岳广腾:《满族神话中的灵禽崇拜》,《时代文学》,2010 年第 11 期。

第二节　满族创世神话《天宫大战》与《恩切布库》之比较研究

满族说部，是满族及其先民传承久远的民间长篇说唱形式。富育光先生根据目前搜集、整理的满族说部的文本，把其分为四种类型，其中《天宫大战》《恩切布库》《乌布西奔妈妈》和《西林安班玛发》从主人公的来历与故事情节的发展上看，几个文本同属于一个类型，都属于“窝车库乌勒本”，即“神龛上的故事”，是由氏族的萨满讲述，并世代传承下来的萨满教神话和萨满祖师们的非凡神迹。本文选取《天宫大战》与《恩切布库》两个文本，试图通过它们之间的比较，发现其共性与不同。

一　传承方式：萨满传承

“神龛上的故事”的性质，决定了两个文本只能在萨满祭祀时候讲唱。据富育光回忆，“满族先世萨满创世神话《天宫大战》在族中传讲，是非常神圣而隆重的一桩盛事，多在氏族萨满春秋大祭后一日或萨满祭天祭星同日，增设‘窝车库乌勒本’祭礼。此项祭礼就是专门颂扬氏族初兴发轫的故事，即讲唱《天宫大战》”①。通常的情况下，平时讲述满族说部的时候，请族中的玛发或者萨满色夫们讲唱即可，唯独在讲唱《天宫大战》的时候不同。《天宫大战》讲述了众神的事情，整个文本自始至终在吟咏、歌颂众神祇，多达数百位。所以，它不能随意讲唱，要分场合和时间，讲唱者也是族

① 富育光讲述；荆文礼整理：《天宫大战 西林安班玛发》，长春：吉林人民出版社，2009年，第3页。

中最高的神权掌握者——德高望重的大萨满才有资格讲述和诵唱，而且要虔诚备至。《天宫大战》作为创世神话，阐释了宇宙及人类是如何产生以及造天造地运动如何产生的问题，是北方先民脍炙人口的神话故事。文本内容中讲述，在创世之初，会有代表光明与黑暗两种对抗力量的战斗，最后，光明一定战胜黑暗，真善美也必定会战胜恶势力。这种在创世之初的积极向上的力量，也成为北方民族所崇尚的精神营养。所以，每次讲唱《天宫大战》时，就仿佛是一次萨满颂神礼，带有庄严和神圣感。它作为北方少数民族的原始神话，在满族诸姓中传唱，远近皆知。

两个文本的讲唱资格的获得经历比较奇特，具有神秘性，是普通人所不能获得的。《天宫大战》的头腓凌记载说“从萨哈连（满语：黑龙江）下游的东方，走来骑九叉神鹿的博额德音姆萨玛①……百余岁了，还红颜满面，白发满头，还年富力强，是神鹰给她的精力，是鱼神给她的水性，是阿布卡赫赫给她的神寿，是百鸟给她的歌喉，是百兽给她的坐骥。百枝除邪，百事通神，百难卜知，恰拉器②传谕着神示。”③ 可以看出，大萨满所讲述的《天宫大战》是神授的。为此，满族创世神话《天宫大战》只能由大萨满来讲述，普通人是没有资格讲述的。

据富育光回忆，从他懂事时候起，《恩切布库》就在黑龙江省的孙吴县等满族聚集地区广为流传。唱诵人是怎样知晓《恩切布

---

① 博额德音姆萨玛：原来土语的意思是“回家来的人”，是一位已经逝去的本氏族的一位女大萨满，是她的魂魄传讲神龛上的故事。

② 恰拉器：萨满祭祀时使用的扎板，拍击出节拍、伴奏。

③ 富育光讲述；荆文礼整理：《天宫大战 西林安班玛发》，长春：吉林人民出版社，2009 年，第 5 页。

库》的内容，在开篇的“序歌”中作了交代，由于十九岁的时候染上重病，梦见神女来到面前：“沉疴痊愈，神贯周身，霎乎一夜而授徒继智。我受神命成为全族的萨满，得到尊贵的依尔呼兰太奶——第九世大萨满的热心训教，耳提面命。……知晓了一桩奇妙的红柱神话，这便是恩切布库阿林的故事。”① 从叙歌中我们可以看出，该说部是氏族萨满间的口传文本，从第一代到第十代萨满，直到最后文本公开，讲唱的内容没有太大的变动。若不是在极其特殊的场合，族人是很难听到的。

由于萨满传承是两个说部文本的载体，在神话故事中自然而然地体现着萨满教的观念。在远古时代，人类从动物中分离出来，智力的进步与技能的发展，还不能完全应付这个变幻莫测的世界，自然就会产生这样的心理：“把这种异己的、神秘的、超越一切的自然现象人格化，幻觉中产生了相互抗争的两种人格化的神，并且按照人类现实生活中社会关系的实际态势，创造了阿布卡赫赫女神与恶魔耶鲁里善与恶、正与邪两种力量的代表。”② 原始创世神话《天宫大战》也随之产生。《天宫大战》浸透着原始先民的思维方式和萨满教观念，也包含着人们对日常生活的思考与理解，甚至是后世人间所遵从的习俗，都与神话息息相关。

恩切布库也是一位在这次战斗中做出牺牲与贡献的女神，她作为阿布卡赫赫身边的侍女，在与耶鲁里的斗争中，被囚困在地心，日夜监视恶魔的动静。由于大地一片混乱，没有章法和秩序，阿布

---

① 富育光讲述；王慧新记录整理：《恩切布库》，长春：吉林人民出版社，2009 年，第 1 页。

② 富育光讲述；荆文礼整理：《天宫大战 西林安班玛发》，长春：吉林人民出版社，2009 年，第 2 页。

卡赫赫派神鹊召唤恩切布库返回宇内。恩切布库帮助他们渡过一个又一个险关，帮助人们抵御各种灾害，建立部落联盟等，带领人们过上平安、稳定、幸福的生活，被拥戴为头辈达妈妈、满族的第一个大萨满。恩切布库具备了萨满应该具有的品格：以群体利益为重，勇于牺牲，敢于奉献。为了拯救人类，恩切布库女神献出了自己的全部心血和生命，因此受到后世人们的尊重。在萨满的神圣祭祀中，恩切布库女神得到千秋万代的敬仰，永远活在北方民众的心中。后世为了纪念她，尊敬的称她为“奥都（满语，双骑）妈妈”。而且，祭祀时候讲唱《恩切布库》的讲述者必须是德高望重的大萨满，以示尊重。

从以上论述中可以看出，萨满传承是“窝车库乌勒本”的主要传承方式，而且讲述说部的场合、地点比较特殊，所以，具有其他说部无法比拟的庄严性和神圣感，且都曾一度用满语演唱。《天宫大战》最受满族族众虔诚崇拜，被奉为“天书”和“神书”，“原始人的神话是他们的天书和历史书，是他们礼仪的法典，是他们充满古代智慧的百宝箱和详细的心理学；最后的而不是无关紧要的，还是他们的笑料和智囊。这些神话都不是虚构的，都不是异想天开的（像我们听时认为的神话）；他们对讲述者和听者来说，都是确定的真事”①。《恩切布库》作为《天宫大战》的子篇，同样作为天书与圣典，在萨满祭祀的庄严时刻讲颂，自然也拥有较高的地位。

二　歌颂对象：众女神与具有神性色彩的个体英雄

《天宫大战》采用韵散结合的方式讲述故事，主要讲述的是众

① 达尔文：《人类的起源》，周建人等译，北京：商务印书馆，1983 年，第 141 页。

女神的群像。在三百余位的女神中，她们不是一同产生的，而是有相对的级别。据神话《天宫大战》讲，最古最古的地方是不分天地的水泡泡，凡是有水泡的地方就有阿布卡赫赫。阿布卡赫赫的下身又裂生出巴纳姆赫赫，这样才有了天地姊妹尊神；阿布卡赫赫的上身裂生出卧勒多赫赫。阿布卡赫赫、巴纳姆赫赫、卧勒多赫赫，同身同根、同存同在、永生永育，育有了大千世界。也可以说，三女神是众神谱系中，地位、级别最高的女神。

下一个等级就是由女神化身而来的她们的子女。例如，德登女神是由阿布卡赫赫的一只脚化成的，与天地同长同高，喜欢追风逐云，无论多么高远的云天，都能攀涉。在与耶鲁里的战斗中，德登女神查看其动向。福特锦女神是巴那吉额姆最宠爱的女儿，她住在巴那吉额姆身上的肚脐眼里，也是个天生的大力神，生得四头六臂八足：四头分视四方，眼睛能观察到就连鸟虫都飞不到的地方，也能看穿山峦和岩土；六臂能托天摇地，拔山撼树；还长着人脚、兽腿、鸟爪、百虫的足，跑起来的速度极快，其职责就是负责守护九层天宇的下三层，力量无边。只不过其身形与德登女神正好相反，她粗矮雄阔。在与恶魔的战斗中，她紧紧掐住恶魔的九头，恶魔惊慌逃走，但是在福特锦女神的身上，却留下了许多气孔。

最后一个等级就是女神身边的侍女及动植物神。阿布卡赫赫的大侍女喜鹊、二侍女刺猬、三侍女叫奥朵西（放云马的神女），她们都是在阿布卡赫赫与恶魔耶鲁里大战的时候产生的，而且都起到了自己的作用：“大侍女喜鹊用叫声赶走他，耶鲁里用几座山塞住了耳朵；二侍女用刺猬针上的太阳光刺他九头双眼，耶鲁里用白雾作眼帘；三侍女奥朵西便将七彩云马赶进了耶鲁里的眼睛里……”①

① 富育光讲述；荆文礼整理：《天宫大战 西林安班玛发》，长春：吉林人民出版社，2009年，第34页。

在《天宫大战》中，我们能看到的比较重要的女神有："阿布卡赫赫、巴那姆赫赫、卧勒多赫赫；生命女神多喀堆；突巴卧姆火神；太阳女神顺；月亮女神比牙；百草女神雅格哈；花神依尔哈；护眼女神者固鲁；迎日女神兴恶里；登高女神德登；大力女神福特锦；九彩神乌昆哲勒；大鹰星嘎斯哈；西方女神洼勒格；东方女神德立格；北方女神阿玛勒格；南方女神朱勒格；中位女神都伦巴；女门神都凯；计时女神塔其妈妈；鱼星神西离妈妈；天母侍女白腹号鸟、白脖厚嘴号鸟；九色花翅大嘴巨鸭；人类始母神女大萨满；盗火女神其其旦。"① 众多女神构成了满族创世神话庞大的女神体系。而且这些女神各司其职，从宇宙的诞生到万事万物的生成，女神永不停息地为了世间万物劳作。这些女神形象的产生，其实也是当时社会中原始初民生活的投影，女性在生产生活的各个方面都起着重要的作用，她们主导、引领着社会的前进。

几百位众神世代受人崇敬，是因为她们在与耶鲁里的战斗中做出了巨大的牺牲。但是与恶魔的斗争，不是个别女神依靠无穷的神力完成的，"是天母阿布卡赫赫在与恶神耶鲁里交战前，总是与其他姊妹神商议对策，听取她们的意见，母系时代的领导集团仍是一个平等、友爱、互助的战斗群体。实际上，《天宫大战》中善神的最终胜利，乃是女神们集体力量与智慧的胜利，颂扬的是集体英雄主义。这种集体英雄主义是初民时代社会意识形态的主旋律，回荡在宗教圣坛中，是萨满教的文化底蕴"②。这体现了集体的力量与

---

① 王宏刚：《满族与萨满教》，北京：中央民族大学出版社，2002 年，第 23 页。

② 王宏刚：《萨满教创世神话中的人本主义曙光》，《西北民族研究》2007 年第 11 期。

智慧，塑造了女神的群体形象。文中介绍，每次与耶鲁里的战斗，阿布卡赫赫都要与卧勒多赫赫、巴纳姆赫赫商议对策，大家献计献策，还有众神的帮衬，最终战胜了恶魔。

《恩切布库》作为《天宫大战》的子篇，同属于“窝车库乌勒本”，即“神龛上的故事”，其情节内容基本上摆脱了众女神与恶魔在天上为了争夺统治权而战斗的故事。《天宫大战》突出的是众女神的群体形象，而《恩切布库》却讲述了一个女神、女萨满辉煌的一生，塑造了一个具有神性色彩的英雄形象。《恩切布库》采用口头神话故事中惯有的韵文诗歌体来讲述故事，整部长诗充满韵律和节奏感，又气势磅礴，突出了女神恩切布库的伟大形象。

全诗包括叙歌，共由八部分构成，即叙歌、火山之歌、光耀的经历、头辈达妈妈、开拓新天地、传下了婚规和籽种、创制约法、魂归天国。从“光耀的经历”开始，主要讲述恩切布库往昔辉煌的经历。恩切布库曾经是阿布卡赫赫身边的一位侍女，在与耶鲁里的搏斗中，她起到了重要的作用。后来，她被耶鲁里吞噬了肌体，依然在地心中观察着恶魔的举动。为了挽救人间可怜的众生，阿布卡赫赫命神鹊向恩切布库传授神命，命令她重返宇内。终于，当春雷、春风、风雨普降的时候，“通过山梨树，蓬松柔软的树根，渗入树中，与山梨树的嫩芽、花蕾一起复苏而新生……”① 山梨树的花秸、山梨树的香蕊、山梨树的嫩茎为恩切布库塑造了一个人的形状，将她塑造成为美丽圣洁的女神。沉睡了万年的恩切布库听到呼唤，重新回到了尘宇中。她将带着使命，集合万神的智慧、胆量与威力去拯救令人怜悯的人类。恩切布库带领野人在附近的山间辟

① 富育光讲述；王慧新记录整理：《恩切布库》，长春：吉林人民出版社，2009年，第26页。

地、造房，教野人懂得了居住，还教他们认识火、使用火、抵御火和驾驭火。不仅如此，恩切布库还帮助人们躲避瘟疫、洪水等灾害，因此，她成为人们心目中的英雄，也成为堪扎阿林著名的大萨满和女罕王。

最后，恩切布库为了部族，勇敢地同三耳魔怪作战。她不顾疼痛，把自己的眼睛抛向了天空，化为太阳，普照大地；把自己的头发抛向了天空，化为挡风墙和收风袋……她奉献了自己的心血和生命之光，平息了部落的战争，被人们供奉在神坛，世代顶礼膜拜。

从众多的女神到具有神性色彩的个体英雄的转变，是神本文化到人本文化过渡时代的产物，也是历史发展到一定时期人性英雄崇拜的初级阶段。随着社会的发展，原始先民对社会及自然的认识能力日益增强，也逐渐改变了对外界的认识和判断。使得先民由原来的对神祇的崇拜转而变为对具有神性色彩的个体英雄的崇拜。随着神祇崇拜时代的离去，英雄崇拜将陆续登场。从《天宫大战》中的女神崇拜到《恩切布库》中的个体英雄崇拜，就是在满族说部文本中较好的例证。

三　从神殿到人间秩序的转换

《天宫大战》作为满族创世神话，描写了众女神的群像，她们勇敢地与恶魔做斗争的过程，其实就是建立天庭秩序的过程。在《天宫大战》伍腓凌中，开篇就问及世上最早的鏖战是什么、最惨的拼争是什么，那就是众女神与恶魔耶鲁里的大战。为了争夺天庭的统治权，耶鲁里想尽办法，把卧勒多赫赫囚禁在地下，还和阿布卡赫赫打赌，看谁先找到光明、谁先分出天上和地下的色彩。每次的争斗，耶鲁里或者变形或者使用计策，女神们率领众动植物神，为了天庭的安宁和秩序的建立，同仇敌忾，打败了恶魔。

在与恶势力的斗争过程中的关键时刻，三女神得到了众多小神的帮助，才得以取得胜利。耶鲁里的长脚无敌，阿布卡赫赫就从身上撮下了泥，做出了无数米亚卡小神，能伸能缩，钻进了恶魔的独角里。恶魔痛得冲到天上，长脚也被磨短，掉在地上，正好扎在了拱地的野猪嘴上，从此，野猪长出了野猪牙。阿布卡赫赫还用身上撮出的泥生出兴克里女神，即迎日的鼠星神祇，在黑暗中穿行，引导太阳的光芒照进黑夜。他们尽管都是不起眼的小神，都在战斗中发挥着自己的作用，从不懈怠。

天庭秩序的建立是激烈斗争的结果。恩切布库也是一位在这次争斗中英勇牺牲的女神。在遥远的洪荒时代，洪水泛滥，天母阿布卡赫赫为了拯救人类，同恶魔耶鲁里一决雌雄。耶鲁里为了拥有统治乾坤的大权，释放黑风污水射向天母。云中的阿布卡赫赫疼痛难忍，把汗珠洒下大地山川。在危机万分的时刻，地上升起一个土丘，土丘越升越高，高过万仞。突然间，惊雷震撼，山尖上喷出了火焰，大地重新见到了光明。耶鲁里被火焰烧得四处逃窜，从此不再贻害万物。火焰最后化成一位美丽的女神，即阿布卡赫赫身边的侍女恩切布库。她为天母而死，在地下也不忘记查看恶魔的动静。阿布卡赫赫赐给人间两样珍宝：互助和火。但是人间不懂得互助与合作，更不懂得使用火，使得恶魔有可乘之机，返回人间兴风作浪。阿布卡赫赫召回恩切布库，让她教会人类使用火、保护火，带领人们搭建房屋，躲避灾害。恩切布库的名声传得越来越远。

在恩切布库的感召下，堪扎阿林的不同氏族结成了一个统一的部落，她也被推举为“乌朱扎兰达妈妈”，也就是头辈达妈妈、满族最古老的祖先和萨满。她引领人们举办祭祀、制作皮鼓，选举贤能的人，此带动部落向前发展。在逐渐发展中，部落建立了更大的部落联盟，而且每个部落都有了自己的首领、萨满。

恩切布库又传下了婚规和籽种，创制了约法。当一切渐渐步入正轨，舒克都哩艾曼的族众却时常发生争斗，友情、互助都丢失殆尽。终日的打斗，使得族众饱受灾难，不得宁息。恩切布库查明缘由，原来是三个艾曼为了争夺水源、草场和猎场，所以年年征杀不断，结下了仇怨。恩切布库想出了消除他们之间隔阂的计策，让神来判断他们的是非曲直，三首领真心悔过。她留给后世的神判大法，不是用暴力和强制的约束，而是用审判大法来限制争斗，多少带有人本主义的色彩。这也是具有神性的大萨满恩切布库，对人的关怀，以此形成神关照人、人崇敬神的模式，人类在她的导引下迈上一个又一个前进的阶梯。

由于《恩切布库》是《天宫大战》的子篇，也有内容上的延续，即与恶魔的斗争还在继续。当堪扎阿林在为选举贤人而做准备时，耶鲁里变成小土拨鼠混进人群，传播错误的信息，使得堪扎阿林的族众遭受了灾难。从满族神话《天宫大战》和《恩切布库》两个文本可以看出，它们描绘了从神殿秩序到人间秩序确立的过程。究其根源，是原始社会人类对自然和社会的认识在神话中反映的结果。随着社会的发展与进步，《恩切布库》文本所展现的是母系氏族社会成熟的时代，集体的女神被单个的具有神性色彩的女萨满所取代，其实也是从神到具有神性英雄过渡的时代。

从目前出版的《天宫大战》《恩切布库》《乌布西奔妈妈》《西林安班玛发》来看，这几个文本类属相同，同属于“窝车库乌勒本”，即“神龛上的故事”。比较文本后，可以明显看出从神祇崇拜到祖先崇拜、个体英雄崇拜转化的轨迹。《天宫大战》反映的是原始先民对世界的认识，女神崇拜占据主体；《恩切布库》的主人公是具有神性色彩的个体英雄；较之前两者，《乌布西奔妈妈》中的主人公具有的人性色彩更加鲜明，而且正如学者论证的一样，它产生于母系氏族社会向父系氏族社会过渡的时期；《西林安班玛发》的主人公则完全是一个具有民族特点的个体英雄形象。这个转化过程同时也承载着原始先民英雄崇拜的心理情结。不仅仅是“窝车库乌勒本”，满族说部浩瀚的历史长卷其实就是对各种类型英雄的书写和颂扬，他们的形象承载着满族族群对社会与生活的理解与表达。

第三章

满族说部史诗视角与早期社会文化形态的嬗变

第一节 《恩切布库》《西林安班玛发》《乌布西奔妈妈》的神话特征与史诗性质

一 《恩切布库》《西林安班玛发》《乌布西奔妈妈》的神话性及其与《天宫大战》的承续关系

在满族说部中，《恩切布库》《西林安班玛发》《乌布西奔妈妈》等在一定程度上可以说是神话《天宫大战》的续篇，富育光在其《满族萨满创世神话〈西林安班玛发〉传承概述》中明确指出："满族萨满神话《西林安班玛发》，亦属于满族传统乌勒本重要内容之一。它与本书所公布之满族黑水女真人原始创世神话《天宫大战》一样，均为同一属篇。……是满族萨满神祭中'窝车库乌勒本'（神龛上的故事）《天宫大战》的从属篇目。"

这三部神话的主人公恩切布库、西林安班玛发、乌布西奔妈妈都是《天宫大战》中阿布卡赫赫手下的神祇，是受阿布卡赫赫的委派，来到人世担任大萨满。如西林玛发的来历与《天宫大战》有关，文中写道："天地开创不久，天母阿布卡赫赫与地母巴纳姆赫赫，见此地一片荒芜，各林莽生灵只是弱肉强食，互相残害，毫无礼数，便商定，此地应有萨玛治世。巴那姆赫赫嘱咐阿布卡赫赫，必设法选一位最精深造诣之师为萨玛，才能治理好此山此水。阿布卡赫赫用与耶鲁里争杀时穿戴身上的石球，摘下了一颗，化作石雕萨玛模样，称其名为'西林萨玛'，西林即含'精细''高深'之意。"① 又写东海中有一座形如棒槌的小岛，岛上遍植丹株树，在第一百株丹株树下的洞穴里，内存一椭圆形石棺，棺中藏有神器和一石雕萨玛，这个石雕萨玛正是西林安班玛发的魂魄寄存之处。后来，西林安班玛发通过梦指示族人族过一定的巫术仪式，使他复活，做了部落中的大萨满。

《恩切布库》中的恩切布库女神的来历，也同《天宫大战》息息相关。文中描写，她是阿布卡赫赫的侍女，在万年以前耶鲁里谋害阿布卡赫赫的战争中，她变成喷发的火山挺身而出，赶跑了耶鲁里，自己的体魄却被耶鲁里磨光吞噬，压在地心之中，不得自由。天母阿布卡赫赫因为感念她的恩德，也为了拯救在苦难中挣扎的可怜众生，派白鹊女神传令，让她的魂魄随地心的水、光、气同时升腾，通过山梨树蓬松柔软的树根渗入树中，与山梨树的嫩芽、花蕾一起复苏而新生。

《乌布西奔妈妈》的情节线索也同《天宫大战》一脉相承。书中描写阿布卡赫赫在与耶鲁里的厮斗中，裂生出来星辰神塔其布离大神和塔其乌离大神，她把他们送给妹妹卧勒多赫赫，协助她执管天穹，成为星辰大神卧勒多赫赫身边的侍女神。后来在阿布卡赫赫的苦劝下，卧勒多赫赫才忍痛割爱，让塔其布离的小妹塔其乌离与姐姐相分，到东海分掌时光的流逝，并被德里给奥姆妈妈收作膝前

---

① 富育光讲述；荆文礼整理：《天宫大战 西林安班玛发》，长春：吉林人民出版社，2009 年，第 178—179 页。

爱女。德里给奥姆妈妈怜悯东海众生之苦，在得到三位主神允许的情况下，派塔其乌离到人间来当萨满。因担心塔其乌离走后，日升、日落的时辰无人掌管，因此，她无奈留下了喉咙和美妙的声音，并让海鸥代劳学语。德里给奥姆妈妈说："你初坠入尘，先为哑女。茹苦含辛，晓谙世情。海鸥学会报时后，我还你美丽的喉声！"①

单从文本来看，这三部作品的神话色彩也是相当明显的，如西林色夫的出世就带有浓厚的神话色彩。书中描写西林色夫是从海上被巨浪托举而来，"就在一个黎明时分，大家正在呼喊中时，只听东海里一声声雷鸣，海浪高耸入天，在白茫茫钻天的白柱子一样高的浪峰上，恍惚可见，果真从海底深涡中，突然涌喷向天穹，一股隆起的巨浪，巨浪托举出，一个上身穿小红兜肚、下身系着虎皮绣带、穿条金色鳞纹连裆小皮裤，戴着耳珠坠子，光着小红膀子，两个有劲的小胳膊上，各都长着大筋包，头上披着半腰长的黑发，闪光放光"②。小神人说："我是东海之子，你们就叫我西林色夫吧！"③

更为神奇的是，西林安班玛发刚出生时脖子上就围着金丝圈，金丝圈上串着九个小骨人，都是海豹和鲸骨磨出来的，情态峥嵘，栩栩如生，书中介绍这九个小骨人是萨满教的神物，被称为"乌云瞒爷"。"乌云瞒爷"在萨满教观念中是著名的管天管地管人的大瞒

---

① 鲁连坤讲述；富育光译注整理：《乌布西奔妈妈》，长春：吉林人民出版社，2007年，第25页。

② 富育光讲述；荆文礼整理：《天宫大战　西林安班玛法》，长春：吉林人民出版社，2009年，第144—145页。

③ 富育光讲述；荆文礼整理：《天宫大战　西林安班玛法》，长春：吉林人民出版社，2009年，第148页。

爷，也叫“搜温赊克”。九个骨人大瞒爷，是东海女神德力给奥姆妈妈身边侍神，管天的神有“舜都云”“比亚都云”“都给都云”，管地的神有“阿林都都”“渥集都都”“窝赫都都”，管人的神有“尼莫格赫”“尼亚满格赫”“恩都发扬阿格赫”。这些众神，翻译过来就是“太阳神”“月亮神”“云爷爷”“山神”“丛林神”“岩石神”“治病妈妈”“心智妈妈”“神魂妈妈”。这些司掌宇宙的九位大神，全系之于一身，都为这海中跃出的赤臂小人效劳。从《恩切布库》中，我们知道，东海女神德力给奥妈妈，是地母巴那吉赫赫口水幻化，又是阿布卡赫赫炯炯目火凝生。在众神之中，位次仅次于阿布卡赫赫、巴那姆赫赫、卧勒多赫赫之后，是统驭宇地、海洋、生死、光明，是尊贵万世的第四位母神。而西林色夫身上戴的金丝圈上的九个小骨人所代表的“乌云瞒爷”，正是东海女神德力给奥姆妈妈身边侍神，可见西林安班玛发的神位亦应该不低，连东海女神德力给奥妈妈都派身边侍神听命于他。

西林色夫在满族先民的萨满信仰中，具有崇高的地位，在家族萨满祭祀中也有反映，富育光在其《满族萨满创世神话〈西林安班玛发〉传承概述》中说：“他是满族神话中的技艺神、文化神、医药神、工艺神。在满族众姓神词中多有反映，如臧姓家族萨满祭祀中，称他为‘西伦马法’，吴姓家族萨满祭祀中称他为‘西伦贝色’，在郭霍洛家族中称其为‘西林色夫’或称‘西林安班玛发’从神词所述内容分析，这是满族先民传说的神话人物，带有半人半神的特点。”①

恩切布库重返宇内的过程也充满传奇性和神话色彩。狡诈的恶

① 富育光讲述；荆文礼整理：《天宫大战　西林安班玛法》，长春：吉林人民出版社，2009年，第135—136页。

魔耶鲁里，听到了白鹊传达的阿布卡赫赫对恩切布库女神的嘱咐，变成一个披着黑毛的癞蛤蟆“向恩切布库阿林喷吐黑风污水”，试图阻止恩切布库出世。天母日已预见，又派身边的两位侍女——阿嘎妈妈（雨神）、额顿妈妈（风神）赶到，瞬时间，把耶鲁里喷出的污水，全都收入阿嘎女神的水罐之中。“耶鲁里的蛙嘴只是嘎巴、嘎巴，打得直响，喷不出一点水星，嗓子眼干燥得很。阿嘎女神变成一个顶天立地的大冰柱子，落入耶鲁里的蛤蟆嘴，支撑住恶魔的喉咙。耶鲁里的嘴里突然多了根又凉又硬的在冰凌柱子，无法呼吸，疼痛难忍。额顿妈妈从腰间取出风罐，冲着耶鲁里的蛤蟆嘴，吹起飓风。耶鲁里的蛙肚，顿时膨胀开来，越胀越大，越鼓越高，不断膨胀着、膨胀着。这个幻化的癞蛤蟆，变成了一个顶天立地的大圆球，不停地滚动着，蹦跳着。耶鲁里知道自己若不赶紧脱身，就会像气泡一样崩裂粉碎。他再也不敢逞能好强，赶紧把邪气一泄，变回了原来九头恶魔，化作一股恶风，逃进深深的地穴。”①这种善恶神之间斗争的模式，与《天宫大战》如出一辙，几乎是天宫大战的翻版。

恩切布库的死也有着鲜明的神话色彩。恩切布库受了恶魔耶鲁里所幻化的鼠神的欺骗，陷入耶鲁里的圈套之中，耶鲁里和三耳野魔联合，欲置恩切布库以及全部落民众于死地。为了部族的安危，恩切布库“不顾疼痛，把自己的眼睛抛向了天空。恩切布库女神的眼睛，是太阳的化身，是地心火焰熬炼而成。温暖的阳光照彻大地，蒸发了耶鲁里的污浊恶水。大地重见光明，大地重又温暖。恩切布库又把自己的头发抛向了天穹。女神的头发，乃是地火、浓烟

① 富育光讲述；王慧新记录整理：《恩切布库》，长春：吉林人民出版社，2009年，第32—33页。

熬炼而成。头发变成了一道道顶天立地的，挡风墙和收风袋，把耶鲁里喷出的恶风挡在墙外”①。为了拯救人类，她献出了自己全部的心血和生命之火。这种牺牲自己以保卫家族和群体的利益的精神，也是《天宫大战》中常见的模式。

从上文可以看出，这三部作品的某些人物设置、情节模式、风格特色，甚至语言风格，与《天宫大战》非常相似。它们同样是以阿布卡赫赫为首的善神集团与恶神耶鲁里的斗智斗勇，同样是自然神与动物神的联手合作，且其主人公都是阿布卡赫赫派到人间的大萨满，因而有典型的神话的特征。

二　《恩切布库》《西林安班玛发》《乌布西奔妈妈》的史诗性

从上述内容中我们可到，《恩切布库》《西林安班玛发》《乌布西奔妈妈》具有神话性，且同《天宫大战》一脉相承，某种程度上可以看作是《天宫大战》的续篇。然而另一方面，这三部神话又同《天宫大战》这样的纯粹神话有所不同，具有一定史诗性。

史诗是在特定时期产生的规模宏大的叙事文学，是展现民族发展历程、群体意识的民间艺术形式，具有一定的神圣性。史诗作为古老的、宏伟的艺术体裁，在形式、内容、传承方式、风格等方面有很多和其他的文学体裁不同的特点，具有独有的构成要素：

第一，史诗是特定时代的产物。一方面，它产生于各民族早期发展阶段，在生产力发展水平过高之后，导致个体家庭地位的提高和观念的变化所形成的个性化文学作品的流行，就不太可能产生史

① 富育光讲述；王慧新记录整理：《恩切布库》，长春：吉林人民出版社，2009 年，第 144 页。

诗这种大视角、神圣性的文学作品了；另一方面，它又是在生产力水平、思维观念、意识达到了一定发展水平的条件下产生的，如果生产力水平过低，也产生不了史诗。因为它是民间文学集合的产物，没有一定民间文化素养的培养和民间文学作品的积累是产生不了这样的鸿篇巨制的。

第二，史诗所记述的是特定历史时期的重要事件，关注的是民族部落集体的发展，而不是关注个人的喜怒哀乐和情感经历，这是史诗区别于叙事诗的重要标准。

第三，史诗同其他的文学体裁迥然不同的一个特点是它具有很强的神圣性，无论是创世史诗还是英雄史诗，都具有这一特点。史诗不是可以随便什么地方都能讲的，也不是什么人都可以讲的，是要由祭司在特定的仪式上来讲唱。它是一个民族的《圣经》，记述了一个民族特定时期的荣辱兴衰，充满了崇敬、凝重的气息，没有诙谐、轻松的氛围。

我们看到《恩切布库》《西林安班玛发》《乌布西奔妈妈》的这三个作品的史诗特点都表现得非常明显，尤其是《乌布西奔妈妈》。它以乌布西奔妈妈一生经历为线索，纵情赞美了乌布西奔女罕为东海部族文明发展做出的卓越建树。但全诗的视角绝不仅仅局限乌布西奔妈妈一个人，它是整个部族的发展的历史轨迹及其各方面文化生活的全景式扫描。全诗生动感人地记载了东海地区母系氏族时代的社会历史，记述了原始社会人类走向文明进程中众多社会历史文化形态实况；不但记述了东海女真人母系氏族社会时期的祭礼、信仰、观念、古俗，还尽情讴歌了东海的秀美和物产的丰饶，记述众多的海岛植物、猛禽、百兽、鱼族、奇花、灵药，像一幅斑驳陆离、栩栩如生的历史生活画卷，堪称一部东海人文地理百科全书。

《乌布西奔妈妈》是乌布西奔的后世弟子们对她一生的丰功伟绩的追忆和赞颂，是满族先民对于对其部落发展壮大立了不朽的丰功伟绩的女神的深情怀念和衷心赞美，是氏族成员在祭祀等非常严肃庄重的场合宣讲的本民族的历史，因此它具有非常丰富、突出的宗教性和神圣性。

此外，《恩切布库》《西林安班玛发》也同样具有史诗性。《恩切布库》描写了恩切布库女神诞生后，起初人们对她并不太信任，及至她带领族人躲避种种灾难，终于使人们逐渐断疑生信，奉之为大萨满和部落联盟的首领。随着恩切布库逐渐统一诸部，作品细致地描述了她建立规范的祭祀仪式和图腾制度、改革婚姻制度、医病救人等种种英雄事迹，最后写到部族战争和恩切布库的死去。《恩切布库》不仅仅是描写恩切布库女神，更生动、全面地扫描了母系氏族社会的各方面生活图景以及这一部族在恩切布库领导下不断发展变化的历史。同时，《恩切布库》也具有鲜明的神圣性，恩切布库在他们心目中是永远应该供奉的女神、一位为他们的生存与发展付出了毕生精力，甚至连眼睛和头发都化为阳光和挡风墙保护族众的伟大母亲。

《西林安班玛发》则描写了西林安班玛发的出世、领导族众打败敌对部落、遴选新的萨满、为医治族众的疾病离魂寻神，以及他带领族寻找并迁移到苦乌岛的过程，最后写到岛上的各部落战争及其导致的灾难以及西林安班玛发的离世，并且在这过程中详尽地描述了满族先民的社会生活图景，也表达了人们对这个一生叱咤风云、无私奉献、英勇无敌的大萨满的无限崇敬和无比怀念。

任何文化的产生，都有其赖以产生的生产生活背景和人文文化环境。从《恩切布库》《西林安班玛发》《乌布西奔妈妈》三部史诗中，我们可以在看到，生活在蛮荒时代的满族先民所面临的种种恶劣的生存困境和异常艰难的生活图景。了解他们原始的思维方式和文化观念，从而理解何以在那个时代他们会有萨满教的崇拜，以及萨满在他们生活中曾经起到的不可替代的作用。

三 《恩切布库》《西林安班玛发》《乌布西奔妈妈》所反映的历史时期的不同

虽然这三部作品都同样是反映了萨满教盛行的母系氏族社会原始生活图景，但其反映的社会发展阶段有所不同。《恩切布库》反映的社会生活在三者中是最古远的。当时人民尚不能纯熟地使用火；性观念和婚姻制度尚未成熟；氏族内部还没有形成强大的凝聚力，关系比较松散；萨满教信仰也尚在蒙昧的初级阶段，人们对萨满有一个逐渐由疑生信的过程。这一时期的主要矛盾是天灾、疾病，其次才是部落战争。

《西林安班玛发》所反映的社会生活已经有了一定进步，生存问题已经不像早期那样困难。当时人们虽然衣食还很简单，但已经能纯熟地使用火，有了一定抵抗自然灾害的能力；社会的主要矛盾已经转变为以氏族之间的战争为主，疾病和天灾为次。氏族之间频繁的战争，使得氏族内部的凝聚力不断加强，萨满文化在冲突交流的过程中逐渐走向成熟。一系列原始萨满崇拜观念已经成形，人们急切盼望萨满出现，按照萨满的教导去生活，深情拥护并努力维护萨满在氏族生活中的统治地位。此时，萨满和氏族领导人基本上合而为一，没有明显政教分离的迹象。

《乌布西奔妈妈》所反映的社会生活则更进步了，不但人民的基本生活已经不成问题，且有了贫富分化。奴隶制已经形成，氏族上层阶级的享乐生活同下层奴隶悲惨生活形成强烈对比；社会制度方面已经有了较为成形固定的几个大的氏族和部落，关系相对比较稳定，并已经懂得用图腾来标志和区分大小不同的氏族部落。萨满教文化已经发展到最为成熟和辉煌的时代，萨满在氏族中地位崇高，但已经有了政教分离，即氏族领导人和大萨满分离的苗头。这一时期的主要矛盾则是部落内部各氏族间以及氏族统治阶级与奴隶阿哈之间的矛盾。

因而在下面几节中，笔者将分别从《恩切布库》《西林安班玛发》《乌布西奔妈妈》三部作品的视角，研究满族先民们原始社会早期、中期和后期的不同生活图景和历史文化发展轨迹。

第二节　《恩切布库》及其所反映的原始社会早期历史文化

一　恩切布库降生前的满族先民生活写真

在天寒地冻的北国，处于原始社会早期的满族先民们是如何生活的呢?《恩切布库》中有十分生动的描写。首先，当时的人们还没有完全掌握用火的技巧。火，对原始先民来说是极为重要的。文中赞叹："火——生存的韶光，火——生命的希望，火，使人傲立群牲，火——使人开创光明的坦程，建树不凡的勋业。人若不懂用火，形同百兽无异，甚而不如虫蛔。"① 然而，人类早期不懂得用火，食物与居住条件十分恶劣，"苦栖洞窟，湿寒侵袭。食物匮乏，生食乱尝。惨悲柔弱，数年夭亡"。

---

①　富育光讲述；王慧新记录整理：《恩切布库》，长春：吉林人民出版社，2009年，第18页。

虽然人们很早就认识到火的重要性，但掌握火的生燃、守护与传播的技术经历了一个漫长的艰难过程。文中写道：“由于人类不懂对火种的生燃、守护与传播，使恶魔耶鲁里遇到了可乘之机，他从九层地下悄悄地爬了出来，无休止地抛下连绵阴雨，平和的大地、沟谷、小溪、丘陵，不见踪影，遍地化成波涛汹涌的巨川……（人类）终成耶鲁里阴雨狂涛中的漂浮物。”① 恶神耶鲁里在这里所代表的是水灾等自然界给人类带来的灾难。显然，当时的满族先民们对火种的生燃、守护与传播还缺乏足够的经验，所以还不能对抗自然灾害的强大力量。

其次是知识的极度缺乏和文化生活的一片空白，连男女之别都懵懂无知。《恩切布库》中写道：“在那遥远的时日，在那荒芜的年代，人们不懂得‘阿尼牙’（年）是什么？不会用‘比牙’（月）来记时光，更不知自己叫‘尼牙玛’（人）。人们对所见所闻，所遇所得，一切一切，所有所有，都不知是怎么回事。”“每个人的模样，那样新奇。但总是还是同类，凑在一起才发现：都有一个黑大长毛裹着的有眼鼻耳舌口的头，都有一个宽宽的脊梁，悠荡着的两只又大又粗的巨手，都有一个像肉柱般的硕大股臀，支撑着的两条粗树般的长腿，但有的下身垂挺着苍毛茸茸的交媾柱，有的下身，却是一条黑绒遮着的溺溲口。”②

再次，社会没有固定的秩序，由于只知其母，不识其父，因而自然形成了一个个以女性为核心的“妈妈窝”。各个妈妈窝里，凭

---

① 富育光讲述；王慧新记录整理：《恩切布库》，长春：吉林人民出版社，2009 年，第 22 页。

② 富育光讲述；王慧新记录整理：《恩切布库》，长春：吉林人民出版社，2009 年，第 15 页。

着自己妈妈的能耐，养活自己的子孙。人们之间的关系一盘散沙，还没有形成一定姓氏家族和氏族的核心凝聚力，野人们分居各地，没有头领，零零散散，稀稀拉拉。

人们的人生目标更是一片空白，《恩切布库》中感叹道："此时的世人呀，还是山莽中的一群毛绒野人，不识任何约束，不识掌舵首领。居无定所，四处觅生。野餐血肉，难辩膻腥。没有希望，没有目标，没有寄托，没有依靠。在饥渴中挣扎，在朦胧中奔跑，在愚蒙中徘徊，在苦难中啼号"①。

再次，氏族之间也不甚和谐，常因强弱不同，互相倾轧吞并。自私成了通弊，贪欲占了上风，拈尖取巧，尔虞我诈，侮弱怕强……各氏族间为了繁衍后代，盛行抢男之风。"各妈妈窝互相抢人，抢年轻力壮的男孩，索索如骨，勃挺强健，孕生壮崽，啼声如虎。"

更可怕的是，猛兽、凶禽、洪涛、山火、病魔、风暴等各种天灾时时刻刻都威胁着他们脆弱的生命。文中描写了恩切布库初来到世间时，氏族所面临的最大危机是来是大自然的各种威胁，常常因地动雷击而被拆散，常常因山洪野火家破人亡。如洪水的不期而至，"大地一片汪洋，人们难辨八方，所有的生命在狂涛中哀怜"②。再如火山的突然喷发，"山间的石头，被烧成红色，林中的树木，被烧成灰烬……不少人因毒气而窒息，不少人因地火而毙命"③。他们还随时可能面临可怕的瘟疫，一旦沾染，全族部众都

① 富育光讲述；王慧新记录整理：《恩切布库》，长春：吉林人民出版社，2009年，第38页。

② 富育光讲述；王慧新记录整理：《恩切布库》，长春：吉林人民出版社，2009年，第45页。

③ 富育光讲述；王慧新记录整理：《恩切布库》，长春：吉林人民出版社，2009年，第47页。

要死去。此外，野兽也随时威胁他们的生命，人们常常因误入虎狼之穴而被吞噬。

在这样一个生产力水平极低、氏族秩序尚未建立、核心凝聚力尚未形成、文化观念极为落后、知识水平非常低、各氏族间争战抢掠不断，而且又面临着各种灾难和生存困境，随时有灭亡危险的原始社会中，显然需要一个有权威、有魅力的领导核心的力量来统领、教导、帮助他们。在原始人心目中，万物都是有灵的，天地间充满神灵，人的力量是有限的，而神的力量是无边的，只有神灵才能解救他们和帮他们解决困难，因而他们遇到困难，只知求神灵护佑。只有起到神与人沟通的媒介作用的萨满，才能增加氏族凝聚力，提升其各种素质，保证氏族的生存和发展。这就是萨满教赖以产生的历史文化环境。

二　恩切布库的神奇预见灾害能力和组织逃生能力

然而，氏族的萨满信仰也决非一天两天就能形成的，要想让族众对萨满产生信心，并不是一件容易的事。虽然恩切布库出世时，有各种各样的灵瑞出现，但还是不能取得氏族成员的完全信任。文中写道："站立在野人们眼前的恩切布库女神，跟众人不差半分，眼睛、耳朵、鼻子、嘴都那么平凡，野人们瞠目相视，抚掌互疑。究竟恩切布库是虚妄度日？还是诓骗众人？有的人摆腚摇头，有的人半信半疑，有的人若亲若疏，有的人若即若离。……恩切布库召集野人们，到她出世的山梨树下，嗓子喊哑了，手腕摇肿了，可大多数年轻力壮的野人们，不听恩切布库女神的调遣，照样观望不动。他们各行其是，为所欲为，得过且过，无忧无虑。女神为他们着急，女神为他们焦虑，可这些野人并不体谅女神的心。"①

① 富育光讲述；王慧新记录整理：《恩切布库》，长春：吉林人民出版社，2009 年，第 43—44 页。

那么恩切布库女神是怎样取得氏族成员的信任逐渐成为氏族核心，取得部落联盟的领导地位的呢？首先，恩切布库过人的预见灾害和应急能力使野人们心悦诚服。原始部落所遇到的最大危险来自大自然，随时不期而至的洪水、火山喷发、瘟疫等灾害很可能顷刻之间就让原本生机勃勃的氏族集体灭亡。因而，预知灾害、带领族众逃离灾害的能力对于氏族首领来说尤为重要。在这方面，恩切布库几次带领族众成功地躲避了灾难，在生死存亡的危难之际，挽救了他们的生命。

经过一系列生死的考验和一次次血的教训，野人们终于坚信恩切布库有“目射寰宇”“料事如神”的预测能力，被她“运筹帷幄”的本领和“拯世”救难的奇功所折服，人们“崇仰、信服恩切布库女神，说他是野人们心上最亲的人，是拯救人类的慈心大萨满”。甚至远至百里外的野人们，为了获取安宁的生活，翻山越岭来投靠这位伟大的恩切布库女神。由于各部都来投靠恩切布库，氏族中出现了人来人往、络绎不绝的繁盛景象：“堪扎阿林附近所有的妈妈们，都携儿率女，投靠恩切布库女神，从黎明到傍晚，从黑夜到清晨，从日落到日出，从月升到月偏西，吵吵嚷嚷，络绎不绝。人们都愿成为恩切布库女神手下的亲随，一伙、二伙、五伙、十伙、百伙……”① 像是磁石吸引铁块儿一般，一个个分散的妈妈窝，以恩切布库为核心，逐渐形成了有一定凝聚力的氏族、部落。

《恩切布库》中还描写了最早的图腾——“阿浑柱”的产生。“堪扎阿林热闹异常。往昔互不相识的野人，现在都亲密起来，原来那些跟随恩切布库女神的野人们，更是忙得不可开交，他们成了

---

① 富育光讲述；王慧新记录整理：《恩切布库》，长春：吉林人民出版社，2009 年，第 60 页。

后来人的向导、知己和引路人。‘兄弟’一词在堪扎阿林这块陌生的土地上诞生了。石头上、山崖上、粗粗的原木上，都刻出了‘兄弟’的图腾，那是两个小人并肩站在一起的图案。这就是最早的‘阿浑①柱’。”② 图腾是氏族逐渐凝聚形成的时期，用以标志氏族的一种图案，就像是国旗、国徽一般，是这个氏族的代表和象征。图腾原不限于动物，也可以是其他，比如恩切布库的氏族的图腾就是“两个并列在一起的小人”，表示兄弟之意。

恩切布库代表了满族先民在氏族社会早期产生的萨满形象。从上文我们可以看到，当时的萨满并不是很容易就能得到信任，必须有足够的应变能力、预警能力、组织能力等。最早的萨满是氏族成员中的精英，天生具有某种禀赋和异能，在生产生活实践中，逐渐取得了族众的信任，受到族众的拥护。在原始人的心目中，奇特的能力必是神的赐予，有奇才异能者必然是通神的，所以这些精英往往被编入神话中，成为他们心目中的神。

三 火山之神与用火技术

在原始氏族社会的早期，萨满对一个族部来说非常重要，他不仅是一个氏族的核心，而且在氏族的生存发展过程中立下了种种丰功伟绩。那么，恩切布库都对氏族的发展立下了怎样的功绩呢？

首先，恩切布库教会了满族先民用火之道，大大改善了他们的生存条件。恩切布库女神教野人们认识各种各样的火，“阿布卡赫赫赐降的火，有各种各样，天火、雷击火，森林火，旱天火，石岩

---

① 阿浑，满文原为ahvn，是兄弟的意思。

② 富育光讲述；王慧新记录整理：《恩切布库》，长春：吉林人民出版社，2009年，第60—61页。

火，地沟火，红色、黄色的火，发热、发光的火，生命的火，驱寒的火”。同时还教他们怎么保护火、抵御火、驾驭火，怎么保留火种。这些火照彻阔宇，温暖人间，烤热大地，不但使“他们成为使用火和保存火的主人，成为大地上最无敌的人，生活远超过百禽、百兽”，而且大大地扩大了他们的生存空间，“有了火，人们放胆来到了雪野寒域——现在居住的北方”①。更使得艾曼②日益兴旺壮大起来：“从此，野人们不再为怕火而惊遁，野人们不再为缺火而烦愁。”“弱小的生命开始强壮，成为不可欺凌的力量，叱咤在世上。”

笔者认为，恩切布库具有火神的特性。恩切布库在出世前，被描写成火山之精魂。她是阿布卡赫赫的侍女，为了解救阿布卡赫赫，变成喷发的火山打败耶鲁里。出世后，她更一次次变成大火球打跑恶魔耶鲁里，死前更是将眼睛化为太阳，用火光照亮了大地，赶跑了耶鲁里。恩切布库火神的特点也在其面貌特征和性格禀赋中表现出来，“恩切布库女神，万年前在地火中锤炼，火焰一样的身躯，火焰一样的光芒。她红光大脸、热力非凡。她身边的人，就像有阳光普照，温暖心房。她像一把永不熄灭的火炬，她像一团喷薄四射的巨光，她像一盏鲸鱼油熬成的照明灯，她像一面水晶铸成的反光镜，照耀着人们，驱散着黑暗，令人头聪目明，神怡心旷。”……“恩切布库女神禀赋——性如烈火，恩切布库办事——雷厉快快爽……”③

① 富育光讲述；王慧新记录整理：《恩切布库》，长春：吉林人民出版社，2009年，第41页。

② 艾曼：满语，部落之意。

③ 富育光讲述；王慧新记录整理：《恩切布库》，长春：吉林人民出版社，2009年，第41—42页。

笔者推测，很可能恩切布库的原型是一位在满族先民逐渐探索如何正确使用火、保存火、传播火的时期的氏族女首领和女萨满，就像中原传说中的燧人氏一样。根据《恩切布库》中的描写，满族先民最早使用火很可能取自火山喷发，故而人们把她描述成火山之神。

四　祭典、图腾柱与氏族联盟的建立

恩切布库女神不仅使部落空前壮大，制定了规范的祭典仪式，建立各姓氏族自己的图腾柱，而且靠着个人的能力和魅力，使得氏族内部和各氏族之间凝聚力空前加强，形成了一个拥有众多分支的统一整体。恩切布库也成了最早的部族联盟首领、头辈达妈妈①，同时也是满族最古老的萨满神。部落联盟领导下的各妈妈窝依然保留自己的名称，出现了希普苏、塔穆察、图尔塔拉、傲拉托欣、柏米纳、多林嘎、布察、吴扎等等大小不等的分支。枝干越来越多，越来越密，一个枝干就是一个姓氏、一个部族。就是这些大小不等的分支，经过数百年的发展，枝繁叶茂，瓜瓞绵绵，形成了满族先民的主体。

恩切布库还带领族人举行了盛大的部落统一仪式，在这个仪式上树立起了部落和权利的象征——“图腾柱”。文中写道：“众野人又放倒一棵拳头粗的山梨树，在平整的草坪上，立起一个山梨树木桩，这就是图喇柱，又叫‘女罕柱’。柱上镌刻日月星辰和恩切布库女神总首领的尊容。女神长发拖地，腰围柳叶。长发用山羊皮编成，耳鼻眼用草把拧成，两个大大的乳房用兔皮煎成，胯下用熊毛拼展，四肢用桦干雕成。这就是阿布卡赫赫的图喇柱。布尔丹比拉

① 达，是满语首领之意。

的人把自己的血滴在图喇柱上。所有妈妈窝的人叩拜、共饮。”恩切布库女神成了这个图喇柱前众人当然的首领。大家围着她欢呼雀跃。恩切布库女神给部落起了名字，并说“从今天起，咱们艾曼有了自己的名字——‘舒克都哩艾曼’姓‘舒克都哩哈拉’”①。

恩切布库女神还带领其统领的“七十二个艾曼”建立了各自的“图喇神柱”，这标志着由恩切布库领导的部落联盟的正式成立。文中写道：

恩切布库女神又命人镌刻，舒克都哩艾曼的总标识——图喇神柱。神柱上镌刻着恩切布库女神的伟业；从野人到创建艾曼，征服双头魔怪，乃至现在威震八方的英雄伟绩。这个图喇柱不单是徽号柱，还是舒克都哩艾曼的英雄柱、镇妖柱。不仅如此，围绕舒克都哩心脏的四周图喇柱，都成为各艾曼的徽号，有的用泥，有的用石，有的用骨，有的用木，雕刻出不同样式，高大挺拔。夹昆艾曼的图喇柱，是用一块巨石制成的，鹰头人身石像。凶嚣的鹰眼，锐利的鹰嘴，展翅翱翔的翅膀，威武雄俊。塔思哈艾曼的图喇柱，是个半山高的虎头柱。巨石雕刻的虎头威风凛凛，虎目圆睁，口吐红舌，矗立高山之巅，雄伟壮观。木克艾曼的图喇柱毫无逊色，风采媚人的女海神，伫立海涛之上，海涛中刻满海鱼、海蟹，显示东海的殷富、浩渺、神秘而崇高。每个大小精灵艾曼也按自己的特点，刻出醒目的图喇神柱。②

---

① 富育光讲述；王慧新记录整理：《恩切布库》，长春：吉林人民出版社，2009年，第61—62页。

② 富育光讲述；王慧新记录整理：《恩切布库》，长春：吉林人民出版社，2009年，第102页。

自此，满族先民们有了每个氏族都有了自己的图腾和图喇柱，作为氏族的族徽和标志。在原始社会中，图腾具有重要的意义，它不单单是一个部落氏族的徽号柱，还是英雄柱、镇妖柱。在他们心目中，图腾柱是承载四方神明、祖先英灵的神物，具有镇妖除邪、凝聚人心、保障氏族壮大发展的重要作用。在恩切布库时代这些不同图腾的氏族间彼此还是平等互助的关系，到了后来的“乌布西奔妈妈”时代，不同图腾的标志则有了上下尊卑的差别。

从上文中，我们可以总结出满族先民最早部落联盟和萨满制度的形成过程。萨满信仰是在其生产生活中自然形成的，最早的萨满是部落中最具有神奇的预见灾害能力和组织建设能力的女子，经集体推选而来的。同时，最早的氏族首领与萨满是统一的，萨满拥有“达”（首领）和氏族萨满的双重身份，地位崇高。建立部落联盟后，为了凝聚人心、鼓舞士气，他们又根据自己的特点，为部落联盟以及内部各氏族起了自己的名字，并建起了本部落、氏族的标志——图腾柱。

恩切布库统一各部后做的第一件事，就是完善和规范了祭祀仪式。祭拜的第一位神，是通天地的神树祭及祭拜阿布卡赫赫、巴那吉额母的祭礼。第二祭是祭拜的堪扎阿林山神、地神的祭礼。对东海与布尔丹比拉等，湖川江河的祭拜为第三祭。

除了这些常规的祭祀外，恩切布库时代还有对火、海的祭祀仪式。族人在祭祀中还发明了鼓。书中写道：“开始的祭祀很简单，族人摆上野果及打来的牲畜，以水代酒，跪地裸拜。后来，南沟的妈妈剥来了虎皮，北岔的妈妈剥来了东海的鲸鱼皮。大家将肉烧烤而吃，厚厚的皮张做帐篷，时间长了，皮张变得非常僵硬，有些族人手拿木棒，顺手往帐篷上一敲，皮张梆梆直响，声音洪亮震耳，很远就可以听到，再后来，皮张又作为传递心声之用。……于是人们又渐渐发明了鼓。到了祭祀的时候，把一人多高的大鼓抬出来。那时候的鼓都是单面鼓，外面用木框镶好，把皮子抻开，用皮绳固定在木框上，木棒一敲，嘣嘣嘣，祭祀开始了。鼓声使祭祀显得更加雄壮，更加激昂，更加振奋人心。”①

恩切布库女神为了祭奠在海战中死亡的亲灵，率众举行了盛况空前的海祭，拜祭淫威肆虐的海神、拯救生灵的鱼神、风神，以及为征服海域遇难的珊音赫赫、珊音哈哈②。“恩切布库女神和族众，敲响鼙鼓，跳起裸舞，长筏火旺，拍肘豪歌，拿起一箩箩鱼虾、野花、珊瑚、抛向大海，诚愿神灵和亡灵品享，从此，世上留下了向大海投掷供品的习俗。海祭常用陆上野牲、野果敬神，又留下了向大海投撒鲜牲、鲜禽之习。千百年来，永不更改。”③

我们现在很难想象祭祀对于满族先民有怎样的意义，然而对于当时的原始先民来说，从一个个一盘散沙般的“妈妈窝”到形成统一的有凝聚力的集体并不是一件容易的事。况且这些原始野民们“不识任何约束，不识掌舵首领”，文化观念、道德水准很低，唯有依靠神的威信和力量才能使族众们心往一处想，形成强大的合力。因而萨满教及其祭礼在当时的社会中是具有相当重要的作用的，对推动社会进步起到了一定积极作用。祭礼陶冶了人们的心灵，使人类远离了野蛮。从此，人们懂得了一个道理：只有祭祀自己的祖

---

① 富育光讲述；王慧新记录整理：《恩切布库》，长春：吉林人民出版社，2009年，第64页。

② 珊音赫赫、珊音哈哈：满语，意为好男人、好女人。

③ 富育光讲述；王慧新记录整理：《恩切布库》，长春：吉林人民出版社，2009年，第138页。

先，缅怀自己的先民，才能后继有人。

五　比武选才、驯兽为兵及畜牧业的发展

恩切布库还建立了以比武的方式来遴选人才的制度，只是恩切布库时代这种遴选人才并不是像中原那样考文才武功，而是考试驯兽或其他奇才异能。因为那时的战争大多不靠武功，而是靠驯养野兽充当猛将。因而我在这里顺便介绍一下恩切布库时代的驯兽业、畜牧业及武器的发展，因为这几个行业也都是直接或间接为部落战争服务的。

恩切布库女神知道人才对于部落发展的重要性，只有多选些能人，才会步步登高，才会更加富强。所以在她的提议和组织下，举办了堪扎阿林第一个选“山音赊夫①”的盛会。盛会上，不分亲疏，不分远近，不分老幼，谁都可以凭着自己的本事、凭着自己的能耐报号上阵，竞比奇技，竞比奇功，竞比奇能，竞比奇艺。

在《恩切布库》中，这种比武带有相当浓厚的神话色彩。很可能因年代的久远，历史人物已经被神化。这种比武似乎更像是半人半神的萨满表演，而不像后世的骑马射箭的竞技，参加者多是女氏族首领，比赛的神通更类似驯兽表演。

我们来看一段鹰神“夹昆妈妈”的表演：“单说在众艾曼中，有个艾曼叫‘夹昆艾曼’，艾曼的标志是只鹰。夹昆艾曼是堪扎阿林南麓，一个剽悍勇猛的部落，人数虽然不多，但个个体格蛮壮，威猛顽强，有穿云越涧之能。他们的头领叫夹昆妈妈，艾曼的族众是她的子孙，她是这个艾曼的乳母、女罕。夹昆妈妈身披鹰羽，头扎鹰冠，像一只雄鹰飞落赛场。她向各艾曼的族众虔读地施了一个

---

①　山音赊夫：满语：sain sefu，意为好老师。

鹰礼，报上自己的鹰号。她说：‘我是鹰神派来的使者，是开天辟地的鸟神。我曾经帮助天母阿布卡赫赫降伏过耶鲁里。……说话间她长啸一声，鹰翅一抖，振臂一呼，群山中，立刻有排山倒海似的惊雷响起，且飞来满天的雄鹰。雄鹰鸣叫着，飞翔着，遮住了日光，掀起了飓风。云雷中，群鹰汇成一个声音：‘恩切布库姐姐，我们是你当年的小妹，是天母的左膀右臂。姐姐你有何纷咐，我们誓死不辞。’”① 剥去其神话外衣不谈，从上面的文字中我们可以看出，这是一个擅长驯鹰的氏族，有一招手间唤来群鹰的本事，他们以鹰为图腾，处于母系氏族社会时期，首领是名叫夹昆妈妈，是一个艾曼的始祖母，族众都是她的子孙。

在《恩切布库》中，不但有以鹰为图腾的氏族，能驯化并召唤成千上万的雄鹰，还有以虎为图腾的氏族，其首领能招来上百只猛虎为其效力；还有以水为图腾的氏族，能引水收水，还能招来水獭和龟鳖。此外，还有以小蝴蝶、小蚂蚱、小蝈蝈、小蛐蛐为图腾的小氏族。这些氏族虽然小，也都各有其无法替代的作用，“能够通风报信，能够驱除瘟疫，能够预见灾害，能够治疗病疾”。

当时这些氏族之间的关系是完全平等的、没有高低上下之分，互利合作，共存共生。正如恩切布库女神说：“夹昆妈妈、塔斯哈妈妈、木克妈妈、众位小精灵、小妈妈们，你们都是神能百技的萨满神，都是我的好帮手，好姐妹，有了你们，舒克都哩艾曼会更加兴旺，有了你们，舒克都哩艾曼会更加强壮。”

当遇到灾难或是部落战争时，各氏族族众各显其能、同心协力对付恶魔耶鲁里。文中描写，当恶魔耶鲁里巧施阴谋诡计，把族众

---

①　富育光讲述；王慧新记录整理：《恩切布库》，长春：吉林人民出版社，2009 年，第 71 页。

困在山谷中时，夹昆妈妈化成千百只雄鹰，飞翔而下，抓走在水中挣扎的族众们；塔思哈（虎）妈妈能瞬间招来数不清的吊睛黄毛大虎，驮走在水中狂叫的族众；木克（水）妈妈招来千万只水獭和龟鳖，驮走在水中挣扎的族众们；恩切布库女神用自己变成的火珠，追烧着耶鲁里。可见，在渔猎民族在原始社会初期有着不同于其他民族的特点，就是巧妙的驯化动物，用动物来作为战争的武器。

相比动物来说，真正的武器在战争中的作用就显得小许多。如在制服九尾貂部落的战争中，只提了水、火、鹰、虎，而未提及任何武器；在对五毒蝎魔窟的战争中，对武器也只是一笔带过，起到至关重要作用的仍是各种动物。“火焚、鹰啄、虎食、狂涛，恩切布库妈妈又请来土拨鼠、刺猬、蝼蛄、蚂蚁、蚯蚓……众精灵打洞，将狂涛、巨火引入五毒蝎居住的洞窟之中。”① 这就难怪何以从《天宫大战》以来的满族神话中，动物神在同耶鲁里的战争中起到非常重要的作用，这其实是满族先民生活的生动写照。满族说部的英雄传奇和历史故事中，这种靠动物兵将打仗的倾向也表现得也很明显。在《东海窝集传》中，利用虎、熊、狗、鹰等动物都频繁地用于战争，并在战争中发挥极大的作用。这正是东海女真人不同于其他民族的一个突出的特点。

当然，《恩切布库》中，对武器也有一些描写。例如，恩切布库带领族众赶走洞中的动物时，“大小艾曼的人，由恩切布库教领，选石块，磨石块，做尖矛，削劈刀，攒石蛋。教艾曼的人，砍坚

---

① 富育光讲述；王慧新记录整理：《恩切布库》，长春：吉林人民出版社，2009 年，第 106—107 页。

木，做棍棒，捆上刃石、尖石，锋利无比，齐向洞窟魔怪斯拼”①。当时的武器虽然仍是石器，但已经有了各种加工工艺，且有了木制的柄，使用起来颇为方便。

在恩切布库的时代，畜牧业也得到长足的发展，除上文所提及的驯鹰、驯虎用来打仗以外，满族先民还在这一时期学会了驯养狗和马。“恩切布库最早捕捉野兽驯养，叫‘古鲁阔’②，捕捉野狗驯养，叫‘音达浑’③，舒克都哩艾曼的族众，又在山外见到了一种叫作‘莫林’④ 的怪兽。此怪毛色美丽，四蹄生风，长鬃抖抖，奔跑如飞。他们用皮网围截，捉回来十匹‘莫林’怪兽。……命族众习学骑术。从此，舒克都哩艾曼的族众，都认识了莫林马，都会乘骑莫林马。”懂得驯马骑马对于当时的满族先民人来说是一件大事，大大地改善了交通运输，使得“道路不再遥远，雪路不再难行，沟壑不再难越，溪涧再不难跨。”“人可以像雄鹰一样，翱翔在堪扎阿林的千山万水之间，自由自在，任意驰骋。”⑤

综上所述，恩切布库时代的畜牧业是相当发达的，不仅能驯鹰、驯虎作为战斗的最好武器，还掌握了驯狗、驯马的技术，尤其是驯马业发展很快，使这个马背上的民族有了自由远行的神力。“恩切布库和族众，学会养育莫林神骏，不久已繁衍无数。每个艾曼都有自己养育的莫林骏马，每个妈妈都有自己的莫林神骏。恩切布库自己

---

① 富育光讲述；王慧新记录整理：《恩切布库》，长春：吉林人民出版社，2009 年，第 89—90 页。

② 古鲁阔：满语原文 gulugu，意为野兽。

③ 音达浑：满语原文：indahvn，意为狗。

④ 莫林：满语原文 morin，意为马。

⑤ 富育光讲述；王慧新记录整理：《恩切布库》，长春：吉林人民出版社，2009 年，第 142 页。

骑用神骏两匹，终日轮流骑乘，使神骏不过于疲劳，永远有备无患。”

六　洞居、树屋及原始人居住条件的改善

恩切布库另一项丰功伟绩是改善了氏族的居住条件。在恩切布库降临之前，舒克都哩艾曼的人们，像所有的野人一样，终年生活在旷野草莽，不懂架屋盖房。恩切布库女神重生后，教会愚蠢的野氓，学用干枝藤草，围架篷帐，冬夏偎依在古树古藤之中，躲藏雨雪雷电、燥热风狂。

然而，这种篷帐显然没有坚固的洞穴中温暖安全。野民们为何不进洞窟安居呢？是因为那里有成群的猛兽和巨蟒，有时又“释放毒气”，使野民们不敢靠近。他们甚至看到“熊罴洞中出入，看蝙蝠洞中倒悬，看獾豹洞中繁衍，看蟒蛇洞中爬窜，”都觉得“多么令人羡慕憧憬啊!”

在恩切布库的带领下，族众们运用自己的智慧和能力，用鹰群赶跑了盘踞南山洞穴的“黑熊王和棕熊王”，让夹昆部族住了进去；用火熏赶跑了北山洞中的蟒蛇，让塔斯哈部族入住其中；用水淹赶跑了东山洞中的野豹、野狸、猞猁，让木克部成为其中的主人；用列火烧尽了西山洞中的蜈蚣、蚰蜒和地蝼蛄，让众精灵的族众也住进了洞穴。“往昔的野人，有了新的称号——‘堪扎洞主’”。

相对以前的篷帐来说，山洞中的生活真可谓是天堂了。一是山洞挡风遮雨，温暖如春；二是山洞是很好的御敌、防敌、避敌之所，只要守紧洞门，就安然无恙；三是洞中不仅有居室，而且有地仓，食物不易腐烂，可经久存放。此外，人们还围起木墙，盖上梁木，发明了地下火灶。因山洞中常有地泉地水，阴暗潮湿，人们还发明了架木烘烤之法，使得地土干燥、坚硬。

然而地室总是阳光不足，空气不畅通，且常有沼气渗入，恩切

布库女神和众位妈妈神仿学禽鸟鹰隼之能，引导艾曼的族众，在树上筑巢、筑屋，这就是赫赫有名的树屋。关于树屋的建造工艺和种种好处，文中有较详尽的描写：

> 族人们选在百余年的古树之上，筑起大小不等的各种房屋，有的粗壮树上搭有两到三个不同的小屋，都绑钉与地面相通的软梯子。为了防备猛兽袭扰，到了夜间，这些软梯子还可以收起来。有了树屋，再不怕地湿地水，再不怕猛兽偷袭。住在高树屋里，阳光充沛，清新畅爽，如同吮抱着妈妈的裸乳，甜蜜美满。树屋越建越多，越建越完美。后来又出现了单巢、双巢、连环巢。林海中树屋相连，像数不清鹊巢。①

从此，冬入洞，夏建巢，成为满族先民独具特色的居住方式，这在此后的多部作品中都有所提及。

七　采谷、种粮及采集业与农业的发展

恩切布库的第五项功绩是发展了野生谷物采集业和农业生产，使满族先民有了自种的粮食可吃。恩切布库女神在长尾花斑银翅鸟的提醒下，找到了一片长满谷子的平川，“她捏起几粒谷子放到嘴里嚼着，越嚼越香”，终于明白这是可以饱腹的口粮。后来她带领族众到这片平川旷野采谷穗，又命人把谷穗泡开，在火上煎煮：“一股股诱人的香气，传遍山谷，把堪扎阿林都香醉了！舒克都哩艾曼所有人，亘古第一次尝到了水煮的籽粒野谷。”②

---

① 富育光讲述；王慧新记录整理：《恩切布库》，长春：吉林人民出版社，2009年，第95页。

② 富育光讲述；王慧新记录整理：《恩切布库》，长春：吉林人民出版社，2009年，第118页。

文中深情地赞颂了这一伟大的发现给他们的生活带来的巨大的变化。因为仅靠狩猎，是无法有足够稳定的粮食来源的，有了能采集的谷物，就再不愁因风雪中寻觅不到食物而空腹度日，再不愁因同猛禽、猛兽搏斗，而死于非命。从此，世上有了采集和狩猎之分，有了粮果和肉食之分，有了粮食、燔烤互用之法。

此后，恩切布库又教会众人种植之法，“恩切布库女神和众位萨满妈妈，找了块平畴之地，将籽粒撒入泥土。耐心地等啊，等啊，小籽粒从泥土里绽出绿芽，结出新谷”①。虽然他们的粮食生产同中原相比，还显得相当笨拙，只是随便是将籽粒撒入泥土，但已经是很大的进步了，“舒克都哩艾曼的人们懂得了耕种，有了自己的田亩，懂得了向大地要粮，懂得了向大地要暖饱”。

此外，恩切布库还教会族众做石铲木刀，族众们不但学会采集野谷籽粒，还学会了遴选谷种。舒克都哩艾曼的谷子长得一年比一年好，“谷穗沉实厚重，谷秆像小孩子胳膊那样粗”。他们还引进瓜果豆蔬等新品种，使得农业经济取得了一定进步。舒克都哩艾曼的人们，又采集田野中的藤豆籽粒，并将野葱野蒜也种到艾曼，艾曼有了自己的葱蒜，有了瓜果豆蔬。鸡犬相闻，万里生机！

八　神奇的神判法的诞生

恩切布库的时代，虽然已经形成了以大萨满恩切布库为核心的部落联盟，但是这种统治还是相当松散的，相互间的约束较少，联盟内部的各氏族仍然有很高独立权。因为部落联盟内既没有明确的法制法规，又不像中原那样有道德观念的约束，部落内部各氏族间

① 富育光讲述；王慧新记录整理：《恩切布库》，长春：吉林人民出版社，2009年，第119—120页。

经常因争夺山林、草场、水源等发生械斗。

怎样解决这些矛盾，使部落联盟内部重新团结起来呢？恩切布库真是费尽了心机，想尽了各种各样的办法。打他们，他们仍然叫骂不休；把他们的屁股熏红了，他们仍然唇枪舌剑；恩切布库只好用老虎来吓他们，还苦口婆心地劝导他们要“以心爱人，以智率人，和和睦睦，永不争斗”……最后他们终于悔悟，请求天母降罪，恩切布库女神说：“你们要是真心悔过，就把你们的头伸向虎口，让猛虎来验证你们的诚心。……让神来判断你们的是非，让神来裁决你们的曲直。”①

从此，恩切布库女神留给后世神判之法，这是满族先民最古老的公约和法规。文中写道：“恩切布库还与三怪及众位萨满妈妈共同商议，制定了神判戒规。以神明来判定公正，以神明裁决善恶。这是舒克都哩艾曼最古老的法规，这是舒克都哩艾曼最古老的公约。”② 这种神判之法由萨满提出和裁定，分为穿火海、跳水池、入兽圈等几种：“有时堆柴生火，有事之人走进火中，接受火的考验，接受火的洗礼，如果穿过火海，无虑无殃，视为心术纯正。如果穿越火海胆战心惊，证明心中有鬼，可以窥清其奸。或者选好池塘，凡有心怀不轨之人，令其跳入神池，数日无恙，便可测其心。或扔入虎豹之圈，或睡入毒蟒之围，数日安宁，虎豹、虫蟒不伤其身，证明其心纯正无私。”③

---

① 富育光讲述；王慧新记录整理：《恩切布库》，长春：吉林人民出版社，2009 年，第 128 页。

② 富育光讲述；王慧新记录整理：《恩切布库》，长春：吉林人民出版社，2009 年，第 129 页。

③ 富育光讲述；王慧新记录整理：《恩切布库》，长春：吉林人民出版社，2009 年，第 129—130 页。

萨满教不仅用神判之法判定是非，连遴择萨满、确定首领和猎达等大事，有时亦用神判来裁决。“恩切布库自己有过，也必须经过，水火、猛禽、猛兽之关。神判大法，行效于艾曼族人之中，行效于艾曼首领之间。人人属守，人人践行。”①

且不论这种神判之法是否科学合理，客观而言，神判之法在当时的社会中还是有一定的积极作用的。因为思想观念落后的原始先民，不明道德，更不懂法律，氏族内部的平等又使得即使是首领和萨满也没有足够的信服力。原始先民们最信服、最害怕也最听信的，唯有神灵，只有神灵的威权才能足以降伏众人之心。因而，以神灵的权威来判定是非也就成为当时唯一行之有效的一种办法。它对于平息部落间的争战，以及防止犯罪还是起到了一定的威慑作用的。

九　从“妈妈窝”到氏族外婚

——满族先民婚姻习俗的艰难变革

群婚制是生产力低下的群居社会中必然产生的婚制形式。因为群婚能促进群的凝聚力，最大限度地提高妇女受孕的可能性，从而满足氏族繁衍发展的需要。正如恩格斯在其《家庭、私有制和国家的起源》一书中说的：“在自由的性关系或多偶制盛行的地方，群差不多是自动的形成的……为了使群能够组成，家庭的纽结必然要放松，个体必然要重新自由。”② 而群婚制又必然导致从母亲的一方来确定世系。因为“一切形式的群婚家庭中，谁是某一个孩子的

① 富育光讲述；王慧新记录整理：《恩切布库》，长春：吉林人民出版社，2009 年，第 130 页。

② 恩格斯：《家庭、私有制和国家的起源》，张仲实译，北京：人民出版社，1965 年，第 44 页。

父亲是不确定的，但谁是孩子的母亲则是确定的，这种只从母亲方面确认世系的情况由此逐渐发展起来的继承关系叫作母权制”①。

“满族说部”的神话和英雄史诗中大量存在着这种群婚制的记载。如《恩切布库》中写道：“生人牝为首，主母位如神。群男拥女魁，众部应运生。生母推为首，壮男争其宠。子嗣唯知母，孕子视为天。亘古不识父，代代成自然。生命的婚媾，难休难止。同餐一灶饭，同饮一坛水，同宿一铺炕，同尊一个母。古称‘妈妈窝’。……禽知躬亲，兽避生母。人情相昵，阴阳相吸。不知长幼，不晓年辈。不忌母子，不忌父女，不忌兄妹，不忌姐弟。妈妈窝中一炕男女，朝朝暮暮，随之而动。……”② 这显然是最混乱的、无所禁忌的群婚形式及其自然形成的以女性为中心的群体的生动描写，是比恩格斯所说的“血缘家庭”更原始的婚姻家庭形式。“血缘家庭”中“婚姻集团是按照辈分来划分的，在家庭范围以内的所有祖父和祖母，都互为夫妻，他们的子女，即父亲和母亲，也是如此。同样，后者的子女，构成第三个共同夫妻圈子”，而“妈妈窝”是“不忌母子，不忌父女”的。

从百无禁忌的“妈妈窝”到同辈通婚的“血缘家庭”，都同样存在一个非常严重的问题：近亲婚姻所生育的后代质量不高。随着社会的发展，满族的先民们慢慢认识到了这个问题，也逐渐进行着从氏族内婚到氏族外婚的变革。这一变革在当时无疑是具有重要意义的，是决定民族命运的深刻的、历史性的变革。在“满族说部”

---

① 恩格斯：《家庭、私有制和国家的起源》，张仲实译，北京：人民出版社，1965 年，第 52—53 页。

② 富育光讲述；王慧新记录整理：《恩切布库》，长春：吉林人民出版社，2009 年，第 108—109 页。

的多个神话传说中，都鲜活生动地记载了这一历史性婚制变革的具体过程，其中最为详尽的是《恩切布库》中记载的恩切布库女神在舒克都哩艾曼（氏族）首次严行氏族内部男女禁性的变革。

这一变革的过程大致可分为四步：第一步是动之以情、晓之以理，向氏族成员说明氏族内婚的巨大危害。“为此，恩切布库女神爱心悯悯，将由于混居紊乱、内婚，生出的畸形男女，收养起来，组成一个残童‘营子’。”开始时，众位妈妈没把乱婚当成一回事，当恩切布库女神把她们领到残童营子时，眼前的情景使她们大为震惊：“有的人三只脚，有的人一只眼，有的人两个身子，有的人两个脑袋，有的人痴呆茶傻，有的人半男半女。可悲可怜，心酸难忍。”①

第二步是动用神的权威，压服部众。“于是，她祈请萨满神灵，向所有族众宣布：从即日起，艾曼内不可男女相和。我舒克都哩艾曼的上下人众，必遵天母阿布卡赫赫和众神灵的训诲，按照神灵的训谕养育子孙。”②

第三步，施以残酷的刑罚，用强制力量严格禁止氏族内性行为。“恩切布库女神，深知几千年的痼疾，非一时规劝可以制止。积年的惨痛、悲剧、习俗，必须通过强力，才能扭转。……艾曼设立了巡查营子，由神鹰三千日夜巡守，每遇私通者，必扦眼、剖腹、扯断脚筋，身残立毙，概不姑息。……经年累月，顽习渐消。艾曼男女，互相见面惊而四避，不敢相嬉流连，渐渐规而成习。男

① 富育光讲述；王慧新记录整理：《恩切布库》，长春：吉林人民出版社，2009年，第111页。

② 富育光讲述；王慧新记录整理：《恩切布库》，长春：吉林人民出版社，2009年，第112页。

女相敬如宾，礼让有加。”①

第四步，建立新的婚配制度。“夹昆、塔思哈、木克，及所有大小艾曼，因不是一个妈妈窝，可以定时互选男女配偶。凡每年春暖花开之时，在阔野溪边，鸟语花香之地，搭建‘花屋’‘草堂’‘皮篷’，编织‘婚床’‘婚帐’，恩切布库女神，分给各艾曼适龄男女，每人一片彩色翎羽。男女双方在互唱情歌时，将彩翎插在中意人头上，倾吐爱慕之情，携手进入花屋相交。各艾曼的男女，在欢乐的野合中相合相配，留下自己的后代。……”②

可以看出，这种氏族外婚的最原始的形式是相当自由的，在选定的场所和时期内，任何一对不同氏族的男女，互相间只要有中意的人，便可摆手作舞，双方欢聚数日，孕育自己的后代。这种相合并不是出自建立稳定的家庭的目的（原始人只有氏族观念，没有家庭的观念），只是出于繁育后代的需要，因而通常这种性关系是相当不稳定的。

当时的婚姻形式大体上可以分为三种情况：第一种情况是男女双方只是“欢聚数日”的野合罢了，对对方没有任何的责任和约束，因而通常所育子女都是只知其母、不知其父的。这种氏族外的自由野合在原始社会是相当普遍的，如《周礼·地官·媒氏》记载“仲春之月，令会男女，于是时也，奔者不禁”，就是这种婚俗的遗存。

第二种情况是“亦有常住经年，生了儿女以后，男随父，女随

---

① 富育光讲述；王慧新记录整理：《恩切布库》，长春：吉林人民出版社，2009 年，第 111—113 页。

② 富育光讲述；王慧新记录整理：《恩切布库》，长春：吉林人民出版社，2009 年，第 113—114 页。

母，到亲人的艾曼生存”。[1] 这种婚姻形式颇类似于纳西族的“走婚制”[2]，都是男女双方虽有较稳定的性关系，但经济上仍各自独立，分别属于各自的经济集团——生之养之的氏族内；所不同的只是满族偶居所生子女，男的到父亲的氏族中，女的到母亲的氏族中，纳西族是全部归女方所有。这种氏族外的走婚制，应该是在满族某些地域的部族中盛行过的。如《东海窝集传》中记载当格浑问起巴拉人的老妈妈：“你有没有儿子，孙子？”老人呵呵乐了：“我们这里不准和家人在一起，我自己单独在这里，我老头子单独在西北！”[3] 显然，这种夫妻平常不在一起的婚姻在当地已经成为一种比较普遍的婚姻形式。“走婚制”有利也有弊，一方面它保持了氏族内部财产的稳定性，不会因个体婚姻家庭的形成而外流；但另一方面也使夫妻分居，不能长久团聚。

第三种情况，就是男女偶居多年，生育子女后，另选新地居住下来，也就是另外建立一个新的氏族。在笔者看来，这种婚姻形式，在生产力十分低下的原始社会不可能成为主要婚姻形式。因为当时人们通常依赖群体才能生存，除非有足够的生存能力，小型家庭分立出去，否则是很难立足的。正如恩格斯说：“在家庭紧密结

---

① 富育光讲述；王慧新记录整理：《恩切布库》，长春：吉林人民出版社，2009 年，第 115 页。

② 纳西族的走婚制：是指流行于纳西族的一种婚姻形式。建立婚姻关系的男女双方，各居母家，分属两个家庭，处于不同的经济单位。通常是男子夜间到女子家里住宿，次日清晨回到母家劳动、生活。路途远的，男子则在女子家里偶居几天，然后返回母家。偶居期间，除互赠礼物外，经济上无必然联系。偶居中所生子女属于女方，男子没有抚养教育的责任。

③ 傅英仁讲述；宋和平、王松林记录整理：《东海窝集传》，长春：吉林人民出版社，2009 年，第 52 页。

合的地方，群只是一种稀有的例外。”[1] 同理，在群结合的紧密的年代，一夫一妻的单个家庭也是一种稀有的例外。

十 造船、辨别方向及航海

恩切布库的另一项功绩是教会族众制造舟船，辨别方向，并且带领族人开始了征服大海的旅程。在《恩切布库》中，恩切布库领导下的木克[2]部落就是生活在东海边的部族，文中还记述了在远离堪扎阿林千里之遥的海滨，有许多生活在海岛中的艾曼[3]，他们“多以鸟的名字来表示，像斑纹鸟、紫兰鸟、彩羽鸟、花翅鸟，分别占据着海滨大小数百个岛屿。随着海岛人丁兴旺，海岛间相互侵犯争斗时有发生”[4]。为了平抚征战不休的岛民，恩切布库女神教授族众，伐木造筏，伐木刳舟。从此，有了交通工具——舟船。有了船，人们逐渐克服了对大海的恐惧，海被人们征服了，人成为海洋的挚友和主人。

我们知道，在苍茫辽阔的海上，如何分辨方向是一件非常重要的事，如果不能分辨方向，就意味着迷路乃至舟毁人亡。恩切布库教会了族众在海洋中如何利用日出日落和夜观星辰来分辨方向。文中写道：“海上人远离大陆，不易辨分方向，恩切布库女神教授族众，只要观察日出日落，就能分辨出东西南北；只要夜观星辰之象，就能分辨南北西东。艾曼人成了顺风耳、千里眼、晓测星云，

---

① 恩格斯：《家庭、私有制和国家的起源》，张仲实译，北京：人民出版社，1965 年，第 44 页。

② 满语：muke，水的意思。

③ 满语：aiman，氏族的意思。

④ 富育光讲述；王慧新记录整理：《恩切布库》，长春：吉林人民出版社，2009 年，第 131 页。

不差分离。星神、日神、月神是计时、计位、计岁之神，安全可靠，准确无误。”① 在恩切布库时代的满族先民们已经有了天文学知识的萌芽，人们已经逐渐学会用星辰日月去分辨方向和记录时间。这就为《乌布西奔妈妈》中乌布西奔女罕带领族众远征东海，制定了本民族独特的纪年方法，奠定了坚实的基础。

《恩切布库》中还记述了恩切布库海上远征的成果——发现了有个火山形成的海岛，并且救了海岛上的居民，把他们送到陆地，组成一个新的艾曼——“菲格”艾曼，木克妈妈担任首领。这大概就是东海女真人最早的海上征服之旅。虽然很难从书里的描述中看出此为何岛，在什么位置，但书中详细描述了岛上居民即“菲克人”的外貌及习俗。“菲克”人是个很奇特的民族，他们住在火山喷发出来的岩浆搭盖在巨石上形成的洞窟中，不会说话，大脑袋，厚嘴唇，大耳朵，长头发，像魔怪一样，奇丑无比。他们裸露身躯，文身，用野草花枝染成五颜六色，看不见皮肉，将乳房画成眼睛形，肚脐画成一目，像多目怪、多头怪，使人看了非常恐惧。这些人住洞穴吃虫子，把蚯蚓装到石盆里，用水洗净，在地火中烤吃，叫‘斯克’宴。‘非常奇特的是这些人的指甲特别长，平时卷着，一甩就能展开，原来这就是他们的兵器。他们通过指甲互相拍打，发出各种声音，声音就是他们的语言。’② 他们有自己的女罕，叫“菲格”，五名女罕打扮得也奇特怪异，“头戴银色珊瑚冠，身穿彩色蛤蚌服，闪光耀眼，威严美观”。

---

① 富育光讲述；王慧新记录整理：《恩切布库》，长春：吉林人民出版社，2009 年，第 134 页。

② 富育光讲述；王慧新记录整理：《恩切布库》，长春：吉林人民出版社，2009 年，第 136—137 页。

十一　开发海中圣药，医治族众百病。

《恩切布库》中，描写了恩切布库女神怎样领着族众躲避可怕的瘟疫，写她在躲灾的路上，让野人们采集路边的“卡兰”花草，用卡兰花扎成花环，戴在头上，还让他们吃卡兰花草。恩切布库女神说：“这样可以祛除妖邪，祛病壮身。你们还要高歌前行，心情坦荡，乐观忘忧。”① 她又让野人们都到冰凉的泉水里，净净身子，洗洗眼睛，清清口鼻，冲冲后脚。显然，恩切布库有较好的预防瘟疫的经验，并且有中草药的相关知识。

当然，当时的族人所面临的疾病之苦远不止瘟疫一种，书中对当时的满族先民受疾病折磨的痛苦情形做了介绍：“恩切布库女神见族众因为食用一些尘埃霉酵之物，受风寒雪雹、湿寒沼气的熏染，落下各种疾病，短命去世。而且由于生活的艰辛，没有温饱，疾病更多。人未老，病沉疴，十岁聋哑，目力若盲；二十岁驼背，罗足，行路蹒跚；三十岁齿落白髯，已现耄耋之态；四十岁已成高寿，难越半百；个别半百之人，被视为年瑞之寿。”② 可以看到，当时人们由于生活条件差，得病者很多，而且年寿很短。恩切布库女神非常心痛，想方设法寻找“尼克坦”“西克坦”（长生不老的药），延长族众寿命，使疾病不能蔓延。

后来，还是恩切布库出征海上救的怪人氏族“菲格”人给她带来了不少医药知识。她们告诉恩切布库女神：“她们住过的海岛就有各种神奇草药。她们久居岛上，与外界没有联系，全仗吃这些神

---

① 富育光讲述；王慧新记录整理：《恩切布库》，长春：吉林人民出版社，2009年，第53页。

② 富育光讲述；王慧新记录整理：《恩切布库》，长春：吉林人民出版社，2009年，第139页。

奇草药，才治愈各种疾病，救活众人。……海中有很多珍贵植物、矿物和鱼类，都是宝贵的药材。可以医治百病，屡用不爽。‘曼可星’可以治昏厥，‘色尔丹’可以治疥疠，‘都布辣’治难产，‘留松’治骨折，‘狠毒’治癫痫，‘板吉坎’可以使人长寿，‘美立它’治小儿聋哑。夏天采‘蔓可星’‘留松’‘都布辣’，秋天采‘美立它’‘板吉坎’，四季皆可采集‘狠毒’和海中的百宝。恩切布库女神领着众人，除了采集海中生物的肉骨皮毛之外，还采集海藻、海草、海卉、石胆、珊瑚、海虫，加工晾晒，泡制成药。艾曼的人众吃了海中圣药，百病不生，寿命增加，齐赞女神救世神功。”①

虽然我们看不懂上段文字中的各种药名都指的是什么，但从上文中我们可以看出，在恩切布库时代，满族先民们已经有了相当程度的医药知识，对于昏厥、疥疠、难产、骨折、小儿聋哑都有医治的妙方，而且这种妙方是来自海洋。

十二　丰富的物产及神奇的鱼皮衣

此外，《恩切布库》还用生动优美的语言，描写了当地丰富的物产，以及独特的饮食服饰等文化。满族先民所生活的土地美丽丰饶，“梅花鹿伴人奔驰，黄蜂群酿着花蜜。溪河里的细鳞鱼多得像银带，脚踩着就可以过河，一舀下去，三个壮汉都吃不了”②。

另外，文中还描写了大马哈鱼逆水而上，到色尔丹比拉排卵产子时的盛况：“每到初秋时节，逆水而上的大马哈鱼，拼命游到色尔

---

①　富育光讲述；王慧新记录整理：《恩切布库》，长春：吉林人民出版社，2009年，第140—141页。

②　富育光讲述；王慧新记录整理：《恩切布库》，长春：吉林人民出版社，2009年，第57页。

丹比拉，生儿育女，鱼挨鱼，鱼碰鱼，密密麻麻，一片翻腾。”大马哈鱼，对于满族的先民来说，是非常重要的口粮：“大马哈的鱼肉，红嫩鲜美，大马哈鱼的鱼子，又大又香，它是当地野人重要的口粮。可以炖吃，可以烤吃。”不仅如此，还可以用鱼香引来大量野兽，“只要一烤起生鱼片，香气不会招来数十只棕熊，上百豺狼，数百只鹰鹊。猎手们用利箭、树枪、丝网、能轻易捕捉到被香气诱来的熊、狼、鹰、鹊、乌鸦等”①。最后，还可以用鱼皮做成衣服，“大马哈鱼的鱼皮经过鞣韧、捶打，柔软耐磨，可以缝制衣服，是当地一宝”。

这种制作鱼皮衣的工艺，至今仍然能在赫哲族的某些民间艺人家中见到。2011 年 8 月 9 日，笔者有幸参加了在吉林省社会科学院举办的“满族说部学会成立暨首届满族说部学术研讨会”，认识了赫哲族的女歌手和民间艺人尤中美女士，她向我谈及了她家传的制作鱼皮衣及各种鱼皮饰品的工艺。

第三节　《西林安班玛发》及其所反映的原始社会中期历史文化

一　西林安班玛发降生前的满族先民生活情景

在上一节中，我们分析过恩切布库时代满族先民的历史文化特点，《西林安班玛发》所写的与《恩切布库》中所描述的社会生活有什么区别和联系呢?

我们也先来看看西林安班玛发诞生以前的满族先民是如何生活

---

①　富育光讲述；王慧新记录整理：《恩切布库》，长春：吉林人民出版社，2009 年，第 97—98 页。

的。首先来看衣食，当时的满族先民比恩切布库时代还是有所进步的，虽然衣食还很粗糙简单，但至少已经可以熟练地使用火了。“在老先人原本古老的爱曼里，只知道搂火盆，烤食哲沃，穿整个光板皮，筒子额都库。① ……不会剪裁缝补，做现在各种衣裳。那时，吃东西只是往火里一投，烧熟了就填饱了肚子，吃东西不知道用盐，不知道切碎吃，更不知道还要烹饪，肚子塞满了就是一天。”②

其次，当时社会的主要矛盾已经由各种天然灾害和猛兽疾病危胁下的生存困境而转变为人为的部落战争之祸。在《恩切部库》中，我们看到大量的篇幅写了当时威胁部族生存的各种天然灾害和瘟疫等病害，只用了小部分篇幅写各部落的战争情景，可见当时部落战争并不是最主要的矛盾，怎样在天灾、兽害、疾病的胁下求生存才是最关键的问题。而在《西林安班玛发》中，却恰恰相反，对天灾描写几乎没有，对部落之间的战争的可怕与残忍却做了详尽的描述。文中写道：“不知何时刮来阿玛利厄顿格色③，突然地冲过来，人山人海，烧杀抢掠。不但抢劫财物，而且活捉男人。④ ……嘎

---

① “额都库”满文原词应该 etukv，衣服的意思。

② 富育光讲述；荆文礼整理：《天宫大战　西林安班玛法》，长春：吉林人民出版社，2009 年，第 140—141 页。

③ 阿玛利厄顿格色：满语，amargi edun gese 像北方的风一样。

④ 母系氏族社会往往兴抢男之风，因为当时男人少女人多。书中写道：“他们野人部落，女人当家。女人多，男人少；生女人多，生男人少。而且任何女人身边，都有几个男人。男人到中年后，脚腿四肢无力，被当成是个累赘，就杀掉，或投入大海。故相传大海里，有男人岛，全都是老年哈哈，老人岛又叫弃儿岛，岛上的男人，都变成了海盗，成为一方之患，弃儿岛还在不断增多，祸害无穷。”

纽古伦[1]的额真[2]（主）们，常来扰先民，因为祖先部落，离他们最近，攻掠十分便利。所以，是最受到伤害、最可怜的弱部。何况，随着时光的推移，我们祖先部落人口锐减，一天不如一天，眼看着快到了分崩离析的地步。”[3]

因而，当西林安班玛发帮他们打败了敌对部落之后，他们很快就过上了富裕丰足的日子，渔猎所获，堆满了部落的洞窟和地仓。这表明当时的生产力水平已经相当高，远远超越了同自然灾害、疾病、猛兽的威胁下讨生存的阶段。

另一方面，虽然文中说“那咱，人不懂敬祖祭祖，不懂礼节谦让，处处事事显得那么野蛮愚昧。”但同《恩切布库》所描写的人们对神从不信到半信半疑、再到完全相信的过程不同，《西林安班玛发》所处的时代，萨满教思想已经在族众中根深蒂固，族众在陷入走投无路的境地时，最先想到的便是盼望神的解救，盼望有个萨满来带领他们走出困境。文中写道：

> 到了走投无路的绝境。男人和女人们爬上高山顶，向天神祈求，走进深海中，露着头，扬起双臂，向海神哭诉，堆起长长石台，筑起高高神坛。堆满柴草，山果、禽兽，罗拜遍野，以海水、河水代酒，洒向大地、海岸，刺伤自己额头和胸背，流淌出来的殷红血液，扬洒天宇、大地、丛林，此起彼伏地热泪呼喊：“妈妈——额勒根箔——艾突木比[4]——！”“恩都林

① 嘎纽古伦：满语，凶怪部落之意。

② 额真：满语，主人之意。

③ 富育光讲述；荆文礼整理：《天宫大战　西林安班玛法》，长春：吉林人民出版社，2009 年，第 142—143 页。

④ “妈妈——额勒根箔——艾突木比”满语，意为：祖母，救命啊！

威——额根箔——，艾突木比①——！”②

西林安班玛发未到来之前，部落族众已经学会了筑神坛、祭祀神灵的相关礼仪，并且当西林安班玛发带着种种神奇的灵瑞降生，尤其是看到小神人脖子上戴的项圈上的九个小骨人后，人们马上认出了这是“乌云瞒爷”。因而，西林安班玛发一开始就得到了族众的承认和拥戴。可见当时的萨满教观念相当成熟，已经发展为以神偶和神物作为象征和信物的阶段。

其实，西林安班玛发所处的部落中，原本是有过萨满的，已经度过了恩切布库所处的萨满教初起的时期，只是由于战乱，其部族的萨满被外族所杀。文中描写，当西林色夫问“你们自己心爱的萨玛在哪儿?”时，部落中的老年妇女说：“善良的神人啊，我们何尝不想念萨满呢？我们早年有伟大而威严萨玛，可惜被魔鬼部落残忍地烧死。后来缺衣少食，挣扎在死亡线上，朝不保夕，哪儿还有心思寻找贴心的萨玛啊！”③ 这就难怪他们对萨满的出现那么渴望，而且对萨满祭祀礼节以及所用神偶了如指掌了。

二　创制氏族家规、祭祀仪轨和萨满遴选制度

在西林安班玛发的感召和正确领导下，部落联盟不断壮大，呈现出一片繁荣景象。文中写道：“从此，莎吉巴那，成为部落总的名号。声传百里，远近皆知。像小雪球越滚越大，莎吉巴那统领东

① “恩都林威——额根箔，艾突木比”满语，意为：神呀，救命啊！

② 富育光讲述；荆文礼记录整理：《天宫大战　西林安班玛法》，长春：吉林人民出版社，2009年，第143—144页。

③ 富育光讲述；荆文礼整理：《天宫大战　西林安班玛法》，长春：吉林人民出版社，2009年，第154页。

海查彦都鲁、格杜尔钦、班达尔查、古敏乌尖、其卡尔、布尔堪、打胡杜里、巴布其泰、小嘎吉等大小九个部落。其中，属查彦都鲁部落最有声威，在西林色夫倡议下，选出查彦安班妈妈为阖族总穆昆达，此外，查彦吉妈妈和查彦依兰妈妈为助手，率领着老少族众，一年四季，风风雨雨，山林、海上、湖滩、江河、野猪圈，脚步从不闲着，网渔、捕猎、采集、育畜，噶珊步入了富庶。”① 可见，当时已经产生了政权与神权分离的趋势，萨满与穆昆达一起掌管族中的大小事情。

氏族壮大，就需要适时地建立族规和一系列萨满祭祀仪轨和萨满遴选制度。在《恩切布库》中，我们看到恩切布库已经带领族人创制了祭祀礼仪；在《西林安班玛发》中，这种祭祀有了更进一步的规范和发展。首先，在《恩切布库》中，只是随时应祭而已，并没有制定常规的祭祀常例；而在《西林安班玛发》中，这种祭祀已经被上升为氏族家规、生存之本的高度来重视，而且制定了春、秋常祭的仪轨。西林色夫说：“一个噶珊，一个扈伦，要真正站起来，首屈一条是要有氏族家规才行，这就要创制出一年春秋祭祀，不应随时应祭而已。我们有了萨玛，这就是常祭的保证。祭者祭天地和日月星辰，这是我们生存之本。天道顺，识天时，人方可安居永乐。”② 同时，他们的萨满教观念也更加成熟和理性了，产生了万牲有灵、世界一体、诚敬感恩的思想：“人生于世，靠世间万物滋养，须臾难离，是天务，是万物，均为我有我备，务教、务祭、务

① 富育光讲述；荆文礼整理：《天宫大战 西林安班玛法》，长春：吉林人民出版社，2009年，第165—166页。

② 富育光讲述；荆文礼整理：《天宫大战 西林安班玛法》，长春：吉林人民出版社，2009年，第175页。

奠、务献，同享宇宙之恩。故要祭万牲、万物，万牲有灵，皆可惠我，敬谢之，诚感之……”① 因而在西林色夫引导之下，各部不仅都有了萨玛，还创立了例祭族规，达到了“日夜鼓声歌声，此起彼伏，气息浓烈”的程度。

其次，《恩切布库》中“头辈妈妈确立了祭祀”，所祭拜的神，只包括树祭及自然神的祭祀；在西林安班玛发的时代，则增加了祭祖的仪式。文中西林色夫强调说：“人生于世，念父母之功，慎终追远，祖德宗功，继往开来，奋志蹈进。祭先祖，祭远祖，源远流长，永世其昌。此礼勿惰勿废，人生有道，大义非悖。”②

再次，西林安班玛发还制定了族规三则、图喇三则，完善了氏族各项制度。文中写道：

> 西林色夫，又领着查彦部，制定了制度和戒规，留传如下。
>
> 族规三则：一、部落届期会议，必来必到，不由一人专断，而要共商大事，共谋良策；二、部落届期致祭，必来必到，不可抗违，祭为号令，祭为神示，祭为常规；三、部落共选墓址，共同坟茔，违规者不入坟茔。凡入茔者，部落共祭，萨玛祝祷，有功者赐猪牙、獾牙或岩石串饰入葬。
>
> 图喇三则：一、图喇永固。族人要像鱼群一样，分秒向群，不学失群野猪，必遭一毙；二、图喇为号。号动人动，号损人亡，号壮人丰；三、图喇即族，族即图喇。同心戮力，视

---

① 富育光讲述；荆文礼整理：《天宫大战 西林安班玛法》，长春：吉林人民出版社，2009年，第175—176页。

② 富育光讲述；荆文礼整理：《天宫大战 西林安班玛法》，长春：吉林人民出版社，2009年，第176页。

死如归。[①]

从这些制度中可以看出，虽然当时的部落已经十分强大，但基本的政治制度还是氏族公社时期的平等制度。这同“乌布西奔妈妈”时代不平等的奴隶制，就有了明显的不同。

此外，还规范了祭礼、祭规、神谱、神歌，并且有了成文的记录，使之代代留传。文中写道：“西林色夫口耳相授，查彦安班妈妈、查彦吉妈妈、查彦依兰妈妈祭礼、祭规、神谱、神歌，全铭记心中，画在山岩上，刻在剥皮树上，望画念神，抚树咏歌。永不泯灭，神谕百世。”[②] 他们为氏族创制了谱系，用兽骨片千串刻制萨玛神歌传世，又刻出“猪皮萨玛歌”百条，记述了族史和神谱、神歌，为部族培育了五世萨玛。

西林安班玛发让萨满们把神谱、神歌“全铭记心中，画在山岩上，刻在剥皮树上，望画念神，抚树咏歌。”“用兽骨片千串，刻制萨玛神歌传世，又刻出‘猪皮萨玛歌’百条”。可见，满族先民当时虽无文字，但当时已经有了一种另似图画的表情达意的符号，可以大体上记录一些事情。这些类似文字的符号，只能记录在山岩、树皮、骨片、猪皮等替代物上。

文中对萨满祭祀盛典也有详尽的描写：首先是贡品，“西林色夫命部落的人，进山捕三头公野猪、三只梅花鹿、三只穆林阿林[③]的雪兔、三条东海九庹白皮海鲸，此外，还有东海沿岸众多南北纵

① 富育光讲述；荆文礼整理：《天宫大战 西林安班玛法》，长春：吉林人民出版社，2009 年，第 167—169 页。

② 富育光讲述；荆文礼整理：《天宫大战 西林安班玛法》，长春：吉林人民出版社，2009 年，第 169 页。

③ 阿林：满语原文：a lin，山的意思。

横溪流盛产的水獭、细鳞、鲤鱼、鲶鱼、鳇鱼、江蟹、河虾、勾辛……供物如山，满目琳琅，一派生气!”① 当时的贡品十分丰富，不但有野猪、梅花鹿、雪兔等陆上生物，还有海鲸等各式水产。其次是祭坛，在莎吉巴那东山腰，松林环绕的开满了红花、白芍药的草坪上，族众堆土垒石，摆设高大的祭坛。然后是祭礼，“西林色夫主坛，族众环绕四周，用穆林阿林的野玫瑰、黄瓜香、香草、野苏子制成‘安巴年期先’，人人都抱一束薪柴，放入九堆篝火中燃烧，又在大石臼中点起‘安巴年期先②’，香烟缭绕，直冲霄汉。这是昭示神灵周知，请众神灵庇佑，迎请最聪慧、最无敌的萨玛，降临‘莎吉巴那’”③。此时祭祀的场面仪式不但更加正规，而且供品十分丰物，供物如山，琳琅满目，显示了氏族发展壮大后的经济实力明显加强，也昭示了当地物产的丰富。

最后，西林色夫还制定了规范的遴选萨满的标准和程序。恩切布库时代萨满是在族众中自然产生的，而西林色夫时代的萨满是由老萨满按照一定的标准和程序在氏族成员中精挑细选出来的。对于遴选萨满的仪式，《西林安班玛发》中有详尽的描述：“萨满在人间替身的诞生，诚谨地按照西林色夫传授的古老授神法进行，由西林色夫在部落中执选他认为有条件可充任萨满的男女老少三十人，让他们净身、沐浴，然后离开自己的部落，远到清幽的海滨山谷之中，在三十株大树上架起了三十座树屋。每人进驻一屋，那里早已

① 富育光讲述；荆文礼整理：《天宫大战 西林安班玛法》，长春：吉林人民出版社，2009 年，第 155 页。

② 安巴年期先：满语，一种满族特有的香料。

③ 富育光讲述；荆文礼整理：《天宫大战 西林安班玛法》，长春：吉林人民出版社，2009 年，第 155—156 页。

备办好水和肉，宿在上面，不准下来。在多日的求梦中，验证自己是否受到穆林阿林山灵和东海女神的眷顾？谁梦到自己手中，有东海女神萨玛信物？经过主祭大萨玛——西林色夫验证认可后，确认萨玛仪式，才算最终完结。”① 验证萨满的方式，仍然是由恩切布库时代就流传下来的神判之法，既让他们跳上大树，跳到海上，跃入火中舞蹈，能敢于尝试并且不受半点伤害的，才能被选为萨满。

对于当时的原始部落来说，制定族规、祭仪和遴选萨满的标准是非常重要的大事，这对于提高氏族的凝聚力、推进氏族的长远发展是非常有帮助的。文中赞叹说：“这是惊人的喜事，像群鹿有了头领，不再各奔西东，像散沙有了护栅，不怕风来吞噬。查彦都鲁真像茁壮的大树，查彦都鲁真像攥成了拳头。”②

三 弓箭的发明与武器的发展

在西林安班玛发统治的初期，战争模式同恩切布库的时代是一样的，主要靠驯养动物作为打败敌人的法宝。如西林色夫打败凶残的嘎纽古伦③，用的仍然是传统的“鹰群利爪”，依靠“黑熊、野猪、花豹”帮忙，还利用天气，让“风雷雨雹铺天降下”，淹没敌人的“塔旦包”。后来，西林安班玛发所在的部落也吃了这个亏，被数百名赶着黑熊的人杀得损失惨重。

为什么那时族人都喜欢用动物来作为攻击武器呢？因为当时的武器只是磨制的石器，根本对付不了身强体壮的动物的攻击，所以

---

① 富育光讲述；荆文礼整理：《天宫大战 西林安班玛法》，长春：吉林人民出版社，2009年，第155—156页。

② 同上，第169页。

③ 嘎纽古伦：满语，意为凶怪部落。

武器在当时的战争中的作用是微乎其微的。文中写道："族人们当时只有防御用的削尖的木棒，磨出棱角的石斧，削出刀刃的石匕，磨成圆形的石弹，还有用皮条包裹的飞石，并没有其他的锐利兵刃。黑熊袭来时，因人的膂力有限，石斧砍不远，石匕抛不远，石弹甩不远，不能抗御强敌，只能束手待毙。"① 多少年来，远古的先人们，只知俘获鸟、蛙、蛇、獾、狐等小兽，不敢猎捕虎、豹，就连遇上野猪、狼、狈等，都要仓皇躲避。

一件件痛心的教训，终于使族人们猛醒，要想有安适的生活，必须有坚强的防备，否则只能像早年一样，任人宰割，甚至连与强壮的动物搏斗的能力都没有。于是西林安班玛发费尽心力，帮助族人学会制石球、陷阱、兽套等技艺。

仅靠这些兵刃，还不足以擒获猛兽，克制强敌，于是西林安班玛发苦思冥想，靠着自己的聪明才智，发明了弓与箭。

其次，书中还详细地描述了弓箭的制作过程："聪慧的西林玛发，他领着查彦都鲁的妈妈，从山中砍来各种湿木的树干，用猛火煨烤生弯，又取来野猪、马鹿、黑熊的皮革，刮掉皮上的毛，在盐水中浸泡、槌软，然后切成无数条长长细丝，又将细丝互相编织成为粗壮的皮绳，又用这些皮绳将已经煨烤的弯树干勒成弓形，用磨尖的石块，插在选好的细枝上，将它放在那把有皮绳的弓弦上，猛力后拉，然后突然放手，真没想到，这个小小的细枝，'嗡'的一声，从弯弓上飞出，竟扎在三十步远的粗树桩上。族人欢欣雀跃地跑去，取那个细枝，一连费了很大的劲儿，才把已经扎得很深的树

---

① 富育光讲述；荆文礼整理：《天宫大战 西林安班玛法》，长春：吉林人民出版社，2009年，第213—214页。

枝媷下来。从此莎吉巴那真正有了‘玻离’① 和‘尼鲁’②。”③

最后，还写了弓箭在此后的进一步发展，不但更加美观粗壮，而且有了制作毒箭的工艺：“西林色夫，又帮助族众，把弓做得倍加粗壮美观，把箭头磨得更加锋利，而且，到山中采来乌头、毒蛇的胆、蟾蜍的背液，泡喂箭头，发明了毒箭。猛兽人畜，中箭立毙。”

四　皮衣、骨饰、麻衣与火炕、半地穴居

在《恩切布库》中，所写的服饰文化非常少，仅写了族众掌握了用大巴哈鱼制成鱼皮衣的工艺。在西林安班玛发来到之前，族人们还只能“穿整个光板皮，筒子额都库（衣服）。不会剪裁缝补，做现在各种衣裳”。随着生产力的发展和经济水平的提高，在《西林安班玛发》时期，族众的服饰有了明显的改善。尤其是武器的发展和弓箭的发明，使得“查吉巴那神威无敌，俘获的猛兽积如山”。这些猛兽不但“分给四邻部落，成为各氏族重要食物之源”，而且更使他们有了以兽皮制作衣服的保障，他们“更有了比鱼皮更保暖的皮革，更凶狂的暴风雪，也无所畏惧”④。

除了使用现成的皮革做衣衫之外，在西林安班玛发统治的后期，族人已经熟练掌握了缝纫技术，除了懂得用猪毛编织衣服，还学会了用猪牙猪骨做各种精美的佩饰。文中记载：“氏族向以猪肉

① 玻离：满语，beri，意为弓。

② 尼鲁：满语，niru，意为箭。

③ 富育光讲述；荆文礼整理：《天宫大战　西林安班玛法》，长春：吉林人民出版社，2009 年，第 219—221 页。

④ 富育光讲述；荆文礼整理：《天宫大战　西林安班玛法》，长春：吉林人民出版社，2009 年，第 221—222 页。

为餐，以猪毛编衣衫，以猪骨磨纺锤、古勺、古针、古饰，以公野猪牙穿孔做卜器、匕首。在最大的千斤公野猪牙上，雕刻各种精美图案，用野花汁液调制涂料，染成九彩纹饰，做成一件件象征英雄和首领的传世挂饰。”①

我们再来看看西林安班玛发的萨满神服，“西林色夫披挂上沉重而威武的鲸皮和鲸骨连成的大神服，头戴虎骨、豹骨镶嵌而成的大神帽，彩色飘带两丈长，拿起鱼皮神鼓，咏歌神调”②。可以想见，此时氏族内制作服装的技术已经日渐成熟，否则难以做成如此有难度的神衣与神帽。

在西林安班玛发统治的后期一个偶然的机会中，西林安班玛发在麻雀的引导下发现了麻，并且逐渐掌握了制麻布的工艺。首先，文中描写，西林色夫找到野生麻丛是靠麻雀的帮忙。“大家都不认识麻呀，遍地开花，绿草如茵，谁晓得‘给玛’‘窝罗’究竟啥长相啊？急得女萨玛们直跺脚。只听麻雀们说话了：‘西林玛发啊，勤打听，多问啊，你为何不找找吃麻籽的小雀们呐？它们是麻籽的好谙达（朋友）啊！’西林色夫如梦方醒，马上领着众人们观察麻雀行踪，果然认出成片的野麻秸丛，结满小黄穗子，香气扑鼻，群群小雀上下翻飞，喳喳叽叽，叫个不休，蹦来蹦去，戏悦吵闹，小肚子鼓得饱饱的，还在争啄着芬芳的小麻籽儿。”③

西林安班玛发领着查彦都鲁三位女萨满和族众们，用磨得锋利

---

① 富育光讲述；荆文礼整理：《天宫大战 西林安班玛法》，长春：吉林人民出版社，2009 年，第 245—246 页。

② 富育光讲述；荆文礼整理：《天宫大战 西林安班玛法》，长春：吉林人民出版社，2009 年，第 159—160 页。

③ 富育光讲述；荆文礼整理：《天宫大战 西林安班玛法》，长春：吉林人民出版社，2009 年，第 261—262 页。

的石刀，俯身割取野麻，一抱抱，一堆堆，全都背回噶珊包，像金黄黄的麻山。她还请来了窝莫西妈妈，传授织艺。文中详细介绍了织麻的过程："在山谷河中沤泡，剥出白麻百捆。又在海岛上剥下海树皮，鞣制纤丝。西林安班玛发深夜请来蚕蛾女神，用柳木棒，桦木杆，刻出纺轮百枚，用青纹石，红浪石，磨出纺锤百枚，在石板上捣啊捣，捣出雪白的长丝挂满柞林，瞬间，全变成了缠制好的纤丝团儿，一转眼就织出了帆篷大布铺满海滩。"①

因为麻的成本低，易找寻，很快成为氏族常用的制衣材料。在满人神话中，还有一则《蚕姑姑》，其中讲述了满人服饰史，文中说："听我家太奶奶常讲，很早很早以前，住在松花江、乌苏里江、辉发河沿岸的诸申们，不懂穿绸缎，祖祖辈辈稀罕使用皮货。那咱，讲究穿皮制的衣裳，除了常用的猪皮外，还喜欢用熟好的皮板绣制各式各样。手工巧的，连鱼皮、鸟皮、蛇皮，都能用来制出各种图案的服饰，真是漂亮极了。不知又过了多少年年头，在满人家里，才用上了麻布。"② 后来，又讲了蚕姑姑如何学会用蚕蛹制作丝绸的过程，从此又有了麻布衣到丝绸衣的转变。从中我们可以看出，满族先民穿着服装的历史演变的大致脉络，即从皮衣、麻衣再到丝绸衣。

《恩切布库》中对居室介绍较多。在恩切布库时代，除了会搭建茅棚、皮革帐篷以外，还发明了洞居和树屋，已经算是有了很大进步。到了西林安班玛发时期，满人居室又有了长足的发展，由原

---

① 富育光讲述；荆文礼整理：《天宫大战 西林安班玛法》，长春：吉林人民出版社，2009 年，第 263 页。

② 富育光讲述；荆文礼整理：《苏木妈妈 创世神话与传说》，长春：吉林人民出版社，2009 年，第 178 页。

来的居住洞穴变成了半地穴式的房屋，并且有了火堂火炕。文中写道："他们在三个萨玛额真统领组织下，陆续迁到了东海滨，在新的东海沿岸、丛林、山谷、崖边、岛屿、海口等，披星戴月，搭盖房舍，营造火炕，再不畏惧地潮、地湿、天寒，生活从此快乐舒心。"①

对于房屋的制作工艺，文中也有非常详尽的描述，可以看出比原来的地室已经进步了许多。首先，这种房舍的地面更加坚固，不再潮湿。"西林色夫大玛发教授族人就用野猪豁开的土地，稍加平整，用火焚烧，用石墩木棒凿实，又从山谷找来白粉石压成粉末，扬在地表上，再以水浇之，地室坚固如石板"。其次，房屋内部分割更细致，功能更齐全，"墙壁四周，搅出无数洞窟，设仓房、粮仓，育兔鼠、鹌鹑、禽鸟等笼舍。除此，还专辟屋室为幼婴间，中间硬地上，再挖火塘，供生火做饭之用"。再次，这种房屋避风性能更好，"在一人深的穴室四周，再采石垒墙，外围以土堤，使石墙坚固避风。一切就绪后，再找来柞桦榆柳、椴槐藤柏，纵横地室之上为棚，上面覆以干草枝叶，高崇如小山，为避风吹毁，压以木石"。此外，地室规模更大了，俨然是一座座古堡了，"每个穴室门在顶上部，架梯内外通行，凡家族血亲人口多者则穴室尤大，故大室顶上门亦多，俗有北室'大家至接九梯'之说"。"古地室为取暖避风和防外族袭扰，常常是几家、十几家、数十家，甚百余家，麇集一起，为此，部落地室自古多优选林密茂盛的丘陵山地，树木林密，可避风雪，可防水患，冬秋落叶厚如绒毡，便在这空气清幽的林莽中，一排排、一行行、一座座地室相连，左右相助，南北呼应，成

① 富育光讲述；荆文礼整理：《天宫大战 西林安班玛法》，长春：吉林人民出版社，2009年，第209—210页。

为北方古代的原始土堡”。最后，防卫也更加严密了。“高树上，专设有瞭望哨，瞭望人发现疑情，便随时击以石钟、鸣号角示警”。[①]

五 大帆船、“苦乌岛”与“信风鸟”

与恩切布库时代人们只知道“伐木造筏，伐木刮舟”相比，《西林安班玛发》中描写的造船业与航海术已经有了长足的发展，首先是学会了缝补船帆，用大原木凿成有船帆的深海大船，“西林色夫……来到帐包之中，帮助男女人们，织网，晒网，缝补船帆，砍削用大原木凿成的深海‘扎卡大舟’”[②]。

其次是学会了用海鸥来预知海潮、海啸等。“他从海中带来，十只白海鸥。这不是一般的海鸥……它们还能预知海潮、海啸和千丈巨浪的突袭。所以赶海的人们都叫这种万里神奇的蓝脖红丝尾的海鸥是‘海神’，是‘信鸟’，或亲昵称它为‘莫德里萨里甘[③]’。”[④]

此外，他们还学会了“戏海、娱海、潜海、游海，百千‘莫德里巴图鲁’[⑤] 扬帆远航，捕鱼谋生”。《恩切布库》中仅写了族众学会了制作鱼皮衣的工艺，在《西林安班玛发》中，他们不仅有了鱼皮衣，鱼皮帐篷，而且多到用不完。“莎吉巴那、查彦都鲁哈喇人们，不仅海鱼堆满了仓廪，不仅鱼油装满了巨池，身上的鱼皮衣，

---

① 富育光讲述；荆文礼整理：《天宫大战 西林安班玛法》，长春：吉林人民出版社，2009年，第242—245页。

② 富育光讲述；荆文礼整理：《天宫大战 西林安班玛法》，长春：吉林人民出版社，2009年，第152页。

③ 莫德里萨里甘：满语，mederi sargan，意为海妻。

④ 富育光讲述；荆文礼整理：《天宫大战 西林安班玛法》，长春：吉林人民出版社，2009年，第152—153页。

⑤ 莫德里巴图鲁：满语，mederi batulu，意为海上勇士。

鱼皮帐篷，年年用不完，还帮助了附近弱小的部落，鱼干的芳香味，百里内都能闻到。”①

西林安班玛发的航海业的最大成就就是发现了苦乌岛。为了航海，西林色夫做了两年的准备，制造了很多大船。造船的过程“最难莫过伐树，千根巨树，个个几搂粗细，全靠先磨亮巨石，再笼火堆，绑石斧、石刀、石槌，在火上烧红，锯、磨、凿、刻，削刮巨舟……从白雪膝深忙到叶落归根，又从绿草发芽忙到大雁南飞，终究将巨大方舟排列海滨。”②

西林色夫带三位萨玛祭海鸣螺和莎吉巴那老老少少，背儿抱女，东征渡海几天以后，终于到达了无人迹的海中小岛。岛上的资源非常丰富，不仅有九抱粗的冲天古木、飞驰直下的无名大河，还有无数大大小小的湖泊，更令人惊愕的是“山中陡现：鹿百只，香獐成群，松枝上松鼠穿越。群兽遁后又现奇景：远处成群的野猪在长满巨齿獠牙千斤公猪统领之下，像十里长蛇阵，在茁壮榛棵和柞树林中穿行，像万马千军，浩浩荡荡地从身边经过……”③ 此外，还有无数的小白鲸，无数的黄海鳗，无数的金盆蟹，这是一块儿远比莎吉巴那故地富庶千倍的福地，生活日新月异，在西林色夫的带领下，“岛上部落，渐渐扩展到了全岛南北，岭前岭后，沿岛四周，特别是岛南，平畴沃野，地室密集相连”。

在苦乌岛上常住之后，部落的航海技艺大大地提高了。“最早

① 富育光讲述；荆文礼整理：《天宫大战 西林安班玛法》，长春：吉林人民出版社，2009 年，第 210—211 页。

② 富育光讲述；荆文礼整理：《天宫大战 西林安班玛法》，长春：吉林人民出版社，2009 年，第 231—232 页。

③ 富育光讲述；荆文礼整理：《天宫大战 西林安班玛法》，长春：吉林人民出版社，2009 年，第 239—240 页。

的时候，只靠四名、八名、十名搬桨‘海狼’，用尽了全身臂力和脚力，拼命摇桨，与激浪拼争，与漩涡挣命，与飓风厮殴，与海鸥同鸣，凭着一身热汗，凭着一息尚存，将生命的船推向海中。”①后来，在西林安班玛发的指引下，族人发现了野麻地，并学会了织麻的技术。制麻工艺的成熟，对于造船业的发展显然起到了很大作用。

书中还写了东海女真人的篷帆越来越多，驾船的水平越来越高，船行速度越来越快，不再怕飓风之害，能行驶到更远的地方了。“熟能生巧，百练益精，查吉巴那舟船，篷帆数目愈增，船行弥远，有四扇、六扇、八扇，海中可用八面飓风。不论海风从哪个方向吹来，灵活自如的桅帆，都能吸入海风，成为它海中飞翔的翅膀，再不怕巨浪、汹涛、旋风、海潮，信步远航。莎吉巴那的扎卡大舟，相传到过堪察阿林，楚科奇阿林，阿依努海滨和罗津、抚顺诸地。”②

在《恩切布库》中，恩切布库教会了族众在海洋中如何利用日出日落和夜观星辰来分辨方向。在此基础上，《西林安班玛发》中的西林色夫发明了铜制的信风鸟用以在海上辨明方向。西林色夫“与族众磨制扎卡大舟上的铜雀信风鸟——这是航海的向导。在茫茫大海中，不论遇到多大迷雾，不论遇到何等暴风，航桅上的铜雀信风雀，都会展翅奋飞，头永远指向固定方向，鸣唱着向航海人勤报方向，从不令大舟在海中徘徊不定，或遇灭顶之灾”③。这种铜

① 富育光讲述；荆文礼整理：《天宫大战　西林安班玛法》，长春：吉林人民出版社，2009年，第253页。

② 富育光讲述；荆文礼整理：《天宫大战　西林安班玛法》，长春：吉林人民出版社，2009年，第263—264页。

③ 富育光讲述；荆文礼整理：《天宫大战　西林安班玛法》，长春：吉林人民出版社，2009年，第264—265页。

雀信风鸟是用铜质煨成，下部有铜环，插在桅杆顶上，可以灵活转动，信风雀尾上带有彩色飘带，便于航海人仔细观察，对后世的航海业影响非常大。

西林安班玛发所开发的苦乌岛，在以后很长时间，一直是满族先民以及东北各地民众生活的乐园、争夺的宝地。随着生产力的发展，这里后来成为东北商人频繁往来赚钱的地方。在另一部满族神话《千里寻亲》中，卫根为了养家，“年年顶着透骨的江风，摇着沉重的大帆船，到苦乌岛上去，装走一船船的皮张、木梓、稷子米；换回来一船船的盐块、海味和鲸鱼肉……远近部落都爱这艘做买卖的船，盼它带走当地的土产，捎来新奇的日用品”[①]。可见，这时的苦乌岛已经成为商人经常光顾的地方，海上贸易已经十分发达。

六　草药、针灸与雪疗

——西林安班玛发时代医药卫生业的发展

在《恩切布库》中，曾介绍了恩切布库给族众带来的海上圣药，可以医治一些疾病。然而，相对来说，满族先民们的医学知识还是非常贫乏的，西林安班玛发中介绍说：“古代，在东海窝稽部落里，不懂得医病。族众一旦出现病患症候，都认为被魔鬼调弄，挺一挺，蹦一蹦，跳一跳，喊一喊，就会给吓跑啦！再厉害再沉重的疾病，病得已经爬不起来，甚至双目紧闭，呼吸微微弱弱，奄奄一息的时候，就习惯看成是，魔怪把灵魂背走了。不可救药啦！于是，族人们大家动手，大家帮忙，把病者抬进深山老林，或乘筏送

① 富育光讲述；荆文礼整理：《苏木妈妈 创世神话与传说》，长春：吉林人民出版社，2009 年，第 172 页。

进茫茫大海深汀，直接投海给魔怪，凭他们怜悯、治理。”[①] 部落的人们把这视为在做好事，早点送给魔鬼，病痛能尽快解决，病者也早日得到解脱。“所以，往昔东海人流传‘送活人葬’，反而视为天经地义之事”。[②]

这种古俗的改变，相传就是西林色夫带来的。西林色夫教给莎吉巴那和查彦都鲁男女老少，认识和学会采集当地的百种土药、草药，教给族人针灸、按摩、医药。[③] 文中记载，西林安班玛发擅用草药为族众医病，医术十分神奇，每每药到病除。“凡东海的千草百物，在西林安班玛发的手里，就变成了稀世珍宝，可医治百病。所有疑难杂症，妇人产前产后，童子癫疯白痴，都能转危为安，起死回生。”[④] 可见，相比恩切布库时代来说，氏族的医药业已经有了长足的进步，除了懂得用植物、动物入药以外，还懂得了精细的制药工艺，也有了针灸、按摩之术。

文中还记载了西林安班玛发初到人世时如何战胜可怕的“天花”瘟疫的。“往昔，曾在亨滚河，突发可怕的‘山搭哈’，脸生溃脓的‘天花疮’，太凶残了！蔓延得非常快，不到一个月缺月圆，附近不少部落里的人就快死光了，到处是尸体，白昼都抬死人。清晨好好的人，到傍晚扑腾一声倒下，腿一蹬就咽气了。竟有大海船

---

① 富育光讲述；荆文礼整理：《天宫大战 西林安班玛发》，长春：吉林人民出版社，2009 年，第 170—171 页。

② 富育光讲述；荆文礼整理：《天宫大战 西林安班玛法》，长春：吉林人民出版社，2009 年，第 171 页。

③ 富育光讲述；荆文礼整理：《天宫大战 西林安班玛法》，长春：吉林人民出版社，2009 年，第 171—172 页。

④ 富育光讲述；荆文礼整理：《天宫大战 西林安班玛法》，长春：吉林人民出版社，2009 年，第 184 页。

上，来时不少外客，船还没靠岸，人都下不来了。原来，船上人，也染上‘天花’，奄奄待毙。”①

西林安班玛发见病患来时，众人只知击鼓跳神，鼓励众人说：“祭祀，祈神，是求智慧，求办法，不能光敲皮鼓就地转。”他带领没有得天花的人进山采药，还把没有得病的族人都带进深山荒谷躲病。还真有效，人群一分开，互不走动，病瘟就传传播不开，保住了众多族众生命。还有许多青壮年，或初得“山搭哈”的病人，由于吃了西林安班玛发创制的草药汤，“驱除大热，除掉毒瘟，治住了昏厥，补正了胃气，救治了部落许多人。从此在穆林阿林，有了专治‘山搭哈’几种中草药方剂”②。

“但多数住在穆林阿林的人，久居寒冷潮湿的山中，因山麓洞窟内潮湿寒凉，东海人不论男女老少好患两种地方怪症，一是白痴呆傻或哑不能言；一是头大、胸隆鼓、双腿双臂短小，成人像十岁童子，走路双腿如罗环，上山下山艰难万分，无法打猎、网鱼、骑马，无法成为强壮的驭手。而且更严重的是，东海人早年寿命短，还是青壮年有为时，就四肢不用，很早就离开人世了。”③

西林安班玛发为了治愈族众的这些怪病，采用了昏睡中“灵魂出游，遍访神界”的办法，找寻治病的良方。她先是拜访了德鲁顿玛发，又去请教尼曼吉女神④。“尼莫吉妈妈向西林色夫，传授了

---

① 富育光讲述；荆文礼整理：《天宫大战 西林安班玛法》，长春：吉林人民出版社，2009年，第184—185页。

② 富育光讲述；荆文礼整理：《天宫大战 西林安班玛法》，长春：吉林人民出版社，2009年，第185—186页。

③ 富育光讲述；荆文礼整理：《天宫大战 西林安班玛法》，长春：吉林人民出版社，2009年，第185—186页。

④ 尼曼吉女神：满语，雪神之意。

雪屋、雪疗、冰灸、冰丸、冰床、雪被，医治霍乱、伤寒、腐烂、热症、疯癫等杂症。”① 这说明在当时的氏族中，已经有了用冰雪来治疗疾病的办法。

他还拜访了专管人间繁衍的星神“董布乐妈妈”和东海女神德力给奥姆妈妈。德力给奥姆妈妈早已猜到他的来意，对他说：“西林色夫，你现在已重返人间，万事就要多多动脑。凡事得身体力行，多多去品味感受。只有你自己辛苦找出来的任何办法，该是最合理的，最有实用价值的，也可能是世人最需要的。为世间谋福，首先就要肯于尝苦头，不怕失败，不怕折磨，才会苦尽甜来永享福。”② 当时的满族先民已经明白，光是乞请神灵的庇佑是不行的，神没有解决一切事务的良方，要幸福还要靠自己的智慧和力量。

西林色夫想到人们的疾病很可能与土质有关，于是他为了分析土质，变成了穿行地下的鼹鼠，“去探究地下，各层土质的情况，探知地下各方信息，预测地下潮湿寒度”，终于找到了一块适宜居住的乐土。后来他带着族众，陆续迁到了东海滨，这里气候宜人，夏季凉爽，冬季温暖，最适宜人们安居乐业。除了改善了人们的居住环境、使人们冬天有了火炕，增加了衣物保暖性之外，“还创造了按摩术、针灸术、燔烤术、酿酒术。使东海人体态大变，四肢短矮的大骨节症，告别了东海”。

当西林安班玛发率领部落登上苦乌岛，并遇到当地野人时，“西林安班玛发用一根桦木筒，吹喷出雾状‘乌头摄魂药’”，使野

① 富育光讲述；荆文礼整理：《天宫大战 西林安班玛法》，长春：吉林人民出版社，2009年，第195页。

② 富育光讲述；荆文礼整理：《天宫大战 西林安班玛法》，长春：吉林人民出版社，2009年，第203页。

人“一个个昏迷受缚”。后来，他又用甘草水解药温中，用五味水调理心智，使他们恢复过来，可见当时他们已经学会使用麻醉药和解药。

后来，当苦乌岛上“连天暴雨，遍地汪洋，地室成池塘，人死如漂叶，臭气冲天”时，西林色夫发现灾难在土生土长的当地阿其哈喇部和温卡哈喇部人死甚少，于是向他们请教。阿其哈喇众头领“齐言岛内河流纵横，常生水患，野民灾时采食‘苦乌毛’皮熬水可以祛湿瘟，果见良效，全岛邪秽迅除”。受岛上野民启发，满族先民又掌握了用苦乌毛熬水治疗湿瘟的技术，医药水平又得到了提高。西林色夫和族众为了铭记土民馈赐，救命良方，惠及百代，才“把这座郁郁葱葱的海中盛境，亲昵地称曰‘苦乌’或称‘苦乌’。‘苦乌’岛的美名，渐渐蜚声海域，耳濡目染，常铭心中”①。

第四节 《乌布西奔妈妈》及其所描述的原始社会后期生活图景

一 乌布西奔妈妈降生时的时代背景和人民生活图景

《恩切布库》一书所描写的时代，还处于原始氏族社会的初级阶段，生产生活水平低下。人们对恩切布库将信将疑，还存在一个从不信任到慢慢信任、从信任到逐渐依赖的过程。《西林安班玛发》中，西林安班玛发诞生之前，生产力水平已经大大提高，生存方面已经不存在太大问题，已经有过萨满，对萨满祭礼已经非常熟悉，

① 富育光讲述；荆文礼整理：《天宫大战 西林安班玛法》，长春：吉林人民出版社，2009年，第252页。

急切盼望萨满出现来指导他们的生活，但尚无奴隶制，各部间平等相处。

那么《乌布西奔妈妈》所处的时代，又是什么特点呢？首先，乌布西奔降生之前，其所在部落的统治者古德罕的世祖，已经有了五百年的开基史。文中写天地初开时，阿布卡赫赫降服耶鲁里之后，疲劳难支，"众神拥戴返回天际，临行时，偶生溲溺，洒润在东海石"①，被一只东海石下聚生的黄壳海蜊享用，幻化人形，变成一位臂撼巨岩女力士，自号"古德西"。"古德西创'乌布林艾曼'，凿'五鹰图喇'划界地，威名山海皆知。……江海岁月飞逝，袭传今日古德玛发，已难查几何世纪。"② 可见，那时的乌布林部落，已经发展了好几百年，且拥有鹰图腾，是有名有号的大部落。

其次，东北物产丰富，当时的满族先民已经掌握了高超的生存技能，已经能够丰衣足食。"这里百兽多过天上群星，这里人迹却比寻见地上鲜花还难。在绵延的乌布逊毕拉两岸，世代欢居着乌布林，土生土长的'巴纳罕'，采山果，打猎，捕貂，刨参、罟鱼、熬海盐……丰衣足食，全凭萨玛卜占。"③

但同《恩切布库》《西林安班玛发》的时代基本没有贫富差别、氏族内部大体平等相比，乌布西奔妈妈所处时代已经有了明显的贫富分化，奴隶主和奴隶之间的生活天差地别。古德罕生活穷奢极欲，骄奢淫逸，嫔妃众多，连过个生日也要大摆排场，在堆满海

---

① 鲁连坤讲述；富育光译注整理：《乌布西奔妈妈》，长春：吉林人民出版社，2007 年，第 30 页。

② 鲁连坤讲述；富育光译注整理：《乌布西奔妈妈》，长春：吉林人民出版社，2007 年，第 31 页。

③ 鲁连坤讲述；富育光译注整理：《乌布西奔妈妈》，长春：吉林人民出版社，2007 年，第 43—44 页。

鱼、鸟卵、鹿肉——氏族十里花山大寿宴上，哈哈（男人）、赫赫（女人）们，狂欢痛饮。然而弃儿营里，却“窟冷凄凄，蛇鼠噬肤，地窨阴湿，苦挨时光”。

当时的社会中最核心的矛盾冲突，已经不是生存问题，也不是部落战争，而是氏族内部统治者和部民、奴隶之间的冲突。由于氏族首领不再是由族众推举产生，而是家族继承制，继承者不是凭借本事和声望服众，而是凭借高贵的身份继承罕位，就难免产生一些无德无能的统治者。文中描写因古德罕荒淫无度，南罗锦妈妈狂妄自大、昏庸糊涂，“只懂肥吃天鹅、江鳌、海豚，体胖赛过肉缸，不懂得操管族务，全支使古德贝子恣意妄行”①。“乌布林的乌布逊部众，憎恶南罗锦妈妈昏庸，怒谴古德罕黩武穷兵”，氏族族众早已经不堪忍受他们的残暴统治，趁着古德罕在外的时机，终于暴发了内讧，众人“冲进古德罕雪狐海燕林，烧毁古德罕鹰阁紫貂庭，猎狗咬死古德罕妃嫔，病榻的南罗锦也遭乌头箭穿身。地室树洞火吞水淹，乌布逊遭受百年未见过的鞭痕。灾难啊，笼罩美丽的乌布林！血泪啊，洗染富饶的乌布林。”② 可以看出，来自氏族内部的愤怒烈火，也是非常惨烈的，有摧毁一切的威力。

二　部落之间的图腾等级制以及部落内部的奴隶制与神判制

从制度的层面说，乌布西奔妈妈的时代仍然继承了图腾制，以图腾作为氏族部落的象征和标志，但各氏族之间的图腾制度显然要

① 鲁连坤讲述；富育光译注整理：《乌布西奔妈妈》，长春：吉林人民出版社，2007年，第38页。

② 鲁连坤讲述；富育光译注整理：《乌布西奔妈妈》，长春：吉林人民出版社，2007年，第48—49页。

比以前成熟完善许多。在《西林安班玛发》中，各氏族间地位平等，并没有明显的高下之别。但在《乌布西奔妈妈》中，随着生产力的发展，部落间强弱发生变化，氏族的图腾与徽号就不仅仅只是氏族的标志，同时也代表着氏族尊卑地位和强弱等级的不同，不能有丝毫的僭越。

文中描写黄獐子部欲废掉黄獐子旧徽号，更换棕熊大纛壮门面，立刻就让“珠鲁部三世罕图耶玛发气不平，暴跳如雷，七窍生烟，哪容忍小黄獐子得势张狂，让法吉女罕傲慢逞强，点派七百驾鹰奴攻罚法吉罕。法吉罕闻风怯缩，焚弃棕熊大纛，申扬黄獐子旗幡永不降”①。只是想更换个更高等级的徽号和旗帜，却差点引起一场战争，可见，在当时的氏族中，图腾与徽号是身份地位的象征，对部落来说非常重要。

当时各部落间的战争时有发生，弱肉强食的规则无情主宰着族人们的命运，战败者只能任人宰割，为奴为婢，生死由人。如文中描写古德罕想要强占鹅头脖子出海口，进攻黄獐子部，行军时还做着这样的美梦：“让美丽的黄獐子罕——法吉妈妈，今夜睡进古德罕的香獭衿；将美丽的黄獐子部女人啊——东海美女们，今夜犒赏给乌布林每个征人；让鹅头脖子今夜更美名，做乌布林古德罕的观潮楼，金银珠宝库，重新修葺一新”②。在当时的观念中，战败者是要一律充做奴隶，财产也要被瓜分。

后来在乌布西奔的帮助下，黄障子部用狗军打败了古德罕，法

---

① 鲁连坤讲述；富育光译注整理：《乌布西奔妈妈》，长春：吉林人民出版社，2007 年，第 46—47 页。

② 鲁连坤讲述；富育光译注整理：《乌布西奔妈妈》，长春：吉林人民出版社，2007 年，第 40 页。

吉妈妈对古德罕说："我们懂得阿布卡赫赫的宽宏，仁爱大度，饶恕尔等，所俘乌林人作为獐子部奴丁，所有马匹、军刀全收归我所用。俗语讲'贪死的猪别忘记挨打的痛'，古德罕，你该弃恶从善，改弦更张，只放回你一人，滚吧，快滚!"① 当时的部落战争是相当残酷的，一旦战败，按旧规所有的战俘都归战胜者所有，轻者充为奴丁，重者被杀死，女人则被赏赐给部众，随意欺凌。像法吉妈妈那样只放回古德罕一人，已经是一种仁慈了。

其次，在部族内部，早已经以家族继承制代替了原来的氏族推选和内部的禅让制，类似中原的"家天下"的观念已经根深蒂固地存在于每个氏族成员的内心当中。如由于乌布逊部的女罕南罗锦昏庸无能，族众起而反抗，冲入其驻地，南罗锦在此次氏族内讧中受了重伤，然而当她敲响了身上的铜板②，还是有不少族众应声而来。在族众心目中，"纵然可恨古德罕的咎由自取，可憎南罗锦沉湎安逸与放纵，惩治报复古德后痛感快慰与舒心，然而又总感是生命依托，部落之尊，自毁家园更将伤及自身"③。因而乌布林的忠诚子孙们不计前嫌，呼聚林中人众，从四处涌向警钟。虽然族众们痛恨不仁的统治者，但还是习惯自然地认为他们是天生的部落之尊，是氏族成员们生命的依托和家园的主宰。女罕南罗锦在临死时也说出了"祖宗基业贵如命根，要重建乌布林啊!"④ 可见，在统

---

① 鲁连坤讲述;富育光译注整理:《乌布西奔妈妈》,长春:吉林人民出版社,2007 年,第 42 页。

② 铜板,是女罕特备警钟,唯有危难时,敲响铜板谕传聚众。

③ 鲁连坤讲述;富育光译注整理:《乌布西奔妈妈》,长春:吉林人民出版社,2007 年,第 50 页。

④ 鲁连坤讲述;富育光译注整理:《乌布西奔妈妈》,长春:吉林人民出版社,2007 年,第 51 页。

治者心目中，氏族部落也是他们赖以生存的基础，是他们祖宗打下来代代相传的基业。

在统治者的性别问题上，东海各部仍然是女性掌权为主。各部落首领大部分是女性，但显然已经有所松动。如乌布逊部乌布西奔妈妈执政之前，南罗锦女罕昏庸，大权基本被手握重兵的古德罕掌握，形成了由兄妹俩并肩为罕执掌着百里熊山鹿苑的局面。在南罗锦女罕死后，乌布逊部群龙无首，又不得不迎回古德罕执政。显然，当时虽然女性有优先继承罕位的传统，但如果没有女罕的情况下，是允许男罕执政的。

“珠鲁罕部和黄獐子部祖根同源，先人发端于一条水系安察干。……百年前，兄妹反目成仇积冤，突里吉小妹远离安察干珠鲁罕兄长，在海口鹅头脖子拜奠黄獐子神坛。”① 珠鲁罕部和黄獐子部本为一家，但由于兄妹争罕位而反目成仇，结果各据一半，分成两家。可见在当时，已经有了男人掌权的部落，但那是非常不容易的，通常都是在与女性斗争中得来。

在法制方面，《恩切布库》时代所开创的神判制在乌布西奔妈妈的时代仍然盛行不衰，而且神判的仪式更加严格也更加规范了。文中详细描述了乌布西奔主持的神判仪式，乌布西奔闭目坐在神坛前花床上，敲着有德里给奥姆妈妈神像的鲸鱼椭圆大鼓，族众虔诚默求乌布逊众神降临。她让古德罕赤裸上身跪在神坛前，身上抹满献牲的鹿血、鹅血和鱼血，祈告神灵。其验示按祖规分为三验：“第一验示为火裁：设火坛，走九杆长二杆深火堆，让火神验示古德罕诚心；第二验示为水裁：设水坛，走九杆长三杆深的水塘，让

---

① 鲁连坤讲述；富育光译注整理：《乌布西奔妈妈》，长春：吉林人民出版社，2007 年，第 46 页。

水神验示古德罕的真心；第三验示为鹰裁：设鹰坛，走在五只凶隼、四只凶雕之间，鹰雕饥饿三日，让鹰神验示古德罕的献心。”还命古德罕不准雇佣奴仆，自己刻榆、槐、柳神像三十尊；自己编做藤、葛、茅神像三十尊；自己堆做石、砂、红石、黄土兽神九尊；自己树起木椿神柱九尊，古德罕从第一个黎明忙到第七个黎明，赤臂、赤脚、汗流浃背，虔诚至极。可见，精心自制神位也是神明裁验的重要祖制。①

三　神坛、神谱和神祭

在《恩切布库》中，萨满和部落首领合而为一；在《西林安班玛发》中，部落达是在萨满的主持下推举出来的，不存在争权的问题；而在《乌布西奔妈妈》中，显然萨满与部落首领已经完全分离，部落首领“罕”是世袭制的，萨满则是由罕王任命和授权的，权利受到罕王的限制。若是没有古德罕的支持和允许，乌布西奔是不能登上萨满神位的。因而乌布西奔在主持完古德罕的神判仪式后，众族人虔诚挽留她做乌布逊萨满时，只因为古德“依旧迟疑难允”，乌布西奔就知时机未到，推说法吉妈妈有事相商，悄然离开。

然而萨满凭借神的权威、深入人心的魅力，亦构成了强大的制约罕王的势力，神权与王权构成了既互相合作又互相牵制的关系。几年以后，在族众一致拥护和天神降谕的情况下，乌布西奔“用手语告谕罕王族众，她自称是东海太阳之女，选中了熟鱼皮的哑女，奉谕来乌布逊执管，身领东海七百噶珊萨玛神位，可使乌布逊永世安宁。……如果不准领受萨满神主，乌布逊老幼必遭罪咎”，这时，

① 鲁连坤讲述；富育光译注整理：《乌布西奔妈妈》，长春：吉林人民出版社，2007年，第60页。

古德老罕王虽摇头难信，但迫于情势所逼，也只好照谕奉迎。[①] 随着乌布西奔的声望日隆，众部都拥护乌布西奔统掌锡霍特阿林萨玛祭事，古德罕便也心悦诚服，心甘情愿地把罕位让予乌布西奔。于是乌布西奔集女罕与大萨满于一身，实现了政教的统一。

在乌布西奔的领导下，满族先民的萨满教信仰达到了前所未有的完善和发展。首先是神坛的建设和礼仪的完善。乌布西奔得到古德罕的特允，在乌布林毕拉荒芜的莽原规创宏图，选址筑就神坛、神位、神柱、神棚，立坛拜神、颂神。其规模和宏伟程度远远超出了西林安班玛发的时代。"乌布西奔萨玛在乌布林建起十一座神殿，像乌布林毕拉河畔十一座金楼，矗立云天，百部来朝。"[②] "神佩万响，日夜相连，嘤嘤不绝"[③]。

其次，建立了完善的神谱神系。"乌布西奔滔滔不绝，向乌布林族人，传谕神的古趣儿，讲颂神殿的威容，娓娓动听。"[④] 阿布卡赫赫三姊妹女神，把中天划分为天区十二方，其中中天分二方，"她们三姊妹踞于中天之右，左天神鹿是她们的坐骥，神龟是他们的天舟，天云是他们的小威呼。中天又分东南西北和四角十方，巡游周天。十方各为四方，均由各星属女神执管。"[⑤] 有日、云、雷、

① 鲁连坤讲述；富育光译注整理：《乌布西奔妈妈》，长春：吉林人民出版社，2007 年，第 65 页。

② 鲁连坤讲述；富育光译注整理：《乌布西奔妈妈》，长春：吉林人民出版社，2007 年，第 70 页。

③ 鲁连坤讲述；富育光译注整理：《乌布西奔妈妈》，长春：吉林人民出版社，2007 年，第 73 页。

④ 鲁连坤讲述；富育光译注整理：《乌布西奔妈妈》，长春：吉林人民出版社，2007 年，第 73 页。

⑤ 鲁连坤讲述；富育光译注整理：《乌布西奔妈妈》，长春：吉林人民出版社，2007 年，第 73 页。

闪等四十二位尊神。另外，阿布卡赫赫身边护拥女神三百三十位之众，其中显赫亲随女神三十九位，各有名号，每十个一组分管上天、中天和下天，另有九位巡天大神；巴那吉额姆亲随女神二十七位，分管山峦、林莽、地被、穴室、树、窖、万牲等；卧勒多赫赫布星妈妈，人身鸟翅，身背装满星辰的小皮口袋，身边亲随女神四十二位。

还有居于第四位的执宰东海光明神——德里给奥姆妈妈，下属十三位尊神。文中还首次出现了关于铜镜的神话：“德里给奥姆妈妈受三女神之命，为了把太阳光辉，世世代代普照万物生灵，将自己的心灵火光，吐出一块儿，凝生成一个新日——光芒万丈。它能常栖居在万物心灵中，使万物聪慧、照明，总能识途，不会迷茫，这就是万物心灵的‘托户离’”① ——明镜。这是德里给奥姆女神给万物的最高护神——“托户离”妈妈，她统管着，大光明女神、小光明女神和万道光辉妈妈，主宰世间万物心田中的光明。从上面的神谱可以看出，萨满教的神系已经由原来的自然神、祖先神，逐渐演化为分工明确精细、各尽职守的职业神。

再次，祭神的仪式更加庄严盛大，由于当时的捕鱼业已经有了很大发展，族人们不仅以各种鱼类祭神，而且能够捕捉海洋深处的巨鲸来祭神。“咚咚鱼皮鼓声中，浪尖里划来十只柏木长舟，十只长舟中，拘俘着一只巨鲸，巨鲸喷跃着巨浪、排山倒海，激涛像天雨辅卷了十里长林。天雨降着黄花鱼、鲭鳞鱼、扁头鱼、长带鱼、小团鱼……木鼓咚咚，皮鼓咚咚，骨枷铮铮，石枷铮铮，阖族齐向东天祭拜，遍山遍野，欢声雷动。一声螺号，二声角号，三声桦

---

① 鲁连坤讲述；富育光译注整理：《乌布西奔妈妈》，长春：吉林人民出版社，2007 年，第 75 页。

号，四声骨号，数十名族众用木杈猛刺鲸鱼鱼尾，一声爆啸，鲸鱼像有神力助举，安详地跃上祭坛石案。乌布西奔身穿洁白的圣服，双手掐着双柄捆着锋刃的尖刀，身后跟着五名捧着榆木盒的侍女，在紧迫的鼓声中，跪祭在鲸鱼之前，诵念神诗。”① 仅一次祭祀就用去这么多供物，可以想见当时东海女真人的富足强盛。

由于奴隶制的发展，此时的祭神仪式中已经有了烧死所俘之野人祭祀的现象。“九名萨玛扮装的侍女，夹着用海龙草捆缚着的从海岛擒来的长毛男女魔。两魔双眼紧闭，奄奄一息，被献到鲸鱼祭坛案前。众萨玛捧来干黄如锦的海草，蔓苫男魔、女魔身上。鱼皮鼓响了！龟板鼓响了！洒洁海水，点起海豹油抛在男魔、女魔草捆之上。在嘶号声中，然后站起，用双手四只利刃划开鲸鱼的颈部。”②

这种祭典仪式是相当残忍的，“鱼血与鲜红的海水相映……神坛下的鱼血在奔流，染红了祭坛的北墙，殷红了祭坛的南墙，印红了祭坛的西墙，遮住了祭坛的东门”。然而这些鲜血却被视为圣血，象征着神赐予的不尽的福祉，“圣祭的族人欢跃着跳进血海中，滚躺着，蹦跳着，喝着，与晚霞映红一色，象征着天母赐予了不尽的福祉和阳光……”③

四　神奇瑰丽的萨满舞与比舞定胜负的奇特战争

由上文可知，到了乌布西奔统治时期，萨满教已经发展到十分

---

①　鲁连坤讲述；富育光译注整理：《乌布西奔妈妈》，长春：吉林人民出版社，2007 年，第 82—83 页。

②　鲁连坤讲述；富育光译注整理：《乌布西奔妈妈》，长春：吉林人民出版社，2007 年，第 82—83 页。

③　鲁连坤讲述；富育光译注整理：《乌布西奔妈妈》，长春：吉林人民出版社，2007 年，第 83 页。

鼎盛的时期，由于选举萨满、萨满祭祀及萨满神断等都必须载歌载舞地形式，所以满族先民的歌舞在乌布西奔时期已经非常发达，不但有了各种祭祀的舞蹈，而且在生活中随处可见各种各样用来表达各种情感的舞蹈。当珠鲁部和黄獐子部冰释前嫌，共尊乌布西奔为萨满时，珠鲁和黄獐子人等，跳起妈妈传下的“窝莫洛裸踏玛克辛”（子孙舞），唱起玛发传下的“阿浑德乌勒滚乌春”（兄弟喜歌）。① 在古德罕的寿宴上，赫赫（女人）欢跳“查拉芬玛克辛”（寿舞），哈哈（男人）欢戏“勒夫曷玛克辛”（熊舞），古德罕站起身，爽笑盈盈，同阿哈朱子比唱“乌勒滚乌春”（喜歌）。② 当乌布西奔梦见塔其布离星姐送他“托盘”（草莓）和“山里红”，恢复了美妙的歌喉时，族众们都欢欣鼓舞，萨玛妈妈跳“鹿窝陈”（鹿祭）谢神灵，黄獐子部和珠鲁罕额真——法吉妈妈和班金玛发也光临祝贺，那歌舞的场面就变得更加热闹非凡：“迎亲舞，踏歌舞……野人舞，渔人舞……醉人舞，鹤翔舞……鹿鸣舞，蟒俑舞……歌舞、欢宴，连连两个通宵，众部落男女忘掉了疲劳。”③

祭祀与舞蹈已经水乳交融地混合在一起，分不清哪里是祭祀，哪里是舞蹈了。“五十对穿着黑鸟羽服的丧女张翅翱翔，三十对身披黑熊皮的丧男翘首顿足，嘶哭哀嚎，十九对身披黑色鱼皮的白发老人，仰天舞手哀嚎沧海，十九对身披黑羊皮的苍发老妇，摇身翘首，咩咩长吟。身披白色天鹅羽毛斗篷的乌布西奔，头戴海鱼骨编

---

① 鲁连坤讲述；富育光译注整理：《乌布西奔妈妈》，长春：吉林人民出版社，2007 年，第 48 页。

② 鲁连坤讲述；富育光译注整理：《乌布西奔妈妈》，长春：吉林人民出版社，2007 年，第 29 页。

③ 鲁连坤讲述；富育光译注整理：《乌布西奔妈妈》，长春：吉林人民出版社，2007 年，第 72 页。

织的银色神盔，身穿鲸鱼骨片编织成的银色神甲，足登鲸鱼骨镂刻、黑衬貂绒袜的轻腿靴，手击黑石板，边跳边咏，白鸥翱翔，疾鼓声声，哀舞抒衷，召请祖灵。……乌布西奔手牵古德族众，悠然阔步，背手捋髯，仰首腆腹，憨态可掬，慈眉善貌，其音其姿，酷似古德先翁临世。乌布西奔神降姿容，后世模拟难忘，创下了萨格达玛克辛（老人舞）。”[①] 萨格达玛克辛是满族女真人古舞一种，人数不等，全为老妪、老叟合舞，活泼动人，甚有情趣。所谓“呼喝玛克辛”，形容老人各种声态怪貌，充满豪爽乐观的老顽童形态。

此外，乌布西奔出海前的谢祭仪式上，也有非常多的歌舞表演：其中有牲血舞，还有野猪神降舞，生动形象地跳出了獠猪态、小猪态、拱食态、瞭哨态，怒恐态等。

在某些野人部落，舞蹈甚至可以成为保障族众安全、迷昏敌人的奇特工具。在东海上有一个小岛名女窟之岛，岛上住着阿里[②]魔女，“其域自称女儿国，女人喝岛中池水即孕。岛倡生女，生男弃于野”[③]。女岛罕王俗称比干[④]女魔，她们诱惑和征服外来人的办法就是奇特的歌舞和迷药。“休可小觑她身边三十秀女，神技奇才素有威名。个个文身、赤脚、裸肌、长发披腰，腋下海香叶和鱼皮护臂，能歌善舞，歌仿鱼声，俗语‘尼玛哈吉勒冈乌春’[⑤]。以仿安昌鱼四季吐生小鱼，声调似祭歌呼号，其义难解，惟魔女互通。其

---

① 鲁连坤讲述；富育光译注整理：《乌布西奔妈妈》，长春：吉林人民出版社，2007 年，第 85—86 页。

② 满语：ari 通天鬼，难缠的人。

③ 鲁连坤讲述；富育光译注整理：《乌布西奔妈妈》，长春：吉林人民出版社，2007 年，第 86 页。

④ 满语：bigan，野生的。

⑤ 满语：nimaha jilgan ucun，鱼声歌。

舞尤奇，迷敌特能。文身舞者巧涂九彩岛泥，遇敌色女蜂出，哑然弄舞，众彩纷摇。忽似独枝摇曳，忽似海葵吐蕊，忽似海鲜染地，忽似海岛花莲。纷彩斑驳，其姿陆离。忽伸忽缩，忽晃忽移。外敌情痴动色，头晕目眩。酥迷成虏，心悦就擒。”①

为了征服这个奇特的以歌舞著称的海上魔女之国，让她们心悦诚服，乌布西奔想出了以“比舞”来定胜负的办法。为了这场战争的胜利，她做了充分的准备，“白昼，静观山峦百鸟啼啭千态，子夜，骑鹿觅仿百兽号奔动感，月下，聆听海涛鱼宫妙音婉转”②。在大自然的启发下，乌布西奔创造了不少名垂千古的舞蹈，如“朱勒格玛克辛③，朱勒格乌春④，窝陈玛克辛⑤，多伦玛克辛⑥，乌克逊玛克辛⑦”。⑧ 于是，“歌声绵绵，笑语甜甜”给众徒传授舞蹈竟然成了独特的习武演兵的方式。

在做了充分的准备后，一场奇特的无战火和硝烟的战争开始了。女魔的舞技也十分精妙：“在九十堆熊熊篝火笼罩的海岛上，女魔文身裸体，得意扬扬，双手抱着一条条东海银枪鱼，大口啃嚼尾翅翘着的大鱼膛，鱼血涂抹，肩发纵抖，袒露肥臀胖乳，踮脚跳

① 鲁连坤讲述；富育光译注整理：《乌布西奔妈妈》，长春：吉林人民出版社，2007 年，第 88—89 页。

② 鲁连坤讲述；富育光译注整理：《乌布西奔妈妈》，长春：吉林人民出版社，2007 年，第 93 页。

③ 满语：julge maksin，古舞、蛮舞。

④ 满语：julge ucun 古歌。

⑤ 满语：wechen maksin 祭舞。

⑥ 满语：doro maksin 礼舞。

⑦ 满语：uksun maksin 族舞。

⑧ 鲁连坤讲述；富育光译注整理：《乌布西奔妈妈》，长春：吉林人民出版社，2007 年，第 93 页。

着文身彩舞。忽而旋转，忽而顿足，忽而跳跃，忽而蹲俯，腰肢柔软，犹如蜗牛踊蠕，颈项仰俯，犹如天鹅信步。众魔女击手雀跃，鸣唱相合，品声若鱼，不解其义，蛮野无度。”①

然而，强中更有强中手，乌布西奔的出场一下子将女魔们震慑住了：“狂酣中，一声惊天鼙鼓，震住了全岛自鸣得意的众魔女，随着天鹅的鸣叫，神鼓的铿锵，九彩花瓣，九彩神羽，漫天飞降。……乌布西奔在神鼓中盘旋作舞……鼓声中，她默请来风神为她吹拂神服，云神为她翩然助舞，鹰神为她振翼飞旋，日神使她金光夺目，海神伴起四海银涛飞浪，地神派来林涛在她头顶上鸣唱，银丝雀、九纹雀、黄蜜雀、小蜂雀、白袍雀，不知惊吓，不怕晃动，落满降神痴舞的乌布西奔身上。”② 这样的舞技魔女与岛上众族世代从未见过，如醉如痴的神舞，使他们目瞪口呆。“乌布逊族人跳动起来，全岛魔女翘首顿足，融入玛克辛欢乐情海中，唱着，跳着，学着，跟随乌布西奔四徒跳起党新玛克辛（连手舞）。乌布西奔妈妈还将神授的优美胡浑玛克辛（huhun maksin 乳舞，胸舞）传授众人。东海的胸襟，太阳的温柔，使魔女和魔岛众族自惭形秽。波其吉和波其西两女魁，拜倒在仁慈的乌布西奔神裙下，连连恳求：‘情愿永做您的仆随，诚恳遵从您的吩咐，我们身随的萨玛色夫，都做您的奴仆。若能允许我们的恳求，让她们到陆上重学神术，如愚钝不才，甘听发落。’”③

---

① 鲁连坤讲述；富育光译注整理：《乌布西奔妈妈》，长春：吉林人民出版社，2007 年，第 94 页。

② 鲁连坤讲述；富育光译注整理：《乌布西奔妈妈》，长春：吉林人民出版社，2007 年，第 94—95 页。

③ 鲁连坤讲述；富育光译注整理：《乌布西奔妈妈》，长春：吉林人民出版社，2007 年，第 97 页。

兵不血刃，仅用舞蹈就能征服敌邦，令其甘心臣服，这种奇特的战争，大概只有在信萨满教的国度中才能发生。因为对萨满来说，舞蹈是有通神的力量的，只有萨满舞蹈跳得好，达到某种境界的人，才有资格做人神相通的媒介——萨玛，这就难怪舞跳得出神入化的乌布西奔，在信萨满教的野人部落中被视若神明。

这种比舞决胜负的方式对处于原始萨满教统治时期的氏族族众来说是非常有说服力的，因而当乌布西奔比舞胜了阿里魔女之后，“在乌布逊盛名下，恩威兼施，乌布逊海疆跨越三百里，不少无名鬼岛海民，成为乌布逊部落盛宴上一群新姊妹和手足伴侣”①。

五 狗棚车、狗信差与狗军队

《恩切布库》中讲东海女真人曾驯养虎、鹰，作为其战争的主要力量，且有驯化马作为交通工具的记载。《西林安班玛发》中有族人大量驯养野猪，食猪肉，衣猪皮，以猪牙做装饰物的记载。而在《乌布西奔妈妈》中，驯狗业成了主角，狗不但给族人看家护院，且是祭祀、交通、征战的工具，族人视之如子，已经成为生活中不可缺少的一部分。“黄獐子部兴狗祭，犬多百数，有师专驯，待犬如子，懂人情，通人语，与人同席枕，乌咧哩，北涉苦夷、堪扎，擅御‘音达包色珍’②，乌咧哩冬驰‘狗棚’，每棚十犬，乌咧哩，棚棚相衔，俗誉‘雪龙’，乌咧哩鞭号如歌，灵犬晓明，人呼犬嚣，驶若快风，乌咧哩，冬有雪鞋，踏如长板，上缝革履，乌咧哩选用海獭、棕熊、野猪毛鬃，乌咧哩，钉于板下，马不可及，雪

---

① 鲁连坤讲述；富育光译注整理：《乌布西奔妈妈》，长春：吉林人民出版社，2007 年，第 97 页。

② 音达包色珍：满语，意为狗棚车。

中飞如闪电，乌咧哩追踪狐兔，如在掌中。乌咧哩，乌咧哩”① 在交通工具方现时，他们不但有独特的“狗棚车”，快捷便利，“人呼犬嚣，驶若快风”；冬季还有滑雪鞋、滑雪板，能在“雪中飞如闪电”。且人与犬已经达到亲密无间的地步，“待犬如子，懂人情，通人语，与人同席枕”。此外，狗在紧急状态下，可以充当信使的作用“突发天花魔蹂躏西邻，彻沐肯大玛发跑狗传信，求助乌布西奔”②。

不仅如此，狗在部落战争中更是发挥了不可或缺的重要作用。在古德罕进攻黄獐子部时，凶猛顽强的“狗军”发挥了至关重要的作用。“盘根错节古柳中阴森森、嗖嗖嗖跳下数千条獐子狗——黄獐子部特养的旋风神。狗分黑白黄褐九曜，异常凶猛，娇巧玲珑，像一只只利箭齐飞在征马上，不吠一声，猛咬乌布林人的脖子筋，狠抱着乌布林马腿咬啃，撕开血肉四处溅红。古德罕双肩两条小狗，咬得他哇哇哭叫，疼落马下。群马遭狗咬，抛掉坐骑上的兵勇，在阔野中狂叫着扬鬃奔逃。乌布林人被扔入河里，疼死挣扎，遍地溃军。一阵阵金锣，角号声声，狗军闻令，丢下啃物，蜂拥般蹿向悬崖。”③ 狗不但可以听命攻敌，而且一听到鸣金之声就迅速退回，可进可退，收放自如。

当然，当时的畜牧业不可能只有驯狗一项，其他方面也都达到了很高的程度。如在瘟疫流行时，乌布西奔先命人驱赶狗车、鹿

① 鲁连坤讲述；富育光译注整理：《乌布西奔妈妈》，长春：吉林人民出版社，2007 年，第 35 页。

② 鲁连坤讲述；富育光译注整理：《乌布西奔妈妈》，长春：吉林人民出版社，2007 年，第 98 页。

③ 鲁连坤讲述；富育光译注整理：《乌布西奔妈妈》，长春：吉林人民出版社，2007 年，第 40 页。

车、马车、牛车，带病者分路，远离家门。

驯养动物为其战争服务，仍然是部落中的重要的作战方式。当辉罕部和彻沐肯部新主继位，恃强欺凌时，乌布西奔驯养的鹰、熊和花狸在战争的关键时刻起到了至关重要的作用。“乌布西奔秘密带着众萨玛，进入幽暗的滴水古洞，驯养百只雄鹰，百只黑熊，百只花狸，用木石刻削辉罕达音和彻沐肯罕姆尔吉，让鹰、熊、狸边认识他们，边喂肉吃，乌布西奔和萨玛们，身披皮衣，击鼓弄戏，侍人们向削刻的两根人柱前投活鹿，引逗鹰群、熊群、狸群，人柱下拼食，无人柱无鹿饿瘪，有人柱则现活鹿。时如过梭，成为惯习，只要鼓声一起，鹰、熊、狸冲向人柱，竞寻美食——鲜羊活鹿。”①

六 乌布西奔统治时期医药卫生业的发展

乌布西奔介绍的神的谱系中，有阿米塔妈妈神群，主宰医抚百病，其中下辖了十九位尊神妈妈，这十九位妈妈分管了不同的疾病，分列如下：“离苏管肺喘，丘琴管腰酸，安琴管腿疾，那离管下泻，米牙管生蛆，卡古管头疮，难奇管心痛，阿米管苦疟，阿勒管暴疼，胡吉管眼盲，库鲁管口歪，班克恩管心颤，图库管冻馁，沙浑管呆痴，混泌管生育，库伦管难产，都离管晕厥，班克管小耳灾，努克管老人灾，嗄克管女人灾，格兄管万症灾。”② 从中至少可以看出，东海女真族众对众多的疾病已经有所了解。

乌布西奔萨满医术高明，很多东西在她手里都是可以医病的神

---

① 鲁连坤讲述；富育光译注整理：《乌布西奔妈妈》，长春：吉林人民出版社，2007 年，第 105 页。

② 鲁连坤讲述；富育光译注整理：《乌布西奔妈妈》，长春：吉林人民出版社，2007 年，第 76—77 页。

药，“像桂罂草的白汁，像海冬花蕊的白粉，像火缤鱼雌雄追逐相喷的甘汁，像望海梅晚霞中喷放的香雾，像石岩小鹿胯下的香麝，像海涛日夜冲涤的草乌花……萨满通往神界的灵药，任何一滴都可使魂魄荡漾，任何一束都可医治族人的病疴”①。

在西林安班玛发中曾经用到过乌头等迷药，乌布西奔中介绍的迷药品种则多了很多，“萨玛迷晕隐药，已知乌头、蛙酥、一品鲜、爬地蛛，都是乌布西奔梦得的峻剂。她以神鼓为云雷，身怀百药为利刃，驱召东海寰宇众神灵”。

在《西林安班玛发》中有可怕的“天花”突袭，致使大量人口死亡的记载。无独有偶，《乌布西奔妈妈》中也写“突发天花魔蹂躏西邻，彻沐肯大玛发跑狗传信，求助乌布西奔”。可见，天花在满族先民的部族中，是较为常见的灾难，族人在同天花斗争的过程中，已经积累了相当多的经验。“乌布西奔急领侍女多名，进锡霍特阿林山洞，采狼毒茶，耗子尾巴草、土瓜蒌、乌头草根，亲手筛研，蚌炊调浸，迅治老弱婴孕七症，创下神方十三宗。力倡病家息躲深渊大谷，远避腐尸臭瘟，彻沐肯四十多个日夜，青青峻谷搭病棚，萧萧慑祸匿消遁。从此传下东海躲病之俗，山魈野叟保命经……”②

此后，在乌布西奔正式为罕执政的第一年，“东海诸地疫症连绵，山达哈痘毒四处蔓延，霍乱病又突袭乌布林，欢乐的树巢乌屋，顷刻间人死巢空，横尸遍野，山山谷谷乌鸦哀声”。在古德罕惊慌失措、带人逃走的时候，乌布西奔挺身而出，稳定民心，“她

① 鲁连坤讲述；富育光译注整理：《乌布西奔妈妈》，长春：吉林人民出版社，2007年，第80页。

② 鲁连坤讲述；富育光译注整理：《乌布西奔妈妈》，长春：吉林人民出版社，2007年，第98页。

先命人驱赶狗车、鹿车、马车、牛车，带病者分路，远离家门，躲入山谷老林，到从未去过的山里安寝，像野鼠一样野居人。然后，乌布西奔亲自采药，日夜带领侍人沟沟岔岔挨门医病，四邻部落也照样送药无误，像对待本部灾民一样心肠，问寒问暖，热热亲亲……很快，病魔让乌布西奔驱除。各路逃难的人啊，又纷纷重返旧部”。不仅如此，在各部回来后，乌布西奔带领大家“倡饮山川活水，教燔鲜牲兔鹿，传炊火熟谷，深埋腐烂兽尸兽骨，火洁地室潮物，再将‘参龟延寿方’广布”①。乌布逊和四邻部落从此数年间病患不生。

乌布西奔不但对治疗难产、内科、瘟疫十分内行，在外伤及解毒方面也医术精湛。“适逢（内海双岛十三礁的）女魔毒箭伤胸骨，病入膏肓，阎王路难逃。千百徒兵哀号求神药，乌布西奔狗橇星月即到，乌布西奔十日住岛，用鱼耳石和吐丝草，研熬苦汁敷伤口，用笸箩鱼骨针拍刺穴窍，女魔渐回知觉……”②

乌布西奔妈妈在当时不仅仅是全族的大萨满，还是个济世救人、医术高超、医德出众的医生。不仅医药技术十分高超，从其带领族众“深埋腐烂兽尸兽骨，火洁地室潮物”等方面看，她的卫生防疫工作也做得十分到位，是个十分令人敬佩的好萨满。

七 乌布西奔时代与中原等地的往来与贸易

《恩切布库》和《西林安班玛发》中，都没有明确的时代标志，

---

① 鲁连坤讲述；富育光译注整理：《乌布西奔妈妈》，长春：吉林人民出版社，2007 年，第 102—104 页。

② 鲁连坤讲述；富育光译注整理：《乌布西奔妈妈》，长春：吉林人民出版社，2007 年，第 114 页。

我们无法在文中准确判定所讲述的事件所发生的年代，而《乌布西奔妈妈》却不同，明确写出了时间，并且有与中原往来和受汉族、朝鲜人影响的描写，只是这种描写篇幅极小。

> 奇闻出在成化甲辰年①，天雨降泥鳅塞满沟坎。天道紊乱非吉兆，果不然担民②涌落东海滩。稀稀落落的刨参尼亚玛③，白衣翩翩的索罗阔尼亚玛④，黑衫裹腿的尼堪尼亚玛⑤，麇集布鲁沙尔讨食谋穿。掘塔旦地包儿雅像蜂窝点点。虎狼争食嫌山小，蛟龙争水怨江短。乌布林由此无宁日，袅袅炊烟，篝火熊燃，攫食夺地蚁拼不断，锡霍特阿林泛血泪，天怒人怨啼饥号寒。⑥

书中将汉人和朝鲜族大批难民的涌入称为“并非吉兆”，言语之间相当厌恶，可见在当时的满族先民眼中，汉人和朝鲜人的到来是与之争食争利，并没有给他们带来好处。

书中一再强调黄獐子部所占据的出海口的位置的重要性，说“数百里鹅头脖子峭壁峻岭，成为东海南域的咽喉要冲。”⑦ “布鲁沙尔河……是山外和西域的人，进入大海的黄金口岸。唯有黄獐子

---

① 明宪宗朱见深在位年号(1466—1487)成化甲辰年，为明成化二十年，(1484)。

② 担民指从河北、山东挑担来东海一带谋生的难民。

③ 满语：niyalma，人。

④ 指从朝鲜半岛来谋生的季氏王朝的难民。

⑤ 满语：nikan niyalma，汉人。

⑥ 鲁连坤讲述；富育光译注整理：《乌布西奔妈妈》，长春：吉林人民出版社，2007年，第44—45页。

⑦ 鲁连坤，讲述；富育光，译注整理：《乌布西奔妈妈》，长春：吉林人民出版社，2007年，第37页。

部鹅头脖子，居高临下的犬牙般悬崖，紧紧卡住这道生死关，一夫兀立，万夫休犯，成了众部落岁岁争杀的祸端。”① 显然，此处已经成为山外各族及西域人入海的必经之路，应该也是女真人与汉族及西域各族交往的重要通道。

书中还记载了乌布逊部与中原之间的贸易往来，因乌布西奔帮助西邻彻沐肯大玛发躲过了天花之灾，又给他们送去了不少草药及医药知识，使得“彻沐肯大玛发万谢千恩，同古德罕王亲如股肱，弑搏獠猪刺额鉴心。从此乌布逊又打通了西路，可直接与乌喇酋长相连，皮革鱼货直入松阿里霍通。中原布帛、珠宝、茅纸、釜器、输进东海众部和乌布逊”②。东海女真人此时已经打通了西路，通过与乌喇部的交往，构建了一座与中原贸易的桥梁，使得中原的商品源源不断地涌入东海。在乌布西奔几次航海的过程中，曾记载她“将乌喇部送来的珍宝、金银饰物，选最好的宝箱盛装，带到窝尔浑岛送给伯单大玛发和苦杰大妈妈”③。可见，通过乌喇部，已经有大量的汉族的金银饰物等传入东海。

此外，中原的建筑技术也传入东海，其“望日楼”就是由汉匠按中原的风格而建，而且建得十分精美壮观。望日楼“居高临下，在小山巅顶，红松梁栋，木楼三层，内地汉匠雕建，飞檐斗拱，颇

① 鲁连坤，讲述；富育光，译注整理：《乌布西奔妈妈》，长春：吉林人民出版社，2007 年，第 45 页。

② 鲁连坤讲述；富育光译注整理：《乌布西奔妈妈》，长春：吉林人民出版社，2007 年，第 98—99 页。

③ 鲁连坤讲述；富育光译注整理：《乌布西奔妈妈》，长春：吉林人民出版社，2007 年，第 176—177 页。

称壮观，名传海东。”[1]

在乌布西奔首次出海前，还曾命人精选“永州的翡翠，愁州的古瓶”[2]，作为探海结友的礼品，准备奉送各比干[3]岛酋额真。永州和愁州是古代图们江南岸朝鲜李氏王朝的州府名，可见当时的东海女真各部与李氏朝鲜亦有贸易往来。

八 纪年结与象形文字

《乌布西奔妈妈》中记载，东海自古无年月，乌布西奔女罕以花鸟鱼代纪，才有了纪年日。乌布西奔还传下刻木为号，凿刻石、革记事，以雁阵、达麻哈汛、野花开败记时。

满族的纪年方式很特别，采用花、雀、鱼等一些具体的物象来作为年表征方式，且进位为五进制，同一般的十进位不同。一般人会觉得这种方式麻烦，因为现代人已经习惯了用抽象的数字或概念来记述事物，而原始思维同现代人的思维方式完全不同，他们的特点是抽象思维能力、概括能力极差，具象思维能力和记忆力却超强，更习惯于用事物的具体表相来表达事物。在列维-布留尔的《原始思维》一书中写道：“原始思维形成和使用概念的方式方法与逻辑思维不同。盖捷特说：‘我们力求准确地清楚地说，印第安人则力求如画一般地说；我们分类，他们则个别化。’”[4] 这里，我们看到满族先

① 鲁连坤讲述；富育光译注整理：《乌布西奔妈妈》，长春：吉林人民出版社，2007年，第182页。

② 鲁连坤讲述；富育光译注整理：《乌布西奔妈妈》，长春：吉林人民出版社，2007年，第137页。

③ 满语：birgan，野人。

④ 列维-布留尔：《原始思维》，丁由译，北京：商务印书馆，1981年，第161页。

民的观念中，这种个别化、如画一般的表达方式也普遍存在着。

除了纪年，乌布西奔还为东海女真人创制了类似文字的图符百形。文中写道："乌布逊各部众素无文字，以言达情。日久无证可辩，世事无能传真。女罕为便利交往，记忆常存，以会意述状或纳世间物象，创下图符百形。砍凿于林莽聚会通渠，间以折枝伴用。乌布林普享天聪，记事辨识井然不争，俗称：'东海窝稽幢'，经年日久，世代永铭。"①

那时中原的造纸技术还未传入，这种文字符号还要刻在木板或海石上，或是深藏在九颗十抱粗的古松树洞中，并且将它们藏在树洞或山洞中。这些文字符号"其图若虫蠕，若鸟啄痕，多为古画绘形"。这种文字多用于谕旨或是记录族中大事，"聪颖的乌布西奔，每逢降神，每次征讨，每回议政，都命亲随突尔金雕画她自创的画图，深藏在九颗十抱粗的古松树洞中。传诵神秘的乌布逊图画，便是乌布西奔珍贵圣文。""乌布西奔女罕，为广谕东海，以自创凿木刻记法传令。凡事小刻记浅纹，凡事大刻记深纹，事事各有刻记符标，愚氓野民睹板悉明。"②

乌布西奔死后，其爱徒们为了纪念她，还用这种文字符号在山地洞穴中刻下了乌布西奔的丰功伟绩，世代祭祀。"她们在神的授意下，忽然启迪聪慧之海，应该用妈妈传授的画图符号——东海绘形字，铭刻妈妈之事，让子孙代代，永记妈妈，千古不忘，于是，她们密议计谋，密选山地洞穴——德烟阿林密穴，将妈妈的故事，

① 鲁连坤讲述；富育光译注整理：《乌布西奔妈妈》，长春：吉林人民出版社，2007年，第117页。

② 鲁连坤讲述；富育光译注整理：《乌布西奔妈妈》，长春：吉林人民出版社，2007年，第185页。

用图符记述，铭刻在锡霍特阿林的洞窟里，年年祀祭，代代香烟缭绕。”“经过五个冬春，日夜不辍，矢志不移，特尔滨、都尔芹劳累过度，相继病死在洞窟边，埋在小白桦下，特尔沁终于完成夙愿，已长发披肩如稀雪，返回故乡，驼背躬腰，精编万句长经，依图颂唱，数年后与世长辞。”①

九　妈妈环、文身涂泥、皮帐皮屋

乌布西奔生活的时代东海女真部落中已经有了很大的贫富差别，部落首领和富裕的奴隶主有了奢华的生活，有从中原等地贸易来的各种奇珍异宝，服饰、祭礼、日常生活都极度奢华。

东海人习俗，喜戴大耳环、大耳套环、鼻环，又叫妈妈环。“辉罕部俗掠异部人牙为饰，燧人骨为耳环，磨人骨为器匣”②，可见辉罕部当时还以人骨为饰，经乌布西奔苦口婆心传告，后来他们也仿乌布逊部“饰佩獾牙、猪牙、鱼牙，仿乌布逊采白岩镂磨耳环，鼻环，腕环。……”③“东海人世代披皮为服，不晓缝连，茅草为巢，不知筑室，生咽肉糜，不习火食。乌布西奔神慧天聪，传教乌布逊冬凿地室，夏栖树屋，习用踏板雪行飞驰，生火，留火，熏肉烤吃。”④可见，东海女真人发展极不平衡，到乌布西奔生活的明代，

---

① 鲁连坤讲述；富育光译注整理：《乌布西奔妈妈》，长春：吉林人民出版社，2007年，第204—205页。

② 鲁连坤讲述；富育光译注整理：《乌布西奔妈妈》，长春：吉林人民出版社，2007年，第99—100页。

③ 鲁连坤讲述；富育光译注整理：《乌布西奔妈妈》，长春：吉林人民出版社，2007年，第100页。

④ 鲁连坤讲述；富育光译注整理：《乌布西奔妈妈》，长春：吉林人民出版社，2007年，第100页。

仍然有一些原始部落还处在类似恩切布库统治前期一样的生活。

即使是乌布逊部落在乌布西奔统治的前期，衣食风俗也相当原始、简朴，东海男女俗呼“比干尼雅玛”（野人），男女个个体魄悍俊如虎熊，喜好赤身裸体，以健壮的体魄为美，“众女孩子俗习丝麻、小皮蔽阴，丰乳垂露，长发飘然。群男赤身裸腱，同女人们嬉舞从不遮掩。东海人理念尚美，遮裸为羞，遮阳为懦，赤裸健肌，阳壮猛男。”“寒季，身披茅蓑、羽服与皮裘，盛夏，枝叶围胯，赤身光足而行。”东海男人自古有文身习俗，用褐泥、硅土涂身，骨刀刺肤，文留花鸟兽装。“除双眼，全身以文饰为衣，远观，宛如穿多彩贵服花裳。”

在居室方面，他们仍然延续了恩切布库时代所创下的夏巢、冬窟的居住方式，但显然比以前精美、舒适了许多，如描写黄獐子部族临海建的树巢，“远望，像累累巨果在高枝上飘摇。”“海风吹拂，夏巢不怕烈日，如子夜温馨，”东海人“临高屋，看惯海禽翩翩，常把东海渔舟远眺。只要从树屋临高眺望，碧海渔舟艘连艘，喜看丰稔，船船活鱼，银鳞闪耀。”冬天则宿于崖穴之中“凿洞深深，悠梯出进，洞中有洞，洞洞相连，各有梯门，栖兽皮、羽褥、茅葛、席枕，冬暖如春。”①

与此同时，这时的上层统治阶级在服饰、祭坛与居室以及日常饮食方面已经极为奢华了。“以天上的白云为花裳，以珍贵的鱼皮为革履，以精美的鹅羽为锦衾，以芳香的鱼米为口粮。”② 由于同

① 鲁连坤讲述；富育光译注整理：《乌布西奔妈妈》，长春：吉林人民出版社，2007年，第35页。

② 鲁连坤讲述；富育光译注整理：《乌布西奔妈妈》，长春：吉林人民出版社，2007年，第120页。

中原、朝鲜等地的交往与贸易，此时的东海女真人的服饰已经远非昔日可比，虽然仍以各种皮衣为主，但皮制多样多彩，兼以布帛丝绸，饰物更是奢华无比。“法吉女罕头戴耀眼王冠，彩铃嘤嘤，三千海珠镶嵌着九彩透龙宝玉传世奇珍，双耳长垂着一对三连银环熠熠闪光飞雀竞鸣，身披鲸睛龙骨鹅绒白云蛤的水浪银光衫，真婉若九天神女降落凡尘。”①

再来看看乌布西奔的平常服饰：“她把白鼠皮披挂全身，她把灰鼠皮披挂全身，她把银狐皮披挂全身，她把黑獭皮披挂全身，她用彩石做头饰，她用鸟骨做头饰，她用鱼骨做头饰，她用獐牙做头饰，她用豹尾做围腰，她用熊爪做围腰，她用猞尾做围腰，全身披挂百斤重”。②

她在比舞祭祀时的服饰则更精美：“乌布西奔身穿东珠的披肩，银雕的斗篷，白色天鹅绒长裙，飞鼠皮的金黄彩袖，锦鸡绒编织的围腰，鲸、鲨、虎、熊、豹、獾、狼、猞、狐、蟒、貉脊梁皮绣制成拖地的神裙彩带，带梢镶嵌着骨哨，银光闪闪的鱼鳞皮制成的彩裤，镶嵌着六百小螺铃，脚穿貂绒编织的彩靴，头戴九纹鸟羽绒编织的百条辫帽，中间三只木雕金鸟展翅昂首，鸟嘴珠粒伴随乌布西奔神鼓和舞步嘟嘟鸣响。”③

这还不是她最奢华的衣装，乌布西奔妈罕出征时，穿上了她的心爱征袍。“神服光彩夺目，价值连城，用了九百九十九块东海彩

---

① 鲁连坤讲述；富育光译注整理：《乌布西奔妈妈》，长春：吉林人民出版社，2007年，第41页。

② 鲁连坤讲述；富育光译注整理：《乌布西奔妈妈》，长春：吉林人民出版社，2007年，第66页。

③ 鲁连坤讲述；富育光译注整理：《乌布西奔妈妈》，长春：吉林人民出版社，2007年，第94—95页。

石，磨成的珠穗披罩，用了九百九十九颗九彩海贝，镶嵌的八宝彩绦，用了九百九十九根海鲸鬌须，编成云水星光条，用海葵、海莲叶剪出千幅花卉，贴成的巴图鲁绣带围腰，用万年海龟板皮缝出来的金鹰展翅太阳帽，用云杉的落叶青枝，染制的滚龙高靴，用青云香的汁液泡蒸而成的香气四溢的浓云荷包。”①

此外，随着生产力的发展，东海女真人的祭坛等建筑也极度奢华气派，全用兽皮为之，品种非常丰富。文中描写乌布林神坛：“九十张豹皮搭成了高棚，白闪闪；九十张虎皮围成了高墙，金煌煌；九十张鲸皮铺成了地毯，黑艳艳；九十张鹰皮簇成了翎坛，红亮亮。海鱼骨的神案子，海象骨的神碗子，海狮骨的神筷子，海螺骨的神盘子，海豹牙的神凳子，海狗牙的神刀子，海蟒牙的神矛子，海鲸牙的神号子。”② 乌布西奔处理政事的英武大帐也极尽奢华：“斑斓夺彩的豹皮环绕，银绒坐褥、炕衿、椅屏，全是稀有的北极熊皮珍宝。在百盏鱼油灯光映射下，风采赫赫，熠熠闪耀。”③

此外，乌布西奔时代，各地的物产极为丰富，饮食方面也极尽奢华了，尤其是海产品“南海盛产大海参，个个像大棒槌，肥胖香嫩。南海盛产大海蟹，个个像大海碗、小红盆，籽肥肉美，清鲜醉人。”其他方面也都非常富足，如在一次部落聚会中“南山部落——捧来百只山鸽，捧来百只天鹅，捧来百只岩羊，捧来百只林鹿。北山部落——献上千担银梭鱼，献上千捆银枪鱼，献上千条银鳞鱼，

① 鲁连坤讲述;富育光译注整理:《乌布西奔妈妈》,长春:吉林人民出版社,2007 年,第 140 页。

② 鲁连坤讲述;富育光译注整理:《乌布西奔妈妈》,长春:吉林人民出版社,2007 年,第 117—118 页。

③ 鲁连坤讲述;富育光译注整理:《乌布西奔妈妈》,长春:吉林人民出版社,2007 年,第 121 页。

献上千篮银龟鱼；东山部落——赶来百头乌角牛，赶来百只白头羊，赶来百头乌蹄猪，赶来百只白唇鹿。西山部落——背进雪白的米谷，背进彩花的丝帛，背进清醇的老酒，背进野菊岭的甜水。”“鱼骨雕成的银盅，蛤壳粘成的银篓，装满山珍海味，渔产佳肴，喜笑颜开，吞咽香甜，品尝肥美的甘露，都是女罕的恩赏。”① 这样奢华无比的场面，充分显示了当时东海女真各部落生活的富足、安康与美满。

十　神奇的“天落石”与“迎日之岛”

在《恩切布库》和《西林安班玛发》中，我们看到东海女真人的航海业已经有了很大发展，恩切布库时代已经能够造舟航海，并学会了用日月星辰来辨方向，凭借这种技术，他们发现东海中一个野人岛——“菲格岛”。西林安班玛发时代这种航海技术有了进一步发展，麻布的大量生产，使得部落中有了硕大帆篷的大帆船，可以凭风力而不是单凭划船来行进，辨别方向也不再仅凭日月星辰，而是发明了一种“信风鸟”，他们凭着这种高超的航海技术，找到了苦乌岛，并在那里安家落户。

到了乌布西奔时代，航海业发展更为兴盛。首先，乌布西奔女罕航海的目的不同于恩切布库时代和西林安班玛发的时代，恩切布库是为了平抚争闹不休的海民，西林安班玛发是为了寻找一块更适合发展的土地，而乌布西奔女罕则是为了一个神奇的梦。她梦见东海德里给奥姆女神站在面前告诉她：“……远远内海，有迎日之岛。岛有海鬼，助其（海盗）兵刃食药，其域之大，有万万千庹②之

① 鲁连坤讲述；富育光译注整理：《乌布西奔妈妈》，长春：吉林人民出版社，2007 年，第 119 页。

② 庹：成人两臂左右平伸时两手之间的距离，约合五尺。

遥，飞鸟十日难窥其奥。汝应以情求友，以义济众泯恶……”① 原来在东海女真人神话中，东海之中有迎日之岛，岛上有一座名为舜吉雅峰的秀美高峰，是太阳的住地，太阳朝朝暮暮都从神圣的舜吉雅峰宫城中升落。迎日之岛上有海鬼帮助海盗兵刃食药，使海盗久盛不衰。为了永平海盗之患和寻找神奇的迎日之岛，乌布西奔誓志扬帆东海寻热土，心系神秘的舜吉雅峰，带领其部下开始了一次次艰苦卓绝、九死一生的海洋之旅。显然，这一目标远比恩切布库和西林安班玛发的时代要远大得多，这就注定了乌布西奔的海洋之旅也远比他们要艰苦且更有成就。

其次，乌布西奔的航海多得大海中的岛民的帮助与指点，使其航海技能大大提高。第一个给她以巨大帮助的人是她的情人、爱侍——琪尔扬考。琪尔扬考是在某个风雨飘摇的黑夜被遥远的海潮冲来的，他来自远在太阳初升之地的大海中，长得英俊美貌。他广闻博识，识得海神的深邃广妙，聆知大海奇闻物阜，领悟万里海道，能向女罕滔滔不绝地谈述海外的人情俚事，因而最令乌布西奔心驰神往。琪尔扬考不但助她认海流、识海性，而且帮他造海皮筏，训练“木陈扎卡”②“朱噜扎卡”③ 神兵。

此时的东海女真人，已经能够建造大型精美的航海楼船了。为了解救在海中遇难的琪尔扬考，乌布西奔选名匠日夜赶造楼筏船，征船十五艘，只用一百九十九天便大功告成。这些楼船“全用锡霍

① 鲁连坤讲述；富育光译注整理：《乌布西奔妈妈》，长春：吉林人民出版社，2007 年，第 113 页。

② 木陈扎卡：满语，muchen jaka，东海女真人早年使用的木制盆形海船，凭海潮行驶，近海盆船。

③ 朱噜扎卡：满语，zhuru jaka，东海女真人早年使用的大型木质双舟合体单层深海鱼船，俗称双船。

特阿林钻天古槐劲松。女罕船上刻造画楼和瞭望窗，每艘筏船备筑粮仓、饮水皮箱，彩刻各种神祇惊吓魑魅魍魉，征船有熏香炉，全燃草卉芳菲，缕缕药烟令蚊蚋海蛇远藏。船舷四周放下无数长线彩钓，船只要一动，便可随时捕捉鲑鱼、大刀鱼，随时熏烤，随时饱尝肚肠”①。船上不但有画楼、瞭望窗、粮仓、饮水皮箱，而且还有熏蚊字的香炉、随时可以钓鱼吃的彩钓，设计可谓精美实用。乌布西奔为找回心上人，“命达塔龙拼命催促九百名摇桨海狼，让征船快速闯浪”②。十五艘船就配了九百名摇船手，每船平均六十人，再加上其他随行人员，这种大楼船大约每船可载百人左右。

第二个给乌布西奔大的帮助的人是住在鹅脖子礁的扶尼人酋长套洛甘玛发和他的女儿扶尼女酋霄霄。当乌布西奔急切赶路想去救人，路过鹅脖子礁时，熟悉海情、经验丰富的霄霄劝阻她说：“可敬的女罕啊，昨观晚霞像火烧，不宜远行，大海必卷风暴。”③ 可见当时的岛民看云识天气的能力已经很强。乌布西奔不听劝阻，遭遇风暴险些丧命，第一次航海失败。当她又回到鹅脖子礁时，自愧鲁莽，因而向套洛甘玛发求问航海秘经，套络甘玛发说：“东海俗信天落石，千里蹈海快如风。”这种天落石是“天宇来客，广蕴日月之精，世代难遇，千里难寻，东海人奉为神灯，携数珠入沧海，

---

① 鲁连坤讲述；富育光译注整理：《乌布西奔妈妈》，长春：吉林人民出版社，2007 年，第 136 页。

② 鲁连坤讲述；富育光译注整理：《乌布西奔妈妈》，长春：吉林人民出版社，2007 年，第 142 页。

③ 鲁连坤讲述；富育光译注整理：《乌布西奔妈妈》，长春：吉林人民出版社，2007 年，第 141 页。

息风镇浪避秽邪，暗海迷涛自照明”[1]。

乌布西奔从套洛甘玛发那里得知了天落宝石为航海的法宝，不但可以息风镇浪，而且能在暗夜的海上照明。但这种宝石坠地即隐，非人肉眼而能找寻，仅与禽狐朝夕与共。真正帮助乌布西奔得到天落宝石的是一个他们偶然救起的野人。野人来到乌布逊部落亦是一个极富传奇色彩的故事。一天太阳落山的时候，人们在海中远方水波中发现闪现点点光亮，忽隐忽明，乌布逊部落的十几个“水凫”（海中游泳的高手）飞身跳海追光亮，一会儿，拥簇着一个大木槽回来了，槽盆中抱出一个满身红毛、微微呼吸、人事不晓的裸体野人。这个野人醒来后，虽然语言不通，但乌布逊人还是用他们善良、热情的心打动了野人。在老罕王、乌布西奔及乌布逊人热情招待的感召下，野人终于拿出了深埋在槽盆边缘的十九颗天落宝石，作为礼物送给了乌布西奔。

在野人的帮助下，东海人女真人又开始了第二次的探险之旅。这次航海所造的大船是在野人的指导下完成的，“乌布林往昔只是一些近海小筏，从未有进入迷茫无垠的大海。陆地生活的人，怎了解海的禀性？东海的水啊，按野人的陈述，像个瓢泼的盆湖，海的漩涡总是圆形旋转，只要找准季节、风向，圆舟可以在海的漩涡中，永按同一方向旋转前进。纵使万里，仍可能缓缓回到原初起航地”[2]。还写了造船的过程：“遵照野人的设计，砍来十搂槐木九十根，用鲸鱼鳔熬成浆胶，用综树里层纤维丝做箍绳，用了五五二十

---

① 鲁连坤讲述；富育光译注整理：《乌布西奔妈妈》，长春：吉林人民出版社，2007年，第145页。

② 鲁连坤讲述；富育光译注整理：《乌布西奔妈妈》，长春：吉林人民出版社，2007年，第161页。

五个日日夜夜，做出长圆形瓢船四条，上加帆樯四根，里面建居舍、睡床，带足了所有的兽皮谷粮和饮水。……”① 可惜瓢船的掌舵人——野人，在拿出天落石探测方向航程时，不慎将宝石落入海中，致使第二航海也以失败告终，野人一行人被无名岛上的水鬼收为奴隶。好在“原遭水鬼连环盘绕的笨瓢船，神风解索，无桨自飞”，真的像野人所说的那样，神奇地漂回了乌布林。

乌布西奔女罕大病初愈后，又派心腹爱将开始了第三次的探海之旅。这次航海一开始十分顺利，风平浪静地安度了十个通宵，“掌舵人每天按照旭日跳出东海的方标，对准无误，拨正鸟头，不差分毫”②，虔心找到太阳圣土。可是夜晚降临时，突然天气骤变，乌云压顶，暴雨如注，海浪无情地卷走了都尔根。船队被飓风吹上一个小岛，嘎憨早年曾来过这里，认识这里是著名的“窝尔浑岛”。在嘎憨的努力斡旋下，他们受到了岛上土民酋长伯单玛发和苦杰妈妈的招待。达塔龙、嘎憨身挎四个充气海鲸鱼肚钻入海中，经过四个昼夜游回乌布林，向乌布西奔报信。

这次出海，他们虽未达到目的，但找到了“奔向太阳必经的坦径”——窝尔浑岛。女罕十分重视与窝尔浑人的交往，命达塔龙和嘎憨速返窝尔浑，向岛上人转达她的敬慕，并将从乌喇部送来的珍宝、金银饰物等作为礼物，送给伯单大玛发和苦杰大妈妈，请求他们协助东征计划，并得到他们的全力支持。伯单罕王所派的海上岛民对船队帮助很大。首先，伯单罕王专挑五虎踩浪海鬼，为征帆做

① 鲁连坤讲述；富育光译注整理：《乌布西奔妈妈》，长春：吉林人民出版社，2007 年，第 161 页。

② 鲁连坤讲述；富育光译注整理：《乌布西奔妈妈》，长春：吉林人民出版社，2007 年，第 170 页。

通事，探报海情。其次，窝尔浑划桨手个个像海龙，粗手毛身，快桨船飞行，三天路只用了一日。再次，伯单罕王选派的向导精熟海道，也给船队以很大帮助。文中写道：达塔龙心生疑问，“方向应该向东，为何向北驰行?”窝尔浑向导说：“东海茫茫，巨浪滔吟。轻舟薄叶，天时为命。浩洋平生九丈浪，槽船何能抗命？巧认迴游海潮，切记寻礁北行。北隐西缓礁遮风，火山热泉梦难醒。苦乌揖别北海迎，槽船柁把再指东。”① 也就是说不能直接向东，应北行躲过火山热泉之后，再向东行驶。果然如窝尔浑人所说，槽船北行数百里，西风突送火山硫烟阵阵，浓雾遮天，刺得泪眼迷蒙，海啸乍起，壁浪悬涌，领船虽遭遇重撞，幸好卡在两大岛礁间。虽幸免于难，但已经很难再前进了。“人若常在硫雾里久停，皮肤易沾染难见的粉晶，日长成斑，周身生疹，彻夜痒痛。”② 达塔龙只好带众返程，扬帆驰离硫烟险境，结束了第四次出海的航程。

第五次出海是乌布西奔不顾其他人劝阻和疾病缠身，亲自带队。管舵仍派达塔龙和嘎憨，规制随人一应如前。“槽船队北上迅经伊曼上源流瀑、苦乌、靺鞨、北溟劳坎③……”“槽船近抵北海，浮冰片片，冰源劲风彻骨寒。”④ 虽然女罕不幸身染重疾，最终殒命海上，但从他们多次经过火山，并且发现白熊与冰山来看，他们的海队早已经超越了西林安班玛发曾发现并居住过的苦乌岛，进入

① 鲁连坤讲述;富育光译注整理:《乌布西奔妈妈》,长春:吉林人民出版社,2007年,第178页。

② 鲁连坤讲述;富育光译注整理:《乌布西奔妈妈》,长春:吉林人民出版社,2007年,第180页。

③ 劳坎相传为堪察加东海岸一岛屿名。

④ 鲁连坤讲述;富育光译注整理:《乌布西奔妈妈》,长春:吉林人民出版社,2007年,第187页。

了白令海海域。

从乌布西奔及其部下的五次航海经历来看，东海女真人在众多海岛野民的帮助下，航海经验与技术得到了迅速的提高，不仅能造出经得起风浪考验的大船，而且初步掌握了各种航海技巧，一次次的海上实践证明了东海女真人的征服大海的智慧与勇气。

郑和七次下西洋是从 1405 年到 1433 年，而乌布西奔五次航海的时间据笔者推测，大概在 1500 年以后，因为书中有“奇闻出在成化甲辰年”的记载。“成化甲辰年，为明成化二十年”，即公元 1484 年，而那时乌布西奔尚未执政。大约七年后，乌布西奔才来到乌布逊当萨满，又几年后才正式执政。从书中可以看出乌布西奔第一次航海应在乌布西奔执政至少十年以后，所以她的五次航海应晚于 1500 年，比郑和下西洋晚了一个世纪左右。

第四章
满族说部中女性形象与英雄主题研究

在满族传统说部故事中，女性英雄成为其中具有代表性的群体，不同时期的说部中女性形象也各具特点，值得深入探讨研究。本文选取《恩切布库》《红罗女三打契丹》《元妃佟春秀传奇》这三部不同时期的说部文本，将人物放入其所在历史时期，通过对人物形象的分析，总结出满族先民文化观念的嬗变。

在满族说部中，女性英雄是一个特殊的群体，她们既具有鲜明的女性特征，又具有巾帼不让须眉的战斗能力。她们美丽、善良、勇敢、智慧，每个时期说部故事中的女性英雄都有其独特的魅力。

第一节　具有神祇色彩的万能英雄——恩切布库

恩切布库是满族说部《恩切布库》中的女神，她是天神阿布卡赫赫的侍女，在与恶魔耶鲁里决斗中，永困居于地心烈焰之中。为了拯救人类，在春风、春雨、春雷的感召下，从山梨树中走出，教会原始人类生存的方法。

一　具有神话色彩的出生

在天母阿布卡赫赫与耶鲁里决斗中，恩切布库为了拯救人类于灾难之中，阿布卡赫赫决定让恩切布库重返宇内。最终，恩切布库“投生”在山梨树上获得重生。山梨树在北方十分常见，满族先民将想象融于现实生活中，在生产和生活中创造出优美的神话故事，口口相传，更体现了满族说部的民间口传文学特点。

恩切布库投生山梨树时，伴随的是第一个春雷、第一场春雨和第一缕春风；而当恩切布库“出生”时，伴随的是九十九声惊雷、九十九团飓风、九十九座波涛、九十九声蛙鸣、九十九声蛐蛐鼓唱、九十九朵古葵向阳开放和九十九对蝴蝶翩翩欢舞。由此不难看出，满族先民对于自然的崇敬热爱和对特殊数字的崇拜。春雷、春雨和春风，象征着春天的来到，万物复苏，原始人类的生活也开始好过起来。满族先民喜爱并期盼春天的到来，因此幻想恩切布库女神在春雨、春雷和春风出现的时候投生山梨树。而惊雷、飓风、波涛、蛙鸣、蛐蛐鼓唱和蝴蝶欢舞等，表现的是从恩切布库重返宇内的艰难到世间的欢乐祥和的景象。

“红色的花蕾迸裂开八瓣小叶，里面坐着一个可爱的小女孩。小女孩生而能言，生而能笑，生而能走，生而能知大事。”① 恩切布库生下来就具有神格化的表征。

二　多谋善断、智勇双全的女神形象

第一，恩切布库重返人间，成为人们新传世的萨满，“教野人们用火，认识各种各样的火，还教他们怎么保护火，怎么抵御火，怎

① 富育光讲述；王慧新整理：《恩切布库》，长春：吉林人民出版社，2009年，第14页。

么驾驭火，怎样保留火种。"① 野人们因为学会了火的使用方法，"成为使用火和保存火的主人，成为大地上最无敌的人"②。

第二，恩切布库女神超前预测雨路，让野人们寻找新的家园，指引野人们逃遁方向，又组织大家动手搭棚子，使野人们躲过了暴雨的袭击。

第三，野人们居住的地方受到火山的袭扰，不少人因为毒气而窒息、因地火而毙命。恩切布库带领人们找到了一个新的高山之中，使野人们再也不用害怕火山熔岩的袭扰。

第四，具有预见能力的女神，在洪水来临之前，事先告知野人们，并选定了逃生地点，重搭了帐篷，使野人们幸免于难。

第五，恩切布库还传下了婚规和籽种，使"母子、父女、兄妹的相合，在世间绝迹"③，并创制约法，使文明更进一步。

三　恩切布库时期满族先民的审美观念

恩切布库是一位伟大的女神，她在帮助阿布卡赫赫与恶魔的搏斗中做出了巨大的牺牲与贡献，重返宇内后，又带领人们过上了平安、稳定的生活，帮助人们抵御自然灾害，建立部落联盟，被拥戴为满族第一位大萨满，是一位带有很强神祇色彩的女性英雄。

在恩切布库的故事中，我们也不难看出在远古时期满族原始先民的生活状态和审美观念。那时人们的生存环境多灾难，人们对自

---

① 富育光讲述；王慧新整理：《恩切布库》，长春，吉林人民出版社，2009年，第40页。

② 富育光讲述；王慧新整理：《恩切布库》，长春：吉林人民出版社，2009年，第40页。

③ 富育光讲述；王慧新整理：《恩切布库》，长春：吉林人民出版社，2009年，第114页。

然缺乏了解，又缺少抵御自然灾害的能力，因此，在面对自然灾害时，满族先民将此幻想成神在和恶魔战斗；而当他们对自然灾害束手无策时，就会幻想神来救助他们，由此产生一种强大的精神慰藉。

第二节　具有世俗女性色彩的政治贤妃——佟春秀

佟春秀是满族说部《元妃佟春秀传奇》中的主人公，她是努尔哈赤的元妻。她在与努哈尔赤婚后15年中，主持家政，辅佐丈夫，显现了非同寻常的政治才能和侠女本色。

一　具有世俗色彩的贤惠妻子

佟春秀在15岁时下嫁努尔哈赤，婚后不但在生活上给予丈夫无微不至的照顾，在家事上亦能料理得井井有条。

第一，从白手起家到建立波罗密城。婚后的佟春秀面临的第一件事就是分家，在这件事上，她与丈夫有商有量，内心有主张又与老人的想法不谋而合，懂事又识大体。在建立波罗密城时，充分显示了她的治家才能，做事周全有计划，同时尊重丈夫的意见。

第二，呕心沥血管家政。在生活中，佟春秀是一位优秀的好主妇，将生活规划的井井有条，什么时候该种地，什么时候该烧荒，什么时候该管理教导佣人，都做的一丝不乱。

第三，善解人意的贤内助。佟春秀对努尔哈赤的作用绝不仅仅体现在生活琐事上。她对努尔哈赤的关心体现在方方面面。当她知道努尔哈赤有志向统一建州时，她说："你的志向如此远大，我坚决支持你，我们佟氏家族也会支持你的。"① 努尔哈赤称她为"好

① 张立忠讲述；张德玉、张春光、赵岩记录整理：《元妃佟春秀传奇》，长春：吉林人民出版社，2009年，第93页。

萨尔甘”。

二 具有政治才能的侠义女性

第一，佟春秀不仅是一名贤惠的妻子，还是一名具有政治才能的侠义女性。她处事周全、临危不乱，“在婚后短短五六年的时间里，经历了数不清的大大小小的事故，经受了难以想象的艰苦考验和磨难，终于成为波罗密山寨中广负威名的佟主子”①。

第二，促进满汉文化融合发展。佟春秀汉学出众，在出嫁前与人闲谈时便能脱口吟出李商隐的诗来。在与努尔哈赤婚后的15年中，她积极弘扬汉文化，推进满汉文化的融合与发展，促进了满族共同体的快速形成。

第三，重视下一代教育。她组织办学，开课后常常关注，发现问题及时解决。孩子缺少学习的兴趣，她就想办法调动孩子的积极性，促进了教育的发展。

三 佟春秀时期满族先民的审美特点

佟春秀美丽聪慧、善良勇敢、贤惠孝顺……可以说是集世俗女性的优点于一身的优秀女性。由此可窥见，在此时期，人们的审美标准发生了变化，心中所喜欢的是走下神坛、褪去女神色彩的世俗女性。

四 满族说部中女性英雄形象变化所反映出文化观念的嬗变

从恩切布库到红罗女再到佟春秀，即是从远古时期到渤海国时

---

① 张立忠讲述；张德玉、张春光、赵岩记录整理：《元妃佟春秀传奇》，长春：吉林人民出版社，2009年，第165页。

期再到明末清初，通过对这三者人物形象的分析，不仅能看出女性当时的社会作用，也能折射出这三个不同时期文化观念的转变。

在创世之初，萨满教认为，必须要有一番激烈的生死搏斗，万事万物才能获得生存的可能，这是人类在与自然搏斗的过程中所必备的信念和愿望；而把这个信念和愿望具象化，就诞生了一个万能的女神形象——她拥有非凡的法力，能上天入地，教会人们生存本领。因此，满族先民用集体智慧创造了女神恩切布库。

在渤海国时期，随着与契丹的矛盾不断加剧，抗击契丹成为重要的任务，红罗女这位具有神话性质的战斗女英雄形象应运而生，反映的是此时人们需要一位具有超人的人格和超人的技艺的英雄人物来带领人们抗击契丹，保卫家园。

在明末清初，努尔哈赤逐步统一各部，最终统一全国，此时的国家百废待兴，人们期待有一位具有政治才能的贤内助来辅佐太祖皇帝将国家治理的井井有条。于是，佟春秀这一具有政治才能的贤妃形象出现了。

从中不难看出，当满族先民的精神需要得到慰藉时，创造的神祇或英雄人物，多为女性，一方面是由于满族是从母系社会过渡而来的民族；另一方面也不难看出女性在当时社会已经占有非常重要的作用，并一直延续至今。

第三节　半人半神性质的战斗女英雄——红罗女

在满族说部中，许多的英雄人物的故事被广为传颂，在这些英雄人物中，有一个群体不容忽视，那就是战争中的女性英雄，她们既是英雄，同时又具有女性特点，人物形象鲜明有趣，值得我们深入研究。本文将以《红罗女三打契丹》为例，对满族说部中的战斗女英雄形象进行分析。

满族这一历史悠久的古老民族，在漫长的历史长河中积淀了许多壮烈悲怆、可歌可泣的民族故事，构筑了深厚的文化根基，从而孕育和产生了古朴而悠久的满族民间口头文学——传统说部。并通过“讲古”“说史”“唱颂根子”的活动，使口口相传的“民间记忆”上升为世代传承的说部艺术，直到今天，这种古老的艺术形式仍然散发着炫目的光彩。

在满族说部《红罗女三打契丹》中，有这样一位女子，她深明大义、智勇双全、以社稷功名为重的侠女，她就是红罗女。一代代说部传承人，在讲述的过程中塑造了这一出色的艺术形象，在反复歌颂红罗女的过程中，反映了在这一时期受众的审美文化意蕴和对英雄的定义。

一 红罗女的性别表征

在许多文本中，女性英雄，特别是战斗女英雄，都遭到了“去性别化”对待，无论是外貌还是性格动作，都如男人一般；而红罗女恰恰相反，体现出了鲜明的女性特征。

1. 外貌之美

文中虽没有直接对红罗女外貌的描写，但常常借他人之口，对红罗女的美貌进行称赞。例如，红罗女初次随忠武将军到敖东时，描写了众人眼中的红罗女，“骑着如火一般的大红马，身着紧秀红衫、红裤，外罩红缎袍，腰扎绣花红缎带，足蹬牛皮靴，腰挂七星剑，气宇轩昂，仪态飘洒，俨然似胜利归来，飒爽英姿，光彩夺目的英雄”①。此时的红罗女做武装打扮，神采奕奕，气概非凡。再

---

① 傅英仁讲述；王宏刚、程迅整理：《红罗女三打契丹》，长春：吉林人民出版社，2009 年，第 37 页。

如，红罗女第一次拜见渤海王时，透过站在国王身边的大英士的眼睛，第一次对红罗女的样貌进行了描写，“好一个天姿国色的美佳人，但见红罗女发若青丝，眉如翠黛，面似芙蓉，身同杨柳，秀美动人，赛过天仙”，① 此处的红罗女是以典型的女性形象出现的，而且美艳非凡。

因此，仅此上述两处内容便可得知，红罗女在外貌上具有美丽女性的典型特征，身材适中，面容姣好，着武装更是神采飞扬，英气逼人。

2. 内在之美

红罗女除了外在具有女性美之外，内在也无处不体现着女性的特征。

首先，红罗女除了武艺高强、勇猛善战之外，还会跳舞，“只见她忽悠忽悠跳起来，像嫦娥奔月，轻飘飘落下去，似仙女下凡。莲步轻移，如祥云缭绕，红巾飘物，似彩蝶于飞，转目动容，就好像清风吹动了一朵花，展袖急趋，又犹如从天上飞来的一架鹰”②。这段对于红罗女舞姿的描写，将她的女性柔美表现得淋漓尽致，也使红罗女的形象更加立体化。

其次，在乌巴图镇守边关之际，红罗女心念情郎，给乌巴图亲手修了一个表达心意的箭袋。这在满族少女中，是常见的行为，少女经常将绣好的箭袋送给心仪的男子，表达爱意。这一细节的描写，拉近了读者与红罗女之间的距离，将红罗女从“神格化”的神

① 傅英仁讲述；王宏刚、程迅整理：《红罗女三打契丹》，长春：吉林人民出版社，2009 年，第 49 页。

② 傅英仁讲述；王宏刚、程迅整理：《红罗女三打契丹》，长春：吉林人民出版社，2009 年，第 72 页。

坛上拉下来，使其更加日常化、亲民化。

第三，和通常表现女性的文本一样，红罗女的女性特质也在和爱情的联系上表现出来。在乌巴图被发配后，红罗女目睹春光、游人，便激起了心中对情郎的思念之情。“她想乌巴图一去半年，毫无音讯，不知他的伤好了没有，他在野人部落里生活习惯吗？不知我给他绣的箭袋带没带身上……”① 如此朝思暮想，不正是我们所熟悉的恋爱中的女子在相思的表现吗？

无论是外貌还是内在，红罗女都表现出了十分鲜明的女性特征，她的美丽、她的舞蹈以及她对乌巴图的想念，共同构成了一个形象丰满、有血有肉的红罗女。而对于红罗女女性美的展现，仍然是受群众思想中的理想女性的影响，究其原因，有两个方面：其一，满族自古以来崇拜女神，无论是长白圣母，还是佛陀妈妈、奥都妈妈等，都受到族人的崇拜与爱戴。因此，将此种情感倾注到说部中，人们希望红罗女不单单会打仗，且应具有完美的女性特征。其二，红罗女的故事发生在渤海国时期，此时的渤海国与唐朝过往甚密，每三年派遣使者朝唐，学习唐朝文化。唐朝是我国封建社会最为繁盛和开放的时期，唐朝妇女在社会生活中，女性意识得到了一定的彰显。很难说人们在红罗女故事的创作中，没有受到唐朝的影响，并将这种影响投射在红罗女的故事中。

二　红罗女的战斗英雄形象

红罗女的故事之所以流传至今，很大一部分原因是因为其三打契丹，保卫了渤海国，为百姓维持了安稳的生活。因此，红罗女的

---

① 傅英仁讲述；王宏刚、程迅整理：《红罗女三打契丹》，长春：吉林人民出版社，2009 年，第 134 页。

战斗英雄形象，显得尤为突出和重要。

1. 武艺高强、勇猛善战

红罗女自幼便与长白圣母学艺，练就一身好本领，下山便射杀猛虎，救出珍珠喜鹊姐妹；红罗女参加敖东比武拔得头筹，还在比武过程中九箭九中，与一敖东武艺出众的将军对打后最终胜出，真正展示了巾帼不让须眉的豪情；接着三打契丹、战妖道、京城解围、新罗平盗，都显示出了其武艺高强、勇猛善战。

2. 智勇双全、忠义兼备

武艺高强的红罗女在战斗中并不是一味地使用蛮力，在二打契丹中，面对耶律黑的挑衅，红罗女欣然应下，并以自己是女子、力气不足为由，提出“每战一个时辰就歇息会儿再交手”的条件，而当真正交手时，她先后让珍珠、喜鹊二人假扮她，耗费了耶律黑的大部分体力，靠智取打败了耶律黑。

而在三难红罗中，更是集中体现了红罗女的智慧。这一章事实上与前后文关联不大，可独立作为一篇小故事，而放在全文中，则主要为了体现红罗女的机智勇敢。

另外，红罗女在战争过程中，体现出的忠义是其成为令后人敬仰的女英雄的重要原因。例如，渤海王听信奸人谗言，冤枉红罗夫妇二人要造反，命人前来押解二人回京，二人宁愿一起跳入深潭；但在渤海王和国家遇到危险之时，她能挺身而出，不计前嫌地去解救渤海王于危急之中；在与丈夫乌巴图的爱情中，不论奸人大英士如何挑拨、利诱，红罗女始终不为所动，坚贞不移，虽后来中了奸人所设圈套，亦在为亡夫乌巴图报仇雪恨之后，追随其而去，令人称叹。

3. 运筹帷幄、决胜千里

每当红罗女出现在战争中时，总是十分果断和勇敢。在一打契丹时，便展示了其超群的军事才能，“红罗女接耶律乌珠扬言要偷袭渤海兵营的书信之后，将计就计，当下吩咐乌巴图率兵埋伏在头关两侧，等契丹兵离城远去，便四面登城，杀进关头。他们又还上契丹兵的衣服，跟随契丹逃兵混进二关，趁机杀了守护城门的卫兵，直冲入城内，左右奋击，喊声动地，杀声连天”①。像这样的运筹帷幄，在每次战争中都有不同的体现，使读者眼前呈现出一个在战场上神气活现、智勇双全的女英雄形象。

红罗女作为一名抗击契丹的战斗女英雄，战斗的部分在文本中显得极为重要，而她在战争中所表现的智勇双全、勇猛善战，并没有影响到她柔美的女性形象，反而将二者完美地结合在了一起，刚柔并济，使红罗女这一战斗女英雄形象更加立体、丰满，也使一形象在受众中获得了更多的认同。

总之，在满族说部中，无论是创世女神还是战斗女英雄，甚至是普通女性，都有其特点。从中，我们可以窥探到在说部产生的过程中，人们对女性观念的转变和审美意蕴的变化。人们将不同时期心中的理想女性形象投射在说部的创作中，也说明女性形象的自我认同不可能脱离民族审美文化的影响，这才构成了现在我们所看到的千人千面的满族说部。

第四节　满族说部中的英雄叙事

满族说部是满族在历史长河中积淀和孕育出来的古朴而悠久的民间长篇说唱形式，内容丰富，包罗万象。作为北方民族，满族受

---

① 傅英仁讲述；王宏刚、程迅整理：《红罗女三打契丹》，长春：吉林人民出版社，2009 年，第 80 页。

地域性和萨满教的影响，是一个崇拜英雄的民族，因此在满族说部中，英雄颂歌成了不可或缺的重要组成部分。而因女性的生殖功能，在很早以前便被满族先民认为是万物之起源，因此，女性英雄便成为满族说部中英雄群体中的特殊存在。满族说部由于其传承方式的特殊性，决定了叙事模式不同于一般的文学作品；而以女性英雄为主角的说部作品，由于其在传讲过程中逐渐脱离了原氏族的范围，已成为该地域甚至外族群众所熟知的故事，因此，满族说部中的女性英雄叙事模式更显特殊。

一　具有中国思维模式的演述时间

叙事时间是文本的重要组成部分，中国人对于时间拥有独特的表述形态，不同于西方“日—月—年”的表述。在上述几部说部文本中，开篇首先交代的便是时间、地点。在时间上，均采用的是“年—月—日”的表述方式。如《飞啸三巧传奇》开篇第一章中交代：“正逢大清国嘉庆二十五年秋，是个微寒之夜。”[①]《雪妃娘娘和包鲁嘎汗》中，开篇介绍了科尔沁草原的位置和地理环境，接着便交代了时间“癸卯年，从大明王朝算，是万历皇帝朱翊钧坐殿三十一年”[②]。这是中国特有的时间表述法。杨义指出，“在中国人的时间标示顺序中，总体先于部分，体现了他们对时间整体性的重视，他们以时间整体性呼应着天地之道，并以天地之道赋予部分以意义”[③]。在说部中开篇介绍故事发生的地点，也是以由整体到局部、

① 富育光讲述；荆文礼记录整理：《飞啸三巧传奇》，长春，吉林人民出版社，2007年，第2页。

② 富育光讲述；王慧新记录整理：《雪妃娘娘和包鲁嘎汗》，长春，吉林人民出版社2007年，第4页。

③ 杨义：《中国叙事学》，北京：人民出版社，2006年，第86页。

由宏观到微观、由远及近的顺序进行的，如《比剑联姻》中，“黑龙江省宁安市镜泊湖，早在一千二百年前叫忽汗湖。湖边住的靺鞨部的游牧民族，是满洲民族的祖先，在这水草丰茂、土地肥沃的地方辛勤劳动、繁衍生息。地广人稀的忽汗湖，东岸瀑布高悬，沿湖边住着三户人家”。《雪妃娘娘和包鲁嘎汗》中，这种叙述更为明显。首先从黑龙江说起，接着跟着黑龙江的支流来到了东辽河和西辽河，引出了故事的发生地——科尔沁草原。地点的介绍和时间一样，也蕴含了中国思维中的整体观，这种整体观思想，深刻地影响了满族说部的开篇。满族说部虽与普通文学作品有区别，但在叙事时间上带有深刻的中国思维，这不能不体现当时的传承人的思维模式。

这种中国思维模式的演述时间不仅仅体现在细节上，也贯穿于说部文本始终。在叙述过程中，文本基本以顺叙的时间形态进行叙述。《雪妃娘娘和包鲁嘎汗》开篇，主人公宝音其其格是个十三岁的小姑娘，整部说部从年幼的宝音其其格讲到她与皇太极相亲相爱再到寿终，是按照时间的自然顺序进行书写。《红罗女三打契丹》中，开篇讲述红罗女之父战死，红罗女作为遗孤得圣母授艺，到下山行侠仗义，为父报仇后自尽，也是按照红罗女的人生轨迹进行叙述的，只是在叙事时间上做了处理，使之详略得当。这不仅是中国式思维模式的体现，也能说明满族说部是在历史的长河中由满族先民创造出来的，并未见文人叙事的笔法，更加原汁原味。

二　全知全能的叙事角度

叙事角度是文本看世界的独特角度，“也是读者进入这个语言叙事世界，打开作者心灵窗扉的钥匙”①。满族说部由于其特殊的

① 杨义:《中国叙事学》,北京:人民出版社,2006年,第134页

传承性，使它不具有具体的作者，也不能单纯地把其看作一部文学作品，但通过对说部叙事角度的研究，能够使我们更好地理解说部的内容，也能使我们更接近传承人的内心世界和说部产生时的文化背景。

叙事视角分为全知叙事、限知叙事和纯客观叙事。在以“女性英雄”为主题内容的满族说部中，即使是不同的讲述人，也无一例外地都使用了全知叙事。全知叙事即“叙述者无处不在，无所不知，有权利知道并说出书中任何一人物都不可能知道的秘密”①。

在《雪妃娘娘和包鲁嘎汗》中，陪伴宝音姑娘的乌云格格“像慈母一般关心她、照顾她。同时，乌云格格的善良、聪慧，对宝音其其格幼小的心灵有着很深的影响”②。在《红罗女三打契丹》中，讲唱人对于红罗女的身世、内心活动及战争等，以叙述者的角度对听众进行讲唱，并且对书中出现的其他人物的身世、心理活动也加以分析和叙述；在《飞啸三巧传奇》第三章“三巧施威北冰山”中，有这么一段：“还有两个人，我得介绍一下。八宝禅师过来时，怎么没听到过娄宝和齐宝，他们不在一起吗？这要跟各位说一下。娄宝和齐宝在洞里听到三巧来了，他们胆胆突突，等仇彦他们出去，娄宝和齐宝就趴在洞里，吓得都尿裤子了。”③

这两段都是典型的全知叙事方式。在《飞啸三巧传奇》中，讲唱人以“说书人”的身份经常出现在作品中。例如，“这里说书人，

---

① 陈平原:《中国小说叙事模式的转变》,北京:北京大学出版社,2003年,第62页

② 富育光讲述;王慧新记录整理:《雪妃娘娘和包鲁嘎汗》,长春是:吉林人民出版社2007年,第14页。

③ 富育光讲述;荆文礼记录整理:《飞啸三巧传奇》,长春:吉林人民出版社,2007年,第276页。

还要向各位阿哥说几句，因为书的事太多，我说书人有些事没详细向你们交代。”① “说书人我得向阿哥说几句话，还得详细解释一下，请不要觉得哆嗦，我必须说清楚。”② 这样的情况在书中经常出现，我们不难在《飞啸三巧传奇》这部说部中看到“话本”的影子。《飞啸三巧传奇》讲述的故事发生在清朝嘉庆和道光年间，那么此说部形成的时期一定是在嘉庆和道光年间或更晚，以女性英雄为主题的说部故事的传讲范围又不局限于本族，变得非常的广泛。因此，《飞啸三巧传奇》这部说部的传承人在传承过程中受到“话本”的影响，自觉不自觉地对说部进行了渲染，也并不是没有可能的。由此我们可以看出，在嘉庆到道光年间的满洲先民受到了汉文化——至少是“话本”的影响。

满族说部文本多采用章回格式，虽与我国古代的章回体小说有很大区别，但同样“结构宏大、情节曲折、线索纷纭，是不宜采取限知视角的，但这并不排除它在局部上的限知”③。在部分说部作品的局部描写上，偶尔也采用限知叙事。在《飞啸三巧传奇》第三章“三巧施威北冰山”中，有一段姐妹三人遇见了一位白头发、白眉毛、白胡须的瘦老头，这位老者在吃过三姐妹给的肉后就离开了。老者离开后，三姐妹在地上发现了一块皮子，上面写着向她们传报的消息。文中并没有说明这张皮子是老者留下来的，而是用三姐妹的视角来猜测的结果。对于这位老者的来历和去向，传承人并

---

① 富育光讲述；荆文礼记录整理：《飞啸三巧传奇》，长春：吉林人民出版社，2007 年，第 298 页。

② 富育光讲述；荆文礼记录整理：《飞啸三巧传奇》，长春：吉林人民出版社，2007 年，第 303 页。

③ 杨义：《中国叙事学》，北京：人民出版社，2006 年，第 152 页。

没有讲述；对于地上的皮子到底是不是老者留下来的，也并没有明确。但说部不是普通的文学作品，它是可讲唱的，讲唱人在讲唱过程中“进入”说部中与角色融为一体；以角色的视角看，更能带动听众情绪。虽是限知视角，但随着角色转变，视角也随之改变，因此也由限知视角变为全知视角了。

以女性英雄为主题的满族说部作品经历了由全知视角到全知视角和限知视角互补的叙事视角，这也许是在说部作品诞生之时便是如此，也许是在传承过程中，传承人自觉或不自觉所对文本做出的更改，不管是哪种情况，全知与限知结合的叙事角度，使满族说部的叙事手法更趋于精致化。

三　以情节为中心的叙事结构

叙事结构是文本的最大隐义之所在，满族说部的叙事结构不仅是构成文本的重要部分，更是蕴含着创作者、传承人，包括满族先民对于世界、人生及文化艺术的理解。

在以女性英雄为主题的满族说部中，隐含着“从贫苦卑微到行侠仗义”的人物模式，无论是女神恩切布库、乌布西奔妈妈，还是红罗女、雪妃娘娘和三巧，无一不是如此。例如，恩切布库是天神阿布卡赫赫的侍女，在与恶魔的斗争中，她被困于地心烈焰中，后为拯救人类，重新返回人间；乌布西奔妈妈应苦难而生，生而为哑女；红罗女和三巧姐妹都是父亲被奸人所害，家破人亡无家可归的主人公因机缘巧合被世外高人收入门中传授技能。而他们遇到的“师傅”均是半人半仙，身怀异能，在主人公遭遇困难的时候也会有神仙前来帮助脱困。且这两部书都是以“复仇”情节贯穿始终，为复仇而学艺，在复仇过程中行侠仗义，护国为民。雪妃娘娘虽然不同于红罗女和三巧姐妹有世外高人的师傅，但这个无家可归的草原孤女被王爷收为“沙里甘居”[1]，得以认识皇太极，从此开启了人生的新篇章。这些平民英雄都是从贫苦卑微成长为大英雄的，叙事结构隐藏着文本创作者的人生经验和哲学，由此也可窥见传承人甚至是满族先民的人生哲学——苦难哲学，他们崇拜的英雄并非生而为英雄，而是历经磨难、为国为民的英雄。

清代桐城派姚鼐认为文章之道在于兼备阴阳、刚柔而变化多端，这在以女性英雄为主题的说部文本中得到了体现。《红罗女三打契丹》和《飞啸三巧传奇》这两部书的主人公红罗女和三巧姐妹，有诸多相似之处，最重要的一点她们都是战斗英雄。文本中用了大量的篇幅叙述了她们参加的各类战争，我们可以将这看作是“刚”；但文中并没有忘记为这几位战斗女英雄安排爱情，在遭遇爱情之时，她们卸下铠甲，变得温柔似水，深情款款，这就是“柔”。在《雪妃娘娘和包鲁嘎汗》中，聪明美丽的雪妃娘娘的人生是主线，她和皇太极的爱情故事及与包鲁嘎汗的母子情深为“柔”；而在其人生中连年的征战和大明王朝错综复杂的权利斗争是为“刚”。如此“刚柔相济”是姚鼐认为只有圣人才能达到的境界，竟在口传文学满族说部中默默存在着，不得不说，说部在叙事结构上未经雕琢却浑然天成。

我国古典小说基本上都是以情节为叙事结构的中心来进行创作的。我们知道，满族说部并非文人创作，因此在它身上并不存在所谓的创作程式，但又偏偏与我国古典小说“以情节为中心”的叙事结构不谋而合，这与满族说部的形成和传承包括讲唱是分不开的。谷长春说满族说部的形成是“满族及其先民凭借自己对善恶美丑的感受和对社会现象的绅士，把一桩桩、一件件值得传诵、讴歌的人

---

[1] 沙里甘居：满语意为，姑娘。

和事，详细地记载在各个氏族世代传袭的口碑之中”，满族说部所记录的就是氏族英雄们的事迹，因此一定是“以情节为中心”来进行叙事的。满族说部的特殊传承形式——口头传承，也为“以情节为中心”的叙事结构提供了必然条件。在传承过程中，传承人要记下洋洋洒洒几十万字的说部本子，实在不是易事。因此，“以情节为中心”来进行叙事，有利于为传承人在记忆中提供线索；在讲唱过程中，为了吸引听众，达到引人入胜的目的，一定是一个故事接着一个故事，一个高潮连着一个高潮。

四　具有民族特色的意象

意象对于叙事文本而言，蕴含着丰富的文化密码，具有表象和意义的双构性。满族说部中并不缺乏意象的存在，并且不同于我国古代其他文学作品中的意象，满族说部中的意象具有独特的民族性。

在《红罗女三打契丹》中，小红罗女在父亲去世一周年为父扫墓之际，被大鹰抓到长白圣母身边学习武艺。若在一般的文学作品中，鹰这种猛禽多数时候是以不吉的形象存在的，按照汉族传统思维来理解，被鹰抓走是凶险的，但在满族说部中变了。我们知道，满族人对鹰有着特殊的喜爱之情，他们驯鹰、养鹰，在满族人信奉的萨满的神帽上，就装饰着鹰。由此可见，红罗女被鹰抓走不但不是凶兆，而且还是好事。

在《雪妃娘娘和包鲁嘎汗》中，雪妃娘娘与皇太极初识时，皇太极看见了宝音姑娘脖子上的挂串兽牙，那是居住在黑龙江两岸的女真人记岁的办法。后来，皇太极不能跟雪妃娘娘在一起时，送给她一个自己脖子上戴的祖父留给他的金项圈——“百岁大项圈”，作为定情信物。这两个意象的前后出现大有深意，当皇太极看到挂串兽牙时说：要让大哥打一头野猪，送给宝音姑娘最好看的野猪牙，还要让阿玛亲手给她戴上。前文交代，挂串兽牙是用来记岁的，那么兽牙，我们可以看作是时间，皇太极要送给宝音格格兽牙，这其实暗暗埋下未来两人交织的生命旅程；后文中皇太极又将“百岁大项圈”送给雪妃娘娘，也意味着将自己的人生交付于她。

满族说部展现了浓郁的民族风格，文本以具有中国思维的演述时间、全知为主、限知为辅的叙事角度，配合以情节为中心的叙事结构，虽无文人刻意雕琢，却显示出了强烈的文学性和叙事模式的特殊性，以此可窥见满族先人在不同时期文化心理的变化。

第五章
满族说部中的民间音乐要素

《满族说部》堪称中华民族文化的瑰宝和古卉，蕴含着大量传统音乐舞蹈的宝贵资财，尤其是书中寥寥几首乐谱，更是十分珍贵的“音乐化石”。然而，就音乐研究而言，还有必要说明：在满族说部中很多处明明写着唱出来的歌，只有词而没有曲谱，即“无谱之歌”因此大量的民歌都没有全面地传承下来。众所周知，音乐是由声乐之“歌”，即指有歌词的演唱和器乐之“曲”，是指用乐器进行的演奏两大部分组成。令人遗憾的是，由于无谱的客观现实，使我们不能对曲调——这一音乐的灵魂进行旋法、调式、调性等多方面的具体技术做直观分析，我们的研究大多数只能局限于音乐“论说”的层面。这心痛的历史损失毕竟是民间音乐产生并流传于民间，口头传承的特点所决定的。幸运的是，这些歌词及其情节的铺垫为我们探析先人的音乐足迹提供了珍贵的史料。

第一节　满族说部中的民间音乐体裁

音乐体裁，即典型的音乐形态。满族说部从人类远古到近现代，从神话到不同历史时期的社会生活，表现着社会各个阶层的不同思想情感。因此，它出现了众多不同的体裁，表现着多种音乐风格特性和情感的民间音乐。可初略作如下分类：

一　号子

号子可谓是最原始的民间歌曲，产生并应用于生产劳动，起着指挥协调生产劳动的作用，所以又称劳动号子。满族说部现有资料中出现的号子大多与水上劳动相关，这是因为满族先民是狩猎和渔猎民族，狩猎者“靠山吃山”，生活在江河湖海的人民“靠水吃水”，自然离不开捕鱼劳动。

如《黑水号子》：“……他们晒鱼干，晒肉干，载歌载舞，其乐融融。这里水深流稳，深水里潜藏有千余斤的大鳇鱼。吉林打牲衙门在这岸边修筑有打鱼楼子，网得的大鳇鱼，养在岸边术栅围成的鳇鱼圈里。年年宫里有万寿之日，必选上品鳇鱼运京师。百名工匠特造的条条‘安巴扎卡’，专门为远送活鱼而用。打牲丁们拉纤唱着不知是何人留下的《黑水号子》。”歌声激扬婉转，满江荡漾：

白云悠悠，哎嘿哟哟，
黑水泱泱，哎嘿哟哟，
包鲁嘎汗，哎嘿哟哟。
雪妃娘娘，哎嘿哟哟，
英名千古，哎嘿哟哟。
永世流芳，哎嘿哟哟哟哟哟……①

这是一首颂扬雪妃娘娘和包鲁嘎汗母子的号子。雪妃娘娘和包鲁嘎汗的感人故事早流传在清代打牲乌拉的渔丁中间，作为劳动号

① 富育光讲述；王慧新记录整理：《雪妃娘娘和包鲁嘎汗》，长春：吉林人民出版社，2007年，第402页。

子唱出赞美可见其早已深入人心。这种赞美的号子在艺术上的升华已不仅仅局限于一般性劳动统领的作用，更是通过白云、黑水的自然美，衬托出人物的外在形象和内在思想的美，这种触景生情、情景共融的浪漫色彩号子，反映出人们英雄崇拜的深厚心理基础，它是民族抒发情感的载体。

在满族说部中最多的莫过于海上劳动的划桨号子，但仍具备一般劳动号子的基本特征。如“东海号子”的别名叫作“渡东海”或叫“跑南海”，东海、南海皆指现在的日本海。

值得一提的是，专门用作拉起船帆的号子——“扯篷帆”，它的曲调仍是“东海号子”，只是叫法不同而已。但这个调子没有歌词，也就是说只有衬词“嘿嘿哟”。我们分析在实际“扯篷帆”时是会有领唱的即兴词的，而在满族说部的讲演中全凭表演者的自然条件，运用声音高低、音色的变化，用艺术性唤起听众的兴趣。因此，朱伯西“在讲唱时，可以见景生情，随着情感的抒发，有时在主干调子里加进一些花点儿，使其有些变化，以突出朱伯西讲唱的个性化。……但总的调子规矩不变。……尽管由于讲唱人、讲唱场合的不同而有些变化，也都是在这个基调上发挥出来的，它的特点是悠扬、奔放。唱‘东海号子’时，必须放开喉咙，嘴巴张开，无拘无束地通过胸腔气韵的喷发，把自己的情感表达出来。嗓子也放开，唱的越有感情，亦越好听”①。这就告诉我们，号子的词是具有即兴性的特征，曲调是“瓶”，装的是什么“酒”就因“人”而异了。

这里需要提及的是，当今二人转也有名曰“跑南海”的曲牌，

---

① 富育光讲述；于敏记录整理：《东海沉冤录》，长春：吉林人民出版社，2007年，第6页。

并流传于珲春渔民之间。由于曲调好听，现在已成为二人转的重要曲牌之一。满族说部中的“跑南海”和现在二人转曲牌《跑南海》是否是同一号子？为我们深入研究二人转音乐的起源提出了又一新的课题。

在满族说部中的号子，除了具有实际真实意义的劳动号子外，许多号子更多的内容已经不是一般号子对劳动所起到的指挥、引领的功能，恰恰是利用号子抒发更多具有文学意义、思想意义，反映历史生活的内容。

朱伯西我唱完‘雅鲁顺’，引起各位对东海先人们的敬慕和向往，盼着快快唱讲东海之歌。东海啊，东海！舜妈妈升起之地，万道光芒皆是从她那里赐给大地，赐给我们温暖和生命。先人们讲东海、唱东海，还要先唱几声“巴图鲁吉勒冈”，又称“喊号子”。那喊声激越、粗犷、豪放、袒露着大海儿女们的宽阔胸襟……

英雄调是这样唱的：

嘿哟嘿，哎嗨哟，
嘿，嗨嗨哟嘿嘿，
嘿嘿哎嘿哟嘿，嘿嘿哎嗨哟嘿。
哎嗨，嘿嘿哟嘿嘿嘿，
嘿——嘿——嘿。
巴图鲁号子一出口哟，
东海人往昔的岁月蹉跎勾上了心头。
大荒片子绿茫茫没人烟哟，
赶海的尼亚勒玛耶，
你可要找那藤蒿榛莽里的古道印辙。
窝稽排子如碧浪滔滔遮云日哟，

你可要瞧准老先人留下的凿灼毛格。
大梓子笼火的穿地龙土坯马架子哟，
活像漂在绿海中热气腾腾的巨舟。

听乌勒本的尼亚勒玛耶，
我朱伯西哟，
就像是赶海的摇浆人耶，
你们像早年坐上槽子船，
随我去拜谒咱们玛发早年住的奥木托克索。
鼓乐是锡霍特的螺号，
拉满岁月的航帆耶，
划哟，划哟，
嘿哟，嘿哟，划哟，
布鲁昆神鸟为我引路啊，
东海——
捷如电掣，
骇浪难遏。
我们重又回到了东海远祖桦皮巢楼，
男嫁女家那婚车羽舍。

一个个东海儿女哟，
冬涂鱼油，
身披貂裘珠珞；
夏体赤裸，
腰围条遮羞萝。
手弹髹琴，
夜伴篝火唱情歌。

萨满妈妈敲击着熊皮鼙鼓，
血族仇杀，传诵着悲怨和狂乐。
遥远遥远的过去啊，
东海的沉浮，
东海的拼搏……①

这段号子第一段开头的衬词部分虽然具有典型劳动号子的特征，但随之引出了“巴图鲁号子一出口呦，东海人往昔的岁月蹉跎勾上了心头”，明确地表示以下已不是劳动的内容，而是“往昔的岁月蹉跎”，词的内容及其曲调和节奏型决定了回忆是舒缓的。下面紧跟的词是与满族说部段子的生产生活内容密切相关的介绍。可以说这种号子的作用不在于实际劳动，而在于讲书人朱伯西把自己融到划桨的人中间，以划桨者的身份、用劳动号子的形式叙述着东海远祖的桦皮巢楼和婚车羽舍，以及冬涂鱼油、身披貂裘珠珞，夏体赤裸、腰围条遮羞萝的早期人类的原始生活。

满族说部中的号子多以“载体”的形式，为抒情服务，反映着民族心理和民族情结，蕴含着人生哲理。在演唱方式上，号子最大的特征就是“一领众合”，往往指挥者就是领唱者，以发号施令的身份唱出具体号子的内容，即主要陈述部分，有呼唤、号召的特点。大家多以唱“衬词”为主，进行“应合”，产生节奏性的律动，即固定的、周期反复的节奏型。这些衬词大多以类似喊声为主，运用口语化的词语，陪衬突出众人的气势和力量，风格浑厚、铿锵。

再如，《苏木妈妈　创世神话与传说》《猪妞》在制蚕工艺中，

---

①　富育光讲述；于敏记录整理：《东海沉冤录》，长春：吉林人民出版社，2007 年，第 10—11 页。

带有与生活紧密相关和抒情性质的劳动之歌，从中可以看出前半句是领唱，后半句是众合唱，虽然具备了劳动号子领和合的特征，但明显看得出它不是喊声，而是悠扬的歌声。这就让人联想起在制蚕工艺中，劳动的环境不是那么恶劣，劳动的强度不是重体力劳，心情也不像野外劳动那么高亢奔放，而是具有赞美生活愉悦的情感融于劳动之中。因此其曲调必然是优美舒缓的。

天上最美的噢咿嘞——白云，参！参！
胯下最美的噢咿嘞——金鞍，参！参！
炕边最亲的噢咿嘞——火盆，参！参！
身上最阔的噢咿嘞——丝裙，参！参！①

这种具备一般号子领和合格律的“劳动之歌”，同样具有劳动号子的因素和功能，并且是在劳动中出现的。我们可以将它看作是平和，优美、舒展的号子。这种劳动之歌也可能就是各自为政，各行其是，甚至所唱之歌有可能和真实的劳动内容大相径庭，但其此时的情感要和所唱之歌要一致的，“歌”只是抒发情感的载体。

在《木兰围场传奇》引言中，有口吹桦树皮做长哨围猎的记述。由于“哨鹿”的特殊性，不可能惊动猎物，只能“引诱”出现了狩猎的隐性号子音乐，同样起到“指挥、协调”的功能。“‘木兰围场’为满、汉合璧名，‘木兰’系满语‘哨鹿’之意，指用木哨儿诱引鹿群，以供围猎，此乃清朝皇帝常用的一种狩猎方法。到了秋分时节，身着戎装的皇帝率领亲随侍卫、文武大臣、诸皇子、蒙古各部的王公贵族、射牲手及众官兵于黎明前，藏身于密林草莽之

① 富育光讲述；荆文礼整理：《苏木妈妈 创世神话与传说》，长春：吉林人民出版社，2009年，第181页。

中，头戴惟妙惟目的鹿角帽，身披鹿皮衣，口吹用桦树皮做的长哨儿，模仿鹿鸣的呦呦声，眦吸引那些为求偶的雌鹿、为争偶的雄鹿前来。当群鹿低昂应和、寻声而至时，射牲手乘其不备，万箭并发，弓箭齐鸣，鹿儿们还没等弄明白是怎么回事呢，就已经‘陈牲蔽芳甸’了。”

总之，《满族说部》中的劳动号子与满族先民的生产生活习俗息息相关，是在劳动中人与自然相互碰撞而产生的精神、艺术之花。它以其直接简朴的表现方法，坚毅粗犷的音乐性格，律动性节奏，一领众合的歌唱方式，直接、简朴的表现方法和丰富的体裁形式，成为满族及其先民的音乐表现形式之一。而在满族说部的实际表演中，更是以号子为载体反映故事情节，发挥讲演者的特长，抒发情感成为争取吸引观众的艺术手法，具有永恒的历史文化价值和艺术价值。

二　山　歌

山歌是民间自发形成的一种歌唱艺术，它有源远流长的文化历史，是民间音乐的重要内容之一，也是人们在山冈、草原等大自然中所唱之歌，因此，通常把牧歌也归类到山歌中。由于大自然环境的美丽宽广，人们在心旷神怡之下所唱之曲肯定也会发自内心的豪情直畅、舒展洒脱。它的音乐节奏必然是自由、悠长的，曲调顺畅、纯朴、真挚，富于激情，音乐性格热烈奔放豪爽。触景生情的即兴性是山歌歌词创作的特征，这种源于比较原始的劳动生活既真实又抒情，是劳动人民抒发情感的音乐手段之一，满族说部中多有记述。如《八旗子弟传闻录》记述：

这一天，依兰姑娘赶着羊群来到一片草场上，这里草场宽阔，水草丰盛，山羊又能吃草又有水喝。依兰望着高山上涌出的白云，好像是天上的羊群；望着地上的羊群，又像是天上的白云，阳光普照着大地，处处充满生机，景色多美呀。望着这美丽的景色，依兰想，大家都说这儿是牲畜稀少的山，我要把羊牧好，让这儿山羊满山，牲畜不少。依兰姑娘这么想，随口就把这想法编成了歌唱了出来：

羊羊羊，上山梁，白云铺满青山冈，
羊羊羊，上山梁，山冈从此不荒凉。

依兰姑娘的歌声又好听，又响亮，把地上的羊群和天上的白云都吸引过来了。羊群在她的身边合着拍子咩咩叫，天上的白云在她头上绕着来回飘动。①

由此完全可以看到这首山歌是“随想、随口、随意、随唱”的。它发自依兰姑娘内心对大自然的直接感受，抒发着主人公内心的浪漫情调和“山冈从此不荒凉”的美好企盼。从音乐曲式的角度分析，根据词的格式上看得出这首山歌是复乐句构成的，简练、顺畅、上口。无论是从文学内容，还是自然环境上来讲，都具有典型的山歌特征。这种以放羊为事件的山歌，在《平民三皇姑》中也有出现：

这天，三皇姑兴致很高，说要领小孩子出去玩玩。他们走到岭南头，忽听，放羊的小小子唱着不知名的山歌：

嘿唉！嘿唉！

---

①　赵书、常利民、崔墨卿主编：《八旗子弟传闻录》，长春：吉林人民出版社，2009 年，第 25 页。

莽莽千里长白山，
草帽顶峰托蓝天。
森林密树养百兽，
沃土肥壤生金钱。
都说江南风光美，
怎比辽东好河山。

嘿唉！嘿唉！
黑炭灰石生遍地，
黄金红铜白石棉。
柳条边外人欢乐，
川谷大沟升炊烟。
都说江南风光美，

怎比辽东好河山。
嘿唉！嘿唉！
男耕女做家乐，
满汉旗民笑开颜。
若拿江南比辽东，
十换一来也不换。
都说江南风光美，
怎比辽东好河山，
都说江南风光美，
怎比辽东好河山。

三皇姑听了，开心地乐了，说："这小小子唱得不错。辽东胜地，人杰地灵，这草帽顶子山脉连长白，横亘千里，龙兴胜地，万世垂基。江南怎比!”

这时，又听那小小子唱道：

草帽顶子山啊，
山峰一座座。
九十九条沟啊，
九十九面坡，
金银财宝啊，
多又多。
若问多少多，
九缸一十八锅。
在哪啦?
不在南坡在北坡!

三皇姑笑呵呵地听着。草帽顶子山的风光美景一一展示在眼前，藏在人们的心中。①

这两段山歌又揭示了山歌的又一大特征——爱国，爱家乡，赞美家乡，夸家乡的山水自然，人杰地灵，是山歌在政治思想上的特质。在某种意义上说，满族说部中的山歌都是爱国之歌，反映着当事人的爱国情怀。山歌的词还常用比喻、比兴的手法以突出文学色彩，如《平民三皇姑》张书田唱山歌：

路上，张书田高高兴兴地唱起了山歌：

天上的彩虹，

① 张立忠讲述；张德玉、张一、赵岩整理：《平民三皇姑》，长春：吉林人民出版社，2009年，第76—77页。

夕阳的彩霞，
它俩本来是一家。
一个雨后看丈夫，
一个晚上看媳妇。
谁若指虹乱讲究
手指一定会烂秃，

唱完就长长地拖声喊道："啊，嘿呀!"就又唱了起来：

草帽顶子山啊万丈高，
白云缭绕啊像草帽。
九缸一十八锅啊金银宝，
若想日子啊过得好，
就看你勤劳啊不勤劳.
满洲民人啊起得早，
顽强勇敢啊数得着.
和和睦睦啊多快乐，
柳条边外啊人欢笑。

张书田的兴致感染了大家，张满昌也是能唱善唱的主，他也唱了起来：

人道蓬莱是仙家，
奇花异草迎朝霞。
此处更比蓬莱好，
小河流水哗啦啦。

这些悦耳动听的山戢，响彻老草帽顶子山，树林哗哗响着

回应，星星眨着眼睛倾听……①

从本质上来讲，山歌的产生离不开真实的生产劳动，无论是放牧还是狩猎、放山、采集，都会产生即兴编唱山歌的可能。如《平民三皇姑》的山歌，就描写了满族同胞采栽、种植达子香的过程。“这时，只听山上传来了歌声，那是杨珍的声音”：

为敬祖先上山冈，
手拿镰刀采香忙。
不畏山高坡儿陡，
采来好香献祖堂。

三皇姑也来了兴致，轻声地哼说了起来：

今个腊儿初七，
明个腊儿初八.
上山去撮达子香花，
达子香花儿.
生性乖，
腊七采，
腊八栽，
三十儿打骨朵，
初一开。
红花开，
粉花开，花香飘到敬祖台。

---

① 张立忠讲述；张德玉、张一、赵岩整理：《平民三皇姑》，长春：吉林人民出版社，2009年，第140—141页。

财神来，
喜神来，
又赐福，
又送财，
达子香花道年喜，
达子香花年年开。①

在满族说部中，山歌不仅是生产劳动时的“调味品”，还是增加生活情趣的娱乐“添加剂”。尤其是大家相聚在一起时，唱山歌嬉闹、调侃、解闷也是常有的。它采用“双关”语手法，可能与古代江南“吴歌”有相似之处，且不乏对歌、斗歌的成分。如《平民三皇姑》的山歌盛会：

一天晚饭后，蕊寒从大门外进来，一边跳着，一边唱：

冰凌花开干巴拉虾，
猫骨朵花开毛都拉察，
达子香花开有红有白，
绿叶就像披罗戴纱.
百花里面数它最美，
美不过皇姑人面桃花。②

索彗润了一小口茶，笑着说“那就让本姑娘献丑了。”她清了

① 张立忠讲述；张德玉、张一、赵岩整理：《平民三皇姑》，长春：吉林人民出版社，2009年，第147—148页。

② 张立忠讲述；张德玉、张一、赵岩整理：《平民三皇姑》，长春：吉林人民出版社，2009年，第222页。

一下嗓子，就唱了起来：

蚂蜂凶，蚂蜂凶，
蚂蜂上阵父子兵，
遇着花儿嗡嗡叫，
硬问人家中不中。

蚂蜂凶，蚂蜂凶，
叮住花儿口不松，
土地怕它绕弯去，
柳树见它鞠大躬。

蚂蜂蚂蜂别逞凶，
做工只管你做工（宫），
一旦恼了大小姐.
请来满汉八旗兵。

三更点着你蜂王府，
叫你一窝活不成，
天大能耐你飞不了，
问你再喊中不中。①

综上所述：《满族说部》中的山歌地域性较强，由于大多是即兴演唱，因此语言简洁、通俗易懂，内容纯真，歌词具有较强的针对性，其表现手法大多采用白描或浅白、直接的比喻以及押韵和比兴的手法，具有意、情、趣相融合的特征。

---

①　张立忠讲述；张德玉、张一、赵岩整理：《平民三皇姑》，长春：吉林人民出版社，2009 年，第 222—223 页。

三 小 调

满族说部中出现的小调，大多由明清俗曲演变而来，是产生于劳动之余，咏叹心思、美化生活、消遣助兴的民间音乐，具有叙事与抒情相交融的表现方法和曲折细腻的音乐性格，节奏规整均衡，旋法曲折，对应式结构和起承转合式的方块结构并存。分解歌式的小调还长有长短句的结构，如《木兰围场传奇》中《烟鬼十叹》，说得是改邪归正的大烟鬼布尼阿德以身说法给大家唱的：

抽大烟染毒瘾叹了第一声，
想起当初事后悔又痛，
平日抽烟无非为解闷儿，
到后来瘾上身不能把它扔。

抽大烟穷掉底儿叹了第二声，
少烟灯无烟枪找个沙酒瓶，
瓶口儿钻个眼儿插个小笔管儿，
点个腊头扣个破茶碗。

抽大烟走出城叹了第三声，
忽然瞧见屎壳郎有了救星，
没承想它展翅飞出了怪事，
眼睁睁烟泡儿成了精。

抽大烟患重病叹了第四声，
翻过来调过去浑身骨节痛，
油灯下昏迷不醒叫也不应，
定是烟后痢小命要吹灯。

抽大烟进烟馆儿叹了第五声，
说是吃茶点心里却担惊，
断了顿儿如同断了粮，
屋里转挠炕席又把西墙蹬。

抽大烟逛闹市叹了第六声，
脚跟不稳直转圈儿心慌意又乱，
分开人群往里挤一瞅乱哄哄，
远望像大烟近看是狗熊。

抽大烟上街头叹了第七声，
手拎破烂纸卖了二百铜，
不顾吃不顾喝麻利吸一口，
长了精神竹筐挎再捡空酒瓶。

抽大烟上小铺叹了第八声，
见店主吃黑枣立马眼眶红。
枣核犹如大烟泡儿直往桌上扔，
咬了一口竟称烟泡儿硬邦邦。

抽大烟拜把子叹了第九声，
写帖子齐磕头对天把誓盟，
大哥名字叫郑南，二哥自唤赵士灯，
三哥人称孙有瘾，四哥本名李该穷。

抽大烟照镜子叹了第十声，
小辫顶起头发出了四支楞，
和衣斜躺南炕闭了眼，

迷迷瞪瞪上了望乡城。

抽大烟常十叹为咱敲警钟，
劝烟鬼要自醒莫把性命扔。

唱罢《烟鬼十叹》谣，乡亲们报以热烈的掌声和喝彩声。①

这是十分典型具有分节歌、起承转合特征的小调，它深刻地揭示了悔过自新的大烟鬼反省之意，具有很强的教育意义。类似于这种四句体，具有起承转合格式的小调再如《木兰围场传奇》中的记述：

……更有趣儿的是，合围进入高潮时，眼瞅着从一棵古榆树上纵起两只飞狐。飞狐称“王干哥鸟”，能跑能飞，系哺乳动物，形似巨大的蝙蝠。由于飞得高，箭羽射不到它，待用猎枪打时，早已飞走了。而那些蠢笨的野鸡实在傻得可笑，一旦受到惊吓，立即扎到草丛或草堆里，只顾脑袋不顾屁股！康熙见此，想起一首民谣，随口唱道：

头翅子猫子哟，二翅子鸡，
蹲在沟口儿打狐狸。
外行打猎哟，跑断腿儿哎，
内行打猎不费力。

此首民谣的意思是：“猫子”指山兔而言，第一次最好捉，

---

①　孟阳讲述；于敏整理：《木兰围场传奇》，长春：吉林人民出版社，2009年，第466—467页。

倘若小心给惊跑了，再就很难猎获了。“鸡”即所谓的野鸡，如果头一枪没打中，飞走后，必落下来一头扎进草丛或草堆里，顾头不顾尾，最容易将它捕到，那么狐狸呢？因它喜欢寻找山水喝，发现哪里有水，会经常去那儿，需过沟口儿处。所以，猎手只要蹲守在沟口儿，便能轻而易举地将狐狸逮住。

孝庄文皇后听了皇孙唱的民谣，感慨地说：“看来不管干啥，其中皆有学问，狩猎也如此。”康熙一听，越发来劲儿了：“皇祖母，打山兔还有一首民谣哩！”孝庄文皇后说：“是嘛，孙儿唱唱如何？”康熙晃着头唱道：

兔子最爱转山坡哎，
胆子小来常逃脱。
转来转去还回来哟，
东张西望归老窝。

唱罢，孝庄文皇后一时没转过弯儿来，忙问：“孙儿，山兔归老窝咋了？”康熙笑答：“那蹲在一旁的猎手没白等啊，嘭的一枪，就把回老窝的兔子打死了呗！”太皇太后乐得台不拢嘴，边笑边逗趣儿道“嗯，有意思，都是经验之谈，宝贵着呢！”。①

再如《东海沉冤录》中道：朱棣对才女娟姐产生了爱情，在九匹骏马拉着的飞驰之车上，激动地将娟娟姐突然搂在怀里；喝了逍遥饮酒后，二人激情宣泄，被好哼小调儿的田公公发现。为不打扰他们的美事，他骑在马上悠然地唱起了当地的吴歌：

---

① 孟阳，讲述；于敏，整理：《木兰围场传奇》，长春：吉林人民出版社，2009年，第54—55页。

日丽风和艳阳天，
群鹅展翅戏湖间。
一只白鹅潜入水，
激起长湖浪儿掀。
鹅呵鹅呵忒凶狠，
闹得四邻不得安。①

吴歌是江南很出名的，曲调优美动听。从南唐李煜以来，北方很多人到了江南想听想看的便是吴歌。在这首小调中用七言绝句把朱棣和娟娟的爱情比喻群鹅吸水，把二人的激情宣泄之举比喻“鹅啊鹅啊忒凶狠，闹得四邻不得安”。这风趣的比喻和暗喻，既是对朱棣和娟娟爱情的理解，又是同情，充满了人性和伦理。再如《东海沉冤录》下记载自大元朝以来就流行的民间小调《好报令》：

实其所欲，
投其所好。
早知早好，
晚悟晚报。②

这小调把世上的贪欲之人必遭报应写得入木三分，明示了因果报应的哲理，暗谕世人为争权夺利的可悲下场，奉劝宦海仕途的逐利贪贵者改邪归正。

商业的叫卖一般也都纳入小调的范畴，这些在《苏木妈妈　创

① 富育光讲述；于敏记录整理：《东海沉冤录》，长春：吉林人民出版社，2007年，第750页。

② 富育光讲述；于敏记录整理：《东海沉冤录》，长春：吉林人民出版社，2007年，第792—793页。

世神话与传说》《阿骨打传奇》等说部中均有记述。然而，在小调中的巨段要数《平民三皇姑》《孟姜女哭长城》，它是“全本”的，从整体到具体深刻地表达了事件的过程。满族说部中内容丰富的小调表现着不同的情节和情绪，为具体的故事增添了情趣和思想内涵。

四　儿　歌

儿歌一词，是“五四”以后的称呼，古代称为“孺子歌”“小儿谣”等。是小调的重要内容，在满族说部中有许多出现。儿歌从内容和演唱形式上分为由儿童自己创作演唱和由大人教唱的歌，多用三字句，类似三字经，易上口。如《萨大人传》中的儿歌：

清河沿，松成排。
四角楼，兵五百。
童女墙，柞木栅。
留歪头，八岁半。
左耳桩，叫小拜儿。①

《元妃佟春秀传奇》中的儿歌：

……从今天开始，各朱录额真、各部长城主、穆昆达，要把自己管理下的人户家的孩子都登记造册，六七岁的孩子都得来学认字，不来学的，每人罚一匹马。孩子每天头晌学习认字，下晌玩耍。今天开始就这么办了。这一招还真灵，该来学习的孩子都来了。吃过晌饭后，东果在院里一边跳着，一边拍手说：

---

① 富育光讲述；于敏记录整理：《萨大人传》，长春：吉林人民出版社，2007年，第331页。

张大嫂，
李大嫂，
在南园，
摘豆角。
肚子疼，
往家跑，
掀炕席
捞谷草，
老牛婆，
请个不老少，
放个屁，
白拉倒。

佟春秀听了，觉得孩子说这套嗑不合适，就叫过东果问：“刚才唱的歌跟谁学的?”东果站住，怔怔地回答说：“是在河边比试打水漂的时候，听一个尼堪孩子唱的。怎么，不好吗?”佟春秀说：“倒没有什么不好，那不过是说着乐。讷讷说一个你听听。”说：

高粱红脸谷穗弯，
哈哈挖参进深山，
干粮背在肩，
腰后别个太竹签，
双脚不停闲。
爬过悬崖越山巅，
沟沟岔岔细查看，
找着一颗老山货

急忙就用红绳拴，
立刻动手剜。
山参捧回家里边，
全家老少乐颠颠。
拿到城里药铺卖，
整整秤了九两三，
卖了八串钱。

东果听了，连连拍手，高兴地说："好，好！挖了一颗大山货，真叫人高兴。讷讷，还有吗？"

佟春秀笑着又说："有，有"，又再说：

柳树倒，柳树歪，
柳树底下打擂台。
草包饭桶一边站，
英雄好汉快上来，
比骑马，比射箭，
七天七夜不吃饭。
赢了就跟王爷走，
输了回家从头练。
练出一身好功夫，
明年今个儿再见面。①

上例可以看出，在三字句的基础上出现了七字句，这些都是宜于传唱的词格，适合儿童特点和条件。这种儿歌还可见《尼山萨

---

① 张立忠讲述；张德玉、张春光、赵岩记录整理：《元妃佟春秀传奇》，长春：吉林人民出版社，2009年，第170—172页。

满》中的儿歌：

得鲁特，得鲁特，
一岁两岁怀里抱着，
三岁四岁闯五关喽，
七岁八岁把书念哪，
九岁十岁练弓箭啦，
小阿哥十五岁喽。①

儿歌的概念还可以延伸到老人教唱或讲唱给小孩，带有较丰富内容的歌。如《西林安班玛法》所载：

额顿妈妈
无法完成天母之命，
急得跺脚挠腮。
正愁苦无奈之际，
不知从何处蹦出了个
阿济格赫赫，
头扎“钻天锥”，
身罩白云衫儿，
红红的脸蛋圆又圆，
黑黑的睫毛弯又弯，
蹲在雪堆儿上，
双手拄腮梗梗个脖儿，
凝望着额顿妈妈

① 荆文礼、富育光汇编：《尼山萨满传》，长春：吉林人民出版社，2007年，第22—23页。

施礼开言道：
“萨克达妈妈，您呀累不累，
愁容满面缘何故？
别愁，别愁，
听孩儿给神奶奶唱乌春。”
额顿妈妈本无心哄孩子，
可是瞧见了
这个白净净的小赫赫，
五六岁模样，
挤眉弄眼，
着实招她喜爱异常。
于是，点头忙答应，
大声地说：
“唱吧！唱吧！”
小银孩高兴地站起身，
个子忽然长成像天上云彩一般高大，
额顿妈妈大吃一惊。
这时，雪山迸发，
沉雷震荡，
从雪山顶上
传下动听的孩子儿歌：
“唉——咿——
唉——咿——
安巴安巴阿布卡咿，
安巴安巴巴那咿耶，

孟温霍绰阿布卡咿，
孟温霍绰那咿耶。
孟温乌勒滚咿——
图门乌勒滚咿——
布勒给咿——阿户耶，
尼莫呼咿——阿户耶！”
额顿妈妈为儿歌感动，
问道：“你是什么人？”
雪山中传下来悲愤之音：
“我是伤害过天母的
尼莫吉女神，
也就是奶奶您
要吹灭的大雪山呀！
我们是天宇的清洁工，
我们是万牲的驱瘟散。
甘溶自身逐浊世，
喜看世间长寿仙。”
额顿妈妈
转愁为喜。
面对大雪山，
敬佩感慨。
她转变驱除
雪山的念头，
反而无限钟爱

塞北那暴雪和雪山。①

这段是雪神尼莫吉女神与额顿妈妈的对话，尼莫吉女神讲述了我们是“天宇的清洁工”“万牲的驱瘟散”，并“甘溶自身逐浊世，喜看世间长寿仙”的高风亮节，使“额顿妈妈为儿歌感动”，从无法完成天母之命之愁转为面对大雪山的敬佩感慨直至无限钟爱，进而转变驱除雪山的念头。此段已不是真正的儿歌，恰恰是利用儿歌的方式反映了神的意志。反言之，正说明了尼莫吉妈妈像儿童一样的天真无邪、白净如玉无瑕的白雪形象。这是满族说部儿歌的又一大特点，它突破了一般意义上的三大类儿歌（即游戏儿歌、教诲儿歌、训练语言能力的绕口令）。这种富于神话色彩、具有魔幻的情节，符合儿童的心理认同，是满族说部中儿歌的又一大特征，无论的内容还是旋律都是值得再深入研究的音乐课题。

在满族说部中多次出现了“摇篮曲”“悠悠调”。这是满族多少年流传下来的古俗。如今被称为三大怪之一的“养活孩子吊起来”，说得的是悠摇车。满族小孩自降生起就要听《悠摇车》，从小就受到这种悠扬、平稳的曲调的熏陶，很多母子之情都是通过母亲对儿的歌唱出来的。在《苏木妈妈 创世神话与传说》中，以儿歌的形式描述了悠摇车的情景：

挂在梁上的铜钩，摆呀摆，
铜钩下的烫金摇车，飞呀飞，
小小阿哥，巴布哩，巴布哩，
哈哈济，赞汗济，

---

① 富育光讲述；荆文礼整理：《天宫大战 西林安班玛法》，长春：吉林人民出版社，2009年，第192—194页。

你们老实坐着，别吵了，别闹哩，
小阿哥睡嘞，奶奶我的古曲开讲嘞……①

在《元妃佟春秀传奇》中还记载了传统的悠摇车：

……努尔哈赤的舅舅阿台，听说外甥努尔哈赤媳妇生了小外孙，很是高兴，就叫人在马市上换回一个新摇车，特派人送到波罗密。这个摇车画着龙凤图案，红地金彩，十分新颖好看。佟春秀把这摇车挂在炕梢的棚杆上，摇车绳上拴着一嘟噜一串儿的小玩意，有鸡索、猪脑星、小棒槌、小把门猴，还有小弓箭、小铜铃啊什么的，一晃动直响，孩子躺在摇车里，大人边给孩子奶奶，一边指着孩子的脑门儿说："前奔楼，后滴滴，你讷讷夸你好脾气。"一边晃弄这些小玩意儿，逗孩子乐，不哭闹，还一边唱儿歌给孩子听：

悠悠啦，
悠悠啦，
悠悠褚英快睡啦。
狼来啦，
虎来啦，
老"告"子也来啦。
狐狸打着镲来啦，
黑瞎子，背着鼓来啦。
麻胡子，跳墙啦，
舌头伸出老长啦，

① 富育光讲述；荆文礼整理：《苏木妈妈 创世神话与传说》，长春：吉林人民出版社，2009年，第125页。

咬羊啦，
咬猪啦，
咬鹅啦，
咬鸡啦，
宝宝你可别哭啦。
悠悠啦，
悠悠啦。
黄鼠狼可别下个豆鼠子。
小褚英，
别哭啦，
悠呀悠呀快长大。
吊膀子，
把弓拉，
要拉硬弓得长大。
快睡呀，
快长大，
长戈使劲儿把弓拉。
挎弓箭，
骑大马，
和你阿玛把敌杀。
保卫家园保国家，
功劳数你爷俩大。①

---

① 张立忠讲述；张德玉、张春光、赵岩记录整理：《元妃佟春秀传奇》，长春：吉林人民出版社，2009年，第112—113页。

满族的悠摇车调十分多，是满族三大怪之一的“养活孩子吊起来”。它源于满族先民的狩猎生活，摇车就是孩子生命的守护神。歌中既有对孩子的善意恐吓、逼迫他睡觉的内容，还有对孩子长大的企盼，更有以后和阿玛上战场杀敌、保家卫国立功劳的期盼和赞许。歌词表面是对孩子的诉说，让其安睡，其实质是母亲的心声、母子情结的表露和慈母情怀的涌动。这是古老民俗的体现，更是为民族文化传承所做的奉献。

满族说部中的儿歌是生活的真实，是抒情的真实，是企盼的真实，是出自朴实民族情感的真实，它是满族音乐的重要组成部分，更是满族说部音乐中不可或缺的要素之一。

五　风俗歌

风俗即民俗，是多少年来约定俗成、被人们认同且自觉遵守的生活习惯。满族说部是满族民俗之集大成，其中反映风俗习惯的文字很多，固然少不了风俗歌。其中，婚俗是记录最细腻真实并具有珍贵史料价值的财富。如《阿骨打传奇》行歌于闹市求婚的古俗记述：

> ……阿骨打也将身转过去，四个经梳洗打扮的女真格格，穿着新衣裳，站在人群对面，离这群人有一丈多远，边唱边翩翩起舞，好似四只孔雀在向人们展现那美丽的容貌。四个姑娘年龄都在二十岁左右，阿骨打心里明白，这四个姑娘是在自寻配偶。他心里略噔一下子，是呀，都这么大年龄还没婚配，她们怎么能不着急哪？阿骨打又联想到，连年征战，青壮年男子都出外征战，抛下这些格格，退迟不得婚配，这是个大事呀！吾身为一国之主，不能不考虑这个事，用什么办告，既能保证

出兵征战，又能适龄而婚呢？……

又有一人问那年岁大的："这叫啥风俗啊?"年岁大的解释说：女真族的姑娘15岁后，就到婚配的年龄了。在婚姻上有好几种风俗，这四个姑娘到这儿来叫自寻配偶，她们行歌于闹市人多的地方，用歌叙说她的家庭，她会什么，年龄多大，来求伴侣。通过她的歌，使未婚男子听后，相看其容貌，如果同意，就可领家去婚配。还有青年未婚男子自寻配偶的，携带着酒肉，在热闹场所边歌边舞，诉说自己的年龄、家庭情况，欲为伴侣地走过来，和他同饮一碗酒。两人对坐欢饮，互相了解对方情况，谈情说爱，意气相投，则回婚配。还有抢婚的，男子求婚未允，乘女子出外或不备，抢到手就走。还有偷婚的，偷婚是在每年正月十六日，过这天不准偷，女真人叫"纵偷"之日。但女真人有钱有势之户，也实行定亲聘礼结婚。①

这段文字虽没有直接唱出歌，但在相关的资料中就有《等阿哥》的歌曲，描写就是女真格格求偶"行歌于途"的这些情景。这种风俗在当时很普遍，在《萨大人传》中也有相同的记述：

满族有个传统习俗：姑娘成人，可述身世，以歌传情。男孩儿如果看中了哪个女孩儿，要向自家大人讲明。大人若是应允了，可去姑娘家定亲。卡克屯口弦琴弹得好听，歌儿唱得悦耳。有一天，波尔辰妈妈正巧从她家门口儿路过，见卡克屯光着脚，脸冲屋坐在窗台上，边纳鞋底儿边哼歌儿，唱得十分入神：

---

① 马亚川讲述；王宏刚整理：《阿骨打传奇》，长春：吉林人民出版社，2007年，第168页。

机灵的大雁落水湾，
水湾暗藏着俏阿哥，
那是百里挑一的英雄汉。
牛皮刺花儿红口袋，
装满支支雕翎箭。
真像神速般的闪电，
樟袍梅鹿倒一片，
阿哥的猎物装不完。①

上述的两首风俗歌连到一起就是满族及其先民女真人婚前的谈情说爱方式。前者是确定男女关系之前，后者是确定关系之后对阿哥的想念之情，而这种思念在《木兰围场传奇》有出现在《喜歌》之中：

宝音扎布已躺在炕上睡着了，且鼾声如雷，顿时觉得好不委屈。正在这时，耳边隐约响起了散去的乡民们一路走一路唱的喜歌：

从东方来了两匹飞奔的骏马，
疾驰着的英姿多么飘逸潇洒。
成对儿的马儿将白头到老啊，
同舟共济留下一生情缘佳话。②

值得一提的是：满族婚礼少不了唱“拉空齐”“空齐曲”。“空

① 富育光讲述；于敏记录整理：《萨大人传》，长春：吉林人民出版社，2007年，第184页。

② 孟阳，讲述；于敏，整理：《木兰围场传奇》，长春：吉林人民出版社，2009年，第189页。

齐”是大家共同齐唱的，起着烘托气氛、活跃场面的作用，在某种意义上是婚礼的专用。然而，在《满族说部》中多次出现在欢呼的场面中。如《阿骨打传奇》中所说：“（阿骨打）定癸巳年九月十日出兵伐辽，望皇天后土保佑，旗开得胜，马到成功！祷毕，端稻觞泼洒于地，以爵之。阿骨打刚站起身来，过来一群头戴神帽的萨满，摇晃到坛前，不一会儿喊得人全随着欢跳起来，狂欢至极。人们跳着舞，齐声高呼：‘都勃极烈，空齐！空齐！都勃极烈，空齐。空齐！’”① 同样，在《阿骨打传奇》也记述着阿骨打免除了用人陪葬的旨意，围观的民众立刻沸腾起来，齐声高呼：“大圣皇帝空齐、空齐!”在《阿骨打传奇》中，阿骨打为侠肝义胆的水秀平冤后，当场下旨：“侠义之女水秀为救土库，怀抱公鸡拜天地为婚迈进土库家的门槛，女真人之奇闻，也是女真之创举，此婚合情合理，为之有效。水秀与护伦不再举行婚礼，算已婚夫妇。今后，如再有此等类似事件，抱公鸡拜天地为婚者均合法。朕诏旨：任水秀为田地寨谋克，这是吾大金国第一位女谋克，并封为大金国侠义女士。朕诏旨：今后强奸女奴隶者，杀！准许奴隶婚配，生下的子女再不为奴，均列入良民之册，有违着惩罚不赦!”② 民众听后，齐声高呼“大圣皇帝空齐！空齐!”可见“空齐”的含义已脱离了狭义的婚礼的局限，在满族说部中更是对重大事件的兴奋、激动之情地外在表达。

清代的满族男子都要应征入伍，在家的女子对女婿的思念自然

---

① 马亚川讲述；王宏刚整理：《阿骨打传奇》，长春：吉林人民出版社，2007年，第3页。

② 马亚川讲述；王宏刚整理：《阿骨打传奇》，长春：吉林人民出版社，2007年，第243页。

不必言表。在《平民三皇姑》中《接艾根》唱的淋漓尽致：

艾根出征去打仗，
打了胜仗回家乡。
过村头，进村庄，
战马拴在走门旁。
拍拍灰，整整装，
一直走进我家房。
打个“千儿”把头仰，
嘴里甜得像抹糖。
管我阿玛叫阿玛，
管我额娘叫额娘，
当去接，该去迎，
未来女婿应心疼。
左邻瞅，右舍盯，
就怕透雨（语）或漏风。
你说西，他说东，
传出好说不好听。
没处躲，没处藏，
我到窗外乘阴凉。
脸又烧，心又蹦，
又害羞来又高兴。
又想看，又想听，
隔着窗户听不清。
用舌尖，舔窗棂，
舔来舔去舔个大窟窿。

透了雨（语），漏了风，
你说丢腾不丢腾。①

这种含蓄、风趣、腼腆、急迫集一身的风俗歌，把姑爷去女婿家时未婚妻的复杂心情写得惟妙惟肖，与结婚时的红火热闹场景形成了鲜明的对照。在《元妃佟春秀传奇》中就把满族传统婚礼进行了如下描述：

……花轿进了院子后，早有人在院当央放了一个火盆，轿子从火盆上抬过去。越过门洞房，到了后院中堂。从中堂到喜房门口的地上，都铺着红毡子。吹鼓手们奏着乐，赞礼人赞礼，请新人下轿，连请三遍。在新人还没下轿的时候，新郎努尔哈赤操起弓射三箭，行古人射孔雀之礼。然后有人打开轿帘，将新人搀下轿。中堂摆了一张大八仙桌，桌上供着香蜡纸马等等，这纸马又叫马神儿，又叫神祇，就是喜纸，这就是一对新人拜天地的天地桌了。打发下轿的官客先点燃香烛插在香炉里，然后官客扶新郎、堂客扶新娘，来到天地桌前。天地桌是按择日子时择出的方位摆放的。

一对新人男左女右站在天地桌前，由司仪人主持交拜天地，谒见祖先及佟氏二位老人和伯叔父婶母等大人。拜的时候，吹鼓手吹打细乐，用的是单皮鼓、小铜镲儿、小喇叭等乐器，吹奏出来很好听。这时，那唱祝贺词的老人喜气祥洋地吟诵《喜歌》：

日头一出照庭来，

① 张立忠讲述；张德玉、张一、赵岩整理：《平民三皇姑》，长春：吉林人民出版社，2009年，第223页。

家有金斗供龙台。
湖中有水龙来戏，
喇叭大号站满街。
轿里坐着千金女，
文武状元接进来。
铺红毯，搀新娘，
接接连连到堂上。
一拜天来二拜地，
三拜公婆年老的，
四拜哥哥嫂女坐着的，
低头走，抬头观，
迎着上方何路仙？
为仙不落凡人地，
迎着刘海撒金钱。
金钱撒到状元府，
富贵荣华万万年。
东家大喜！①

婚后生子是传统风俗中的头等大事，每当这时，女真人就在家中房门屋檐上插李子树枝儿，告诉人们这家“立子了！”生男孩，李树枝儿上拴弓箭；生女孩，拴红布条。在《元妃佟春秀传奇》记述了一个老汉祝贺的喜歌：

……从褡裢里掏出竹板儿，喜气洋洋地一边敲一边唱道：

① 张立忠讲述；张德玉、张春光、赵岩记录整理：《元妃佟春秀传奇》，长春：吉林人民出版社，2009年，第69—70页。

日头出来红彤彤，
大门挂彩，
二门挂红，
剩下三门，
倒有一枝弓。
一枝弓倒有三支箭，
个个箭头冒红绒。
第一支箭射到南京去，
第二支箭射到北京城。
剩下第三支箭无有场射，
一射射到九天玉皇宫。
玉皇大帝一见心欢喜，
金口一开就封了个状元红。
一岁两岁娘怀抱，
三岁四岁离怀中。
五岁六岁上街去玩耍，
七岁八岁做学童。
念到十一并十二，
识文撰字书学成。
龙虎年进京去赶考，
一举考了个状元红！
东家大喜！①

---

① 张立忠讲述；张德玉、张春光、赵岩记录整理：《元妃佟春秀传奇》，长春：吉林人民出版社，2009年，第111—112页。

除了婚俗方面的风俗歌以外，在《满族说部》中还记述了家祭习俗的民歌。在《萨大人传》中是这样记述的：

到了十月，江中淌起冰排，即为秋收大忙。接着便是家家的丰收祭祖，常常听到萨满的神鼓声此起彼伏，人们围着桌子吃白肉血肠。也可以坐上马爬犁疾驶，途中会路过不少屯寨，家家好客，户户欢笑，一路会客，一路喝酒，从傍晚吃到黎明。在萨满家祭的神歌儿中，期盼着丰衣足食，向往着农神送来丰收的甜美日子。歌儿是这样唱的：

一盘盘苏叶饽饽冒气啦，
一碗碗五花肥肉熥热啦，
一缕缕年期香烟升上啦，
赐福的农神贝子骑着神骏进门啦……①

其实，就满族萨满文化而言，萨满神歌是最古老、最深入人心的风俗歌，它既有民俗、图腾崇拜又有祖先、英雄崇拜，充满在满族祭祖的礼仪中，这些众所周知的音乐现象用不着在此赘述。此段风俗歌声中，反映了人们的美好理想，即希望农神贝子能把丰收的粮食送到各家。这种宽宏美好的民族心理，在满族说部中还有对百年狐狸千年精的宽恕上，它更直接体现着女真人的宽宏大量、宽以待人的品格。如《女真谱评》写道：

艮岳真人一见大喜，大声歌唱道：

百年狐狸千年精，

① 富育光讲述；于敏记录整理：《萨大人传》，长春：吉林人民出版社，2007年，第693页。

臊淫民众犯天庭。
本应诛之顺民愿，
怜其千载苦修行。
痛改前非归正果，
驱邪逐鬼为众民，
胡仙神灵人供奉，
改淫为善成为仙。①

风俗是人们自愿遵守的传统约束，凸显着长期积淀的伦理道德。风俗歌可以说是在传统习惯支配下，反映特定风俗活动的内容和特征的音乐样式。满族说部中的风俗歌是以民间音乐的形式体现着满族古朴的风土人情及其道德规范。风俗蕴含着丰富深厚的文化，文化是风俗的魂。这是满族说部在传承传统文化方面的又一重要贡献。

六　时政歌

时政歌具有浓重的政治色彩，反映着具体年代中当事人有感于时事政治而表达的爱恨情仇，有揭露时弊、讽刺恶行，也有反映人民心声的颂歌，它因为具体事件不同而异。在《满族说部》中就出现了不同情感的时政歌，如《东海沉冤录》中《半拉哈的土地》的哀歌：

当时，在女真人里，流传着不少反映元朝欺压、控制女真人的歌谣，如《半拉哈的土地》。这支歌谣，既是女真人被迫离开生养自己的土地时，唱的一首哀歌。其歌词如下：

---

① 马亚川讲述；王宏刚、程迅记录整理：《女真谱评》，长春：吉林人民出版社，2009 年，第 280 页。

半拉哈的土地，
半拉哈的江河，
我爱你十年整了，
我守你十年整了。
哈番带我们离开，
像割我们的肉，
像剜我们的心。
跪拜一次，
向你永别……①

此外，还有《东海沉冤录》中《妈妈的奶》的悲歌都是反映女真人爱家乡的不舍之情，表现了女真人不愿离开故乡及所热爱的土地无限眷恋的悲歌。其歌词是：

妈妈的奶，
可以吃到我能会骑马打猎了。
祖先的山，
却不能让我纵情的爱恋。
明日太阳出山，
哈番要带我们到一个遥远的地方，
何年何月再能回故乡。②

在满族说部中除了这种悲歌、哀歌之外，还有另一种悲壮浩气

① 富育光讲述：于敏记录整理：《东海沉冤录》，长春：吉林人民出版社，2009 年，第 163 页。

② 富育光讲述，于敏记录整理：：《东海沉冤录》，长春：吉林人民出版社，2009 年，第 163 页。

情感的时政歌。如《木兰围场传奇》中“……老人们唱起悲壮的乌春祭鼓敲起来了，牛角号吹响了，箭羽呼啸着弹出弓弦，老人们唱起悲壮的乌春”：

婴儿生兮莫非阿妈，
民族生兮不离国家．
部落生兮今日东归！
冤魂生兮归我中华。

红罗女是女真英雄，她与乌巴图投水的事传到了忽尔汗海，乡亲们难受极了，很多人哭了三天三宿，眼睛都哭肿了；还有些人跑到忽尔汗海边，焚香祈祷，怀念和感激为民除害的英雄。一年以后，在忽尔汗海有一首满语民歌流传至今：

山英格格　则衣则
更将门阿布卡　依格勒喀
阿克展红红则　则衣则
塔尔玛　安顿尼玛　阿尼喝
尼红衣　阿布凯　依则依则
乔都安　巴尼呀啊　山英格格
罕尔汗　萨卡达比　阿西哈勒
山英格格　红罗格格。

这首民歌的内容，大意是：

好姑娘啊红罗女，
你像春天一样，
和我们在一起。

可惜啊！可惜，
突然雷声隆隆，
下起了大雨，刮起了大风，
红罗女离开了我们。
苍天啊苍天。
让红罗女快回来吧.
我们老老少少，
都在想念你啊！
好姑娘红罗女。

还有一首民歌，也是怀念她的，那歌唱道：

红罗女在时百花开，
千山万岭开不败。
红罗女走了百花谢，
荒山秃顶长茅蒿。①

在靺鞨人和后来的女真人、满族人心里，红罗女是不会死的。人们唱道：忽尔汗海啊，平静吧。安静吧。你给红罗女铺上地毡吧。吊水搂的水啊，像一挂挂东珠，穿成了水帘，红罗女就住在里边。她又绣起了虹罗巾，天下的山川大地。飞禽走兽，花草虫鱼一样绣在上面。人间的吉凶祸福、美丑善恶、苦辣酸甜。件件绣在上面。红罗女啊！日日夜夜为民祈福禳灾，

① 傅英仁讲述；王宏刚、程迅记录整理：《红罗女三打契丹》，长春：吉林人民出版社，2009 年，第 156—157 页。

为诸申保平安。①

在《碧血龙江传》中记述了戍边抗俄的八旗战士壮举：

战斗大半日的士兵们都睡觉了，他们睡到露天的草铺上，有的枕着石块，风翔心中更觉不安。他本来怨气也很大，那些大人老爷高官贵族们高堂华舍，锦衣美食，享不尽的人间清福。而这些可怜的八旗子弟们，抛家舍亲，背井离乡，为国家戍边，说是保卫国家，实际又是保护谁的利益呢？朝廷规定，黑龙江边防驻军不备行军帐篷。说是为了节省军费开支。这省下来的钱又流入谁的腰包呢？那些连国家兴亡都全然不顾的高官权贵们，他们的心里哪还有一点体贴别人疾苦的味道呢？他轻轻地叹了一口气，怅然地走开。拐过一道陡坡，来到一处，看见士兵们围坐在一起，低沉而雄壮地唱起歌来。

瑷珲的山岭。
布满了硝烟：
黑龙江的水哟，
碧波流丹！
哪里有啊，
我们的父母。
何处是啊，
我们的家园！

俄罗斯匪徒啊。

---

① 傅英仁讲述；王宏刚、程迅记录整理：《红罗女三打契丹》，长春：吉林人民出版社，2009年，第249—250页。

杀人又放火；
大清国黎民哪，
生灵涂炭！
何年何月啊，
赶跑那敌寇。
哪朝哪代啊，
收复我河山！①

这段歌的字里行间充满着爱国热情，它已不是一般时政歌那讽刺、嘲笑、鞭挞的特点，有的只是对敌人的仇恨和对人民的同情，更表达了收复河山的那种大义凛然、气冲霄汉的意志和决心。正是在这种情境之下，被清军围困的罗刹发出了失败叹息。在《萨大人传》中是这样记载的：

且不说罗刹匪帮为防御清军袭击，保全狗命，将这城堡修得何等坚固，自认为固若金汤。再说明安达礼率领的万人大军，采取步步为营、稳扎稳打的策略，将在外流窜的沙俄侵略者，像赶鸭子一样从松花江口轰到了呼玛尔河口，全都龟缩到所谓的呼玛尔斯克里。后来，清军又在城外将这些匪徒团团围困在那小如弹丸的城堡之内。匪徒们从城内向外窥视，只见清军龙旗遮天，人如海潮般翻腾，水泄不通，刀枪林立。此时，孤立无援的沙俄在城堡内怎能不感到凄凉无望、惶惶不可终日？一个被俘的罗刹兵曾把他们被困城内时自编自唱的一首歌儿唱给清军听，萨布素挺有心，将它记了下来……：

① 崇禄讲述；赵东升整理：《碧血龙江传》，长春：吉林人民出版社，2009年，第316页。

远离美好的莫斯科故乡，
远离可爱的娜莎一年长。
栖身在惊心动魄的异乡土地上，
随时都有弓箭射我的胸膛。
博德格的大旗呵，
遮天盖地。
博德格的兵马呵，
多如海洋。
向呼玛尔斯克冲来，
团团困围，
像撒下了罗网。
无粮的日，
无爱的夜，
只有冰冷的月色透寒窗。①

这种时政歌反映了罗刹的心惊胆战和被围困的内心所想，“时政”就是清代签订《中俄尼布楚条约》之前罗刹的处境。以上两例正是《满族说部》中的时政歌突破一般时政歌特点及其内涵的例证。

七 仪礼歌

仪礼歌，顾名思义即仪式礼仪之歌。在《满族说部》中最具代表性的是《平民三皇姑》，从上梁的仪式开始到结束，它的每个程序步骤都有歌，程式化的民俗十分突出。

---

① 富育光讲述；于敏记录整理：《萨大人传》，长春：吉林人民出版社，2007 年，第 526—527 页。

仪礼歌最大的特征是祈福、祝福。因此每个程序都少不了生福发财的吉言祝语。这么长的《上梁歌》，在《元妃佟春秀传奇》中再次出现，可见其民俗文化的深厚底蕴。满族说部中体现的民俗文化来都自于人民，传承、保护于人民，又在实践中规范人民的语言、行为，是依附于人民生产生活习俗的信仰文化。

八　祝酒歌

祝酒歌本应属于风俗歌的范畴，但在满族说部中出现的祝酒歌大多超出一般意义上的风俗歌。它虽然源于风俗，但更多的是高于风俗的原本局限。酒歌是具体事件的催化剂，更是表达情感的媒介。中国是礼仪之邦，酒文化历史悠久，其中祝酒歌是其重要的组成部分。无酒不成席，有宴必有酒，当然祝酒歌必不可少。在满族说部中，许多故事情到极致处，当然少不了祝酒歌。如《飞啸三巧传奇》中：

> 拜天地的时候，由娘家来一个德高望重的老人，就是柴干玛发的弟弟，看那样子也有六十多岁，留着黑白的胡子。他手里头拿着一个骨板，上头放着三根箭。这个箭，都是用灌骨磨的，尖磨的非常快，箭令都是用雕羽的毛插的，因为这是三对金婚。他过来，就唱着祝酒歌：
>
> “尊贵的男女双方的活秃固和穆昆达，我这捧着烈酒，倾诉衷肠。按照祖先的古俗，咱们共同欢庆孩子们的婚礼。冲破山野的积雪，踏出了宽阔的道路，咱们两个部落现在相亲合拢在一起，亲密无间。今天我捧着这个威武的翅箭，祝愿新婚夫妇，你们的情意永远绵长，你们的恩爱白头到老。你们之间要像碾子一样，紧紧地相合在一起，像磁铁一样，永远地互相吸

在一起，纵有大刀割也割不开你们，纵有巨斧砍也砍不断。你们要无畏艰险，永远地相亲相爱，把小日子过得红红火火。对长辈要永远孝敬，对儿女要永远慈爱，对邻里要永远相互尊敬。更要热爱养育你的山山水水，使家业更加兴旺，更兴旺。我愿新娘新郎永远地成为好的生活管家，特别是我们新郎，你们应该为国效劳，应当得到花翎顶戴，赢得皇上的宠爱。但愿我献给你们生活的利箭，能够除去一切烦恼和不快，用这个利箭去射杀山阳坡里的野猪，去射杀山阴坡的花公鹿，射杀山岩间的扦德格，射杀小溪边的公狍子。更要用这利箭射杀那些，有辱咱们民族国家的黑心狼，为民族争彩，为我们的长辈穆昆们和我们未来的生活增添荣耀。”①

这个祝酒歌是老人按照古俗对年轻人生活衷心的祝福和希望，更期待新郎要为国效劳、建功立业而得到嘉奖。所有这一切都以祝酒歌的方式表达出来，可以说此时的酒早已超出“饮料”的作用，它已成为表达祝愿者思想感情的媒介在《雪妃娘娘和包鲁嘎汗》中的《祝酒歌》，却又有另一番情境：

……宝音姑娘的嗓音特别甜美，舞也跳得非常好。在整个科尔沁草原她都是数一数二的。所以，她才引起了荞古思贝勒的垂爱。今天，她往这里一站，把多尔沙图汗就给惊呆了。多尔沙图汗瞪着眼睛，张着大嘴，干脆就不会说话了。哎呀，这姑娘怎么这么漂亮啊？我活了这么大岁数，走了这么多地方，又从西蒙来到东蒙，也没见过一个像她这么漂亮的。哎呀、早

① 富育光讲述；荆文礼记录整理：《飞啸三巧传奇》，长春：吉林人民出版社，2007 年，第 617—618 页。

我怎么就不知道呢？要是知道，我早就去看“八桶香”老人了。我也能早些日子见到美人儿啊。他正在这儿胡思乱想着，宝音姑娘已经唱起了激情嘹亮的“祝酒歌”：

我最亲爱的骑手哇，
草原上的雄鹰，
你们是盖世的英雄，
绿海千里的主人。
你们从祖先手里接过马鞭子
千载万载，
马鞭下的牧群，
多过大草原的翠海碧涛，
像白云无际，
像碧水无涯，
献上我的“八桶香”酒哇，
敬给您祖先的美酒哇，
敬给你神灵的佳酿，
开怀痛饮吧！
世代飘香，岁岁年年，
大草原福寿无疆。①

这段祝酒歌不是老人对晚辈的关系，是年轻人、情人间的祝福和赞扬。由于人物关系的不同，祝酒词自然不同。此段更突出了“情真意切”的赞美、敬意，以及对“您祖先”“你神灵”敬孝的虔

① 富育光讲述；王慧新整理：《雪妃娘娘和包鲁嘎汗》，长春：吉林人民出版社，2007年，第122—123页。

诚。这种对先祖、神灵的情感表达，在《满族说部》中最具代表性的当属《萨大人传》的《敬酒歌》。按古俗的规矩：

在讲《萨大人传》之前，讲述人得漱口、洗手、焚香，族众还要磕头。在简单表示敬重的祈祝礼仪后，再从木匣子里请出唱本的提纲，然后按提纲开讲。首先，依照族中讲唱《萨大人传》的习俗，用满语报出《萨大人传》的名字，为的是让旗人记住本民族的语言。开篇的时候，仍用满语唱遍“敬酒歌”，曲调高亢、悠扬，非常好听，现在已先传。唱“敬酒歌”的目的，一是表示虔诚；二是使全场肃穆，精神集中，用说部敬尊先踪，诚奉先志，以启后人。酒要敬三杯。第一杯献给神龛，把话本请下来；第二杯向东南遥祭。因为东南方坐落着宁古塔，为我们祖先生活过的地方，也是祖先的灵寝所在地，即老坟的地方；第三杯酒向富察氏居住的大五家子西北方向，那里埋葬着从康熙年间迁移来的历代英雄和先辈长者。为了保持讲述的原貌我朱伯西。把满文的“敬酒歌”复述一遍。

富察哈拉依萨布素乌勒本，恩毕特呵。
艾依——，莫讷——，扎林德。
喔依　　，莫讷　　，我林德。
沙比依依给，乌春勒勒。
沙延依依给，给苏勒勒。
各凌妈妈，各凌玛发，各凌阿浑格赫额云，
额木给苏，乌春勒勒，
富察哈拉依萨布素乌勒本。
萨哈连乌拉富莫西郭勒敏射恩德，
兴安达巴杭，富莫西郭勒敏阔罗德。

萨宁姑乌勒本德，

阿林登恩，阿布卡登恩，莫德力苏民簿。

富察哈拉各凌扎兰，恒葛勒莫，

翻德林德，班丹杜莫，安巴沙奴勒·阿勒刻，

车库牙力，尼莫哈牙力·乌力尖牙力·朱克腾菲……①

歌词大意为：现在是个什么样的日子呢？为了什么要唱讲呢？这是一个吉祥的日子，是个安详、幸福的时刻。各位奶奶、爷爷，各位哥哥、弟弟、姐姐、妹妹，我要给你们讲唱的是满洲的古歌——富察氏的萨布素说部。黑龙江的水呵，总是那么辽阔；兴安岭的山呵，总是绵延无边；萨大人的乌勒本呵，要比山高，比水长，比海深，富察氏家族的辈辈儿孙们给您磕头了！我们摆上了高桌，敬上了鹿肉，献上了美酒，奉上了供品，请萨大人的神灵尽享吧！

这里所敬的三杯酒各有不同的意义，它反映着富察氏家族的敬祖、爱祖、颂祖的传统美德。这是隆重的古俗文化，世代相传，不但增加了民族凝聚力、强化了民族精神，而且塑造了民族品格。所有这些也都是满族说部仪礼歌，酒歌的文化内涵。可以说：无论是风俗歌还是仪礼歌、祝酒歌都依附于生产生活习俗而存在，都具有规范性、程式性特征，人们自觉自愿地遵循照办、传承保护，这是《满族说部》音乐要素的又一特征。

九 古歌

古歌其实也是风俗歌的一种，但满族说部中古歌的内容不是一般意义上的风俗，它多以开天辟地、创世、史歌的神话传说为主。

---

① 富育光讲述；于敏记录整理：《萨大人传》，长春：吉林人民出版社，2007年，第3—4页。

歌词结构多为巨幅长篇，韵文体。演唱时，4句或8句为1段，若干段使用同一曲调来反复歌唱。音调口语化的“腔由字生”。满族说部中的古歌之“古”，更多的是指年代时间的久远。

在《满族说部》中的代表作有黑水女真人创世神话《天宫大战》，它自始至终是在唱颂天地万物的众神谱，是讲述惠及人类的“神们的事情”。大大小小原始神祇多达数百位，都是满族萨满教神系中世代崇祭之各类大神，包括开天辟地的穹宇风云女神、人类生存其间的自然界所有天禽百兽虫属及山川花卉树木众神，只有族中最高神职执掌者——德高望重的安班萨满玛发（即大萨满）才有口授故事和解释故事的资格。《天宫大战》共有九腓凌，全是长诗。它以独有的神奇遐想和波澜跌宕的故事情节，并伴以优美动听、激情澎湃的满语咏唱古调为旋律，在我国北方满族先民中流传很广，已有数百余年的传咏史。

满族萨满创世神话《西林安班玛发》，亦是满族传统“乌勒本”的重要内容之一。它与《天宫大战》一样都是萨满咏唱长歌，深受族众欢迎。如书中阿克达哈古谣：

嗬依罗罗，
嗬依罗——，
查彦部落喜降神人，
人人奔走相庆，
从此再不受欺凌。
一天，西林色夫说：
我去嘎纽古伦，
不能再让它们横行下去，
得救他们出火坑。

查彦部落人刚刚平静的心，
一听说嘎纽古伦名号，
可像海水顿起波澜，
个个东藏西躲，
胆战心惊，
真像似嘎纽古伦，
又闯进自家洞窟。
频频哀求小神人
万万别再提
这群吃人魔鬼。
西林色夫说：
“有首古谣，
牛克尼雅哈非单啊，
乌朱牛克尼雅，
阿克达哈，
卡敦爱曼啊，
珊延达哈。
阿克达哈。
渔翁要捕鱼，
猎手要擒兽。
你们不必跟我去，
我自有办法。
不过，后天你们务去
迎接新伙伴呀！”
众人迷惑不解，

只好点头应允。
西林色夫戴好金丝圈，
便匆忙上路。
白海鸥作哨探，
风神妈妈背他走，
嘎纽古伦就在脚步下。
他举起胸前金丝圈
——九个小骨人
神威无敌的宇宙神。
向着东海呼唤，
只见远海朵朵白云飘来，
化作鹰群在飞鸣；
再向东海呼唤，
招来天将风雷雨雹，
唤来雄狮熊猪豹。①

恩切布库美丽的容姿、聪慧的头脑、勇敢的性格成为女真人精神的向往和美的象征。唱《恩切布库》的是氏族德高望重的萨满或氏族众位奶奶和玛发，并有七八位年轻美貌的萨里甘居，脚蹬金丝白底寸子鞋，身穿彩蝶翩飞的红绸旗袍，脖围白绢丝长彩带，手拿小花香扇，头戴镶有金色菊花、缀有红绒长珠穗的京头，翩翩伴舞，令人陶醉。

此外，还有东海萨满创世史诗《乌布西奔妈妈》、瑷珲地区流

① 富育光讲述；荆文礼整理：《天宫大战　西林安班玛法》，长春：吉林人民出版社，2009 年，第 149—150 页。

传的《音姜萨满》等巨片长诗类的说部最初都是讲唱的，十分遗憾的是曲调都已失传，尽管如此也改变不了“古歌”的本质。如《飞啸三巧传奇》中：

道光皇上唱完了以后，英和边听边摇着脑袋，闭着眼睛，仔细地听，边品味诗的内容，边构思自己的诗。等道光皇爷把这诗唱完一遍以后，英和脑袋多快呀，马上就说：“皇上，我就步您的韵，押您的韵，我也写一首七绝，我也把它唱出来，我这首七绝，题目是“忆故人”，回忆我们过去的老朋友”，接着英和放开自己的嗓子，唱着古韵、古歌：

寿宫琼液传觞饮，丝弦屡屡奏捷吟。
月下故朋成新鬼，英名北域百世魂。①

再如《飞啸三巧传奇》女真人的古歌：

晚上他们又点起篝火，图泰和三巧她们都参加这个难忘的部落盛会。都木琴妈妈又让灌子部的人来璋子部参加这个盛会。两个部落的人在一起又杀牲，又喝酒，玩个通宵。可以这么讲，这是婆婆离和都木琴、都木伦她们有生以来，从未见过这样的盛事。大家在一起，唱起了古老的友谊歌，这是女真人的古歌，也是索伦人都会唱的古歌。这个歌的名字叫“咱们都是额莫的孩子”，歌词原来是女真语，翻译过来大意就是：

咱们都吃一个大袋式的奶包包，
咱们都是睡在一个火炕上的土娃娃，

① 富育光讲述；荆文礼记录整理：《飞啸三巧传奇》，长春：吉林人民出版社，2007年，第689页。

咱们都是一个额莫的孩子，
为啥要分心呢，
为啥要厮斗呢，
为了明天的好日子，
还要同饮一河水，
共用千把弓。①

由此看来，它们都不是创世神话，也不是长诗；但书中既然认定为“古歌”，那只能是一个原因——古老的曲调，具有多年的传承结果。这更说明了“歌”作为古乐之魂的社会认同，也就是说传承的历史悠久也是定性古歌的条件之一。

再如《萨大人传》中的满洲古歌：

萨布素统帅的兵丁、家眷出行日期到了。号炮三声，十几个布勒齐鸣，鼓乐雷动！宁古塔衙门以副都统瓦礼祜为首、党丹等众佐领相陪，在呼尔哈河岸边，为即将离宁古塔北去的沙音哈哈、家眷举行隆重的送行礼。八旗兵丁、各族各姓首领、穆昆达及族众全来了，人山人海，齐集岸边。他们杀鹿、杀大雁，将鹿血、雁血虔诚地滴到事先预备好的装着白酒的大酒缸中。由海兰拿着一个木勺子，往每人手中端着的大花碗里舀酒。萨布素、瓦礼枯、党丹和众佐领、众穆昆达、数百名将士皆端着酒碗，共同跪地祭天地，誓师北上。先用手指蘸酒，往天上弹一下，再往地上倒一点儿，然后一仰脖儿咕嘟咕嘟地几口喝了下去。还有些老人家、将士及家族人等，按照满洲人的

① 富育光讲述；荆文礼记录整理：《飞啸三巧传奇》，长春：吉林人民出版社，2007年，第415页。

古俗，跪在地上，用刀刺额头，滴血于地上，以表示誓死捍卫国土的决心，表达永不忘记故乡的深情。喝完祭酒之后，所有的人不约而同地都是这句话：不管走到哪里，哪怕是天涯海角，万里之遥，宁古塔人与赴瑷珲、额苏里、呼玛尔的亲人们的心永远在一起。我们将同呼吸，共命运，心心相系，齐心协力，共御罗刹，同享凯旋之乐！宁古塔沸腾啦！大家跪拜天地，相互叩拜，紧紧地拥抱在一起。欢呼着、跳跃着、祝福着，一个个激动得热泪盈眶，高声儿唱起了满洲的古歌儿：

天地呀，
万古长青，
人的意志啊，
风雪动摇不了。
我们气冲山河，
我们遇到千难万险，
心永远像铁一样坚硬，
像日月一样光辉。①

在《东海沉冤录》中的《月亮歌》，说的是娟娟在寻找妈妈的过程中，不知女罕就是女神、就是妈妈。只见女罕敲着手鼓边唱边跳，众人则呼应着伴唱，一块呼喊。唱《月亮歌》时，女罕领唱，众合“嘿啰，嘿啰”：

月呵，月呵，
银光如水的东海呵，

---

① 富育光讲述；于敏记录整理：《萨大人传》，长春：吉林人民出版社，2007年，第673—674页。

众人伴唱
嘿啰，嘿啰
女罕唱道
跳呵，跳呵，
纵情欢快的东海人呵，
众人伴唱
嘿啰，嘿啰。
女罕唱道
跳得锡霍特山岭花草在月下欢唱，
众人伴唱
嘿啰，嘿啰。
女罕唱道
跳得伊曼河里的鱼群在月下嬉闹。
众人伴唱
嘿啰，嘿啰。
……
我们是林中女真人，
无忧无虑，
嘿啰，嘿啰。
是因为有百神的庇佑。
嘿啰，嘿啰。
我们是林中女真人，
百难不回，
嘿啰，嘿啰。
是因为有百代的锤炼。

嘿啰，嘿啰。
我们是林中女真人，
人丁兴旺，
嘿啰，嘿啰。
是因为有百草的药师。
嘿啰，嘿啰。①

在女罕高声歌唱的同时，人们应和着“嘿啰，嘿啰”，其节奏必然是规整地循环反复，气氛必然显得异常热烈、粗犷、欢快。这种古歌的“一领众合”，与劳动号子有相同之处，只不过不是劳动，而是颂扬月亮神和众神。接下来，尼玛妈妈告诉娟娟下面的歌叫《妈妈古歌》。书中记录了由女罕领唱，族众合苏伴唱《这是妈妈》：

嘿哟，是阿巴卡给她的精血，
她立刻全身增加了火炭的力量。
这是妈妈！

嘿哟，是阿巴卡给她的骨骼，
她立刻全身运行起生命的力量。
这是妈妈！

嘿哟，是阿巴卡给她的营养，
她立刻全身丰富起聪慧的力量。
这是妈妈！

嘿哟，是阿巴卡给她的魂魄，

① 富育光讲述；于敏记录整理：《东海沉冤录》，长春：吉林人民出版社，2009 年，第 837—838 页。

她立刻全身充沛起无敌的力量。
这是妈妈！

嘿哟，是阿巴卡给她十次满天圆月，
她立刻全身孕生下新的生命。
这是妈妈！

妈妈、妈妈、妈妈，
她给氏族生下百个千个雄鹰般的儿女，
她给氏族生下百个千个猛虎般的子嗣，
氏族的青春，
氏族的永固，
氏族的明天，
都是妈妈的哺育，
都是妈妈的赐福。

妈妈是氏族的月亮，
永远像大明烛。
妈妈是氏族的太阳，
永远像热火炉。
遗忘妈妈的人，
不如污泥和粪土。
丢弃妈妈的人，
不如猪和狗。①

① 富育光讲述；于敏记录整理：《东海沉冤录》，长春：吉林人民出版社，2009年，第838—840页。

这段古歌的开始都是用“嘿哟”做领腔，根据词意分析，其节奏应该是舒缓提神的，旋律可能是宽广、豪放、高亢的，便于把下面的歌颂之词自然地唱出来。而大家共同合唱的《这是妈妈》必然在统一简洁的口语音调中，充满了对妈妈的赞美、感恩和祈福，气氛肯定是宏大和谐，情感是挚诚、颂扬的。

在《满族说部》中，还可以将《鹧鸪歌》纳入古歌的范畴。这是因为《鹧鸪歌》不仅是女真族的代表歌曲，在元代甚至成为女真音乐的代用词。在《满族说部》的《阿骨打传奇》两次出现了唱《鹧鸪歌》与《鹧鸪歌》吹奏的记载：“……往里一望，嗬！庭院里很热闹，用木板儿搭成的东西两排条桌，正大摆酒宴，还有男女混音的击鼓吹笛，女的唱着《鹧鸪曲》助其酒兴。”在有关《鹧鸪曲》的资料中，其词曲就是鸟叫的音记。在《萨布素将军传》中记述了这样一段故事：……为了逃避惩罚，瓦礼钴把自己养的瘦牛和萨布素养的肥牛混在了一起，萨布素巧妙地将二者分开。所用的办法仍然是吹鹧鸪调。“萨布素走到一个坡地上，掏出布拉吹起来。说也奇，那五十头壮牛成群列队地走了出来，走在最头前的那头牛，像个佐领（清代四品官）似的在前带队，后面跟着四头大牛是伊里布（满语：前哨），又跟着十二条是昆布丹（满语：卫兵），最后四条是压阵的领催（八旗的低级官员）。萨布素吹一个调，它们齐刷刷往前走，萨布素变一个调，那牛群规规整整向左转，嘿！就像一拨训练有素的披甲兵（八旗的正式甲兵），萨布素就像演习阵法的将军！”①

---

① 关墨卿讲述；于敏整理：《萨布素外传 绿罗秀演义（残本）》，长春：吉林人民出版社，2007 年，第 8 页。

十　鼓吹乐

鼓吹乐是古乐的一种。它以打击乐器和吹奏乐器等合奏形式为主，在中国音乐史上成为重要的乐种。它起源于民间的吹打乐，是鼓吹乐的一种，常见的主奏乐器是唢呐、笙、管、笛等，打击乐主要有鼓、锣、钹。它主要用于民俗活动中的婚丧嫁娶、岁时节日、庙堂祭礼等礼仪活动，编制较小、机动灵活。鼓吹乐采自民间而供奉官府，用于贴近皇帝御驾的大型宫廷卤簿仪仗、军旅、宴飨、郊庙祭祀的鼓吹乐，编制就很大了。鼓吹乐起源于北方，发展于南方，历史悠久，文化底蕴丰厚，历史记载详细，被认为是很隆重的音乐，在满族说部中多处记述着它的起源、用途和编制。

如《东海沉冤录》中《海子唢呐》的民间记录："'海子唢呐'为短调，是朱伯西在说书中间随时换调子用的。唢呐就是喇叭。东海的喇叭和汉人吹的喇叭不一样，有的是把草叶儿放在嘴皮儿上摁着吹，有的外头加一个用牛竹，即骨头摵成的骨头管儿。如此一吹，能使声音传得远。这种喇叭在海上吹出来的声音发尖，听起来似乎是低调儿，实际上是高调儿。"① 这就明确地告诉了海子唢呐和汉族唢呐的区别。这里的草叶就是汉族唢呐的哨片，外头加用的骨管就是汉族唢呐的"杆"和"碗"，是专门用于在海里吹奏的。根据管乐器的发声原理，其短小必然尖锐音高。而这种结构的"海子唢呐"也可间接地告诉我们东海唢呐的起源，具有珍贵的史料价值。类似于有关满族乐器起源的记述还有《东海窝集传》，记载了娶亲人到了部落，女方大批人马敲打着木板、围着兽皮迎出门外，

---

① 富育光讲述；于敏记录整理：《东海沉冤录》，长春：吉林人民出版社，2007年，第8页。

木板很可能就是后来的“恰拉器”。此外，在《天宫大战 西林安班玛法》中还记录了“安巴通肯”的制作用料极其惊人的效果。

西林色夫指导族众做的
九面鲸皮“安巴通肯”
用虎骨槌敲得震天响，
族人众手敲响了
十数面马鹿、野猪、山羊皮
蒙成的“尼玛琴”和
“小手鼓”，
犹如林莽松涛，
排山倒海，
叱咤风雷，
惊吓得天禽、野兽
不住地飞鸣、狂奔。①

这段出现的鲸、虎、马鹿、野猪、山羊，都是制作鼓的用料，从中反映了“安巴通肯”是集多个动物神为一体的神器。因此才会有“排山倒海，叱咤风雷”的力量和惊吓得飞禽走兽飞鸣狂奔的效果。《阿骨打传奇》中还提到了“聚龙鼓”：“老龙王传下令来，谁敢怠慢？咚咚咚，翻江倒海的聚龙鼓声响起，大鼓一敲，惊动了南海、北海、西海等海龙王，听见东海龙王击鼓召唤，不知为何，均

---

① 富育光讲述；荆文礼整理：《天宫大战　西林安班玛法》，长春：吉林人民出版社，2009 年，第 158 页。

带着龙子龙孙来了。”[①] “聚龙鼓”已超出了一般意义上的打击乐，而是发号施令的“令鼓”。由此可见满族说部中的神鼓和萨满文化中的神器象征意义是一致的，凸显着乐器和神器双兼的萨满打击乐在满族说部中的重要位置。

鼓吹乐在民间的婚礼是必不可少的，在《萨大人转》中就有婚礼、迎亲、送亲、下轿的场面，这样的婚礼场面鼓吹乐是不停的。《女真谱评》记述了其起源故事：

> ……打败卜灰的偷袭，赢得不少马匹，这些兵丁全成为娶亲的，鼓乐喧天，阿骨打和阿娣又换上了新衣，钻进车里，浩浩荡荡地回到家，彩辇来至门前，门前设有火盆，令新媳妇阿娣烤手，并以宝瓶盛米，令两名少女递给新媳妇阿娣携之。将一块红巾覆在阿娣头面上，阿娣胸怀铜镜，然后扶之出辇。院庭中设天地桌，桌上放置香烛供品，并立弓矢和秤于斗中。扶阿娣踏红毡行至桌前，与新郎阿骨打同拜天地。地铺红毡直达洞房，阿骨打踏毡前行，阿娣随之，洞房门槛置一鞍，阿娣跨鞍而过时，阿骨打随手揭去阿娣盖头抛之屋顶。遂人洞房上炕，面朝吉方而坐，名日坐福。同时有人另饰阿娣装束后，行合衾礼，吃子孙饺子，长寿宽心面。巳时，劾里钵夫妇接受各部落长和亲友以及文武官员贺礼。劾里钵大声喊着“战斗的婚礼，大家同喜!”随后设下宴席后，阿骨打偕阿娣出拜祖先，又拜灶神。然后拜阿玛、额娘，尊长，叫分大小，再拜室友，具行叩首礼。窗外鼓乐喧天。阿娣娘家送亲至，劾里钵夫妇迎

---

① 马亚川讲述;王宏刚整理:《阿骨打传奇》,长春:吉林人民出版社,2007 年,第 119 页。

之。午时，设午宴，名曰正席。劾里钵筹办得极其丰盛。劾里钵夫妇端酒到各桌敬酒，名曰要杯。随后阿骨打引阿娣拜席。晚上阿骨打与阿娣共食汤圆。是日阿娣不准便溺，否则无福。这晚阿骨打与阿娣旧情新欢自不必说。阿娣以女红献翁姑盈尊长，姻娅有差，名曰散箱。从此，留下女真——也是满族的婚礼，越来花样越多，一直流传至今。①

《萨大人转》记载了鼓乐齐鸣的皇家仪仗礼仪，正如前面所述卤薄仪仗的场面很大。《阿骨打传奇》有高奏凯歌班师回朝，送顶戴花铃，带兵勇吹打的记述。“大圣皇帝阿骨打为庆贺攻辽的胜利和尊号大圣皇帝，于正月十六在皇帝寨举行宴会，大宴文武群臣和皇室人员。宴会可热闹了，乐队中的十几个人敲打着鼓，几十个人吹着悠扬清脆的笛子，一群歌女唱着《鹧鸪歌》，阿骨打像普通官员一样，与大家共同围坐于桌，呼号喊叫着让酒。他们嚼着喝着，站起身来跳起了萨满舞，跳完了还唱。”② 但这些场景、鼓吹乐的编制在满族说部中还不算最大。

第二节　满族说部中部分音乐的神示功能

从音乐功能的角度看，满族说部的民间音乐除了一般意义的娱乐、赞美、颂扬、叙事、情感表达等功能之外，值得一提的是满族说部中有些民歌还具有“神示”的作用，即“神”利用民歌拯救人

---

① 马亚川讲述；王宏刚、程迅记录整理：《女真谱评》，长春：吉林人民出版社，2009年，第310—311页。

② 马亚川讲述；王宏刚整理：《阿骨打传奇》，长春：吉林人民出版社，2007年，第49页。

们、解除灾难，这是其他论说中所少有的。

如《木兰围场传奇》中：

相传早些年，汤山脚下住着一户人家，只有婆媳二人，儿子掉山涧摔死了。儿媳温柔贤淑，老实本分，对婆母恭顺孝敬，十分关心。她的婆母怎样呢？心胸狭窄，性情乖僻，不仅经常打骂儿媳，动不动不给饭吃，还让她起早贪黑地上山砍柴。把柴火背回家后，又紧忙反身去几里之外的河里挑水，连寒冬腊月也不准闲着。恶婆婆为整治儿媳，每天绞尽脑汁地冥思苦索，终于想出一个损招儿来，找铁匠做了一副水桶，桶底儿是尖的。如果儿媳挑水累了，想在半道儿歇口气儿，只要放下水桶，里面的水就会洒出来，想偷懒都不成。

在一个深秋的早晨，儿媳由于受了风寒，发着高热，浑身抖个不停，照样得去挑水。她来到河边，装满了两桶水，担在肩上正吃力地往家走呢，迎面来了个衣衫破旧、蒲脸污垢的老头儿，手里拿着一根马鞭，冲她喊道；“喂，你可够怪的，为啥用尖底儿桶担水呀?”儿媳苦笑道：“老人家，您有所不知，还是婆母特意找人做的尖底儿水桶呢’她怕我半路歇脚不小心被狼吃了，才琢磨出这么个辙来。”

老头儿听了，开口唱道：

这位女子好稀奇，
哪有尖桶担水的？
你那婆母真恶毒哇，
如此虐待孝顺的媳。
尖捅担水不能歇，

放下水桶洒满地，
世上纵有善与恶，
分明是老不死的出难题。
你家的事情老汉管，
为你这孝顺儿媳出口气，
老汉我没有别的赠，
一根马鞭送给你。①

老头儿唱罢，递过马鞭子说："这位女子，你拿着吧，回到家将它插进水缸，以后再不用去河边担水了！说完一闪身不见了。儿媳回到家，将两桶水倒进缸内，又悄悄儿把马鞭子往缸里一插，嘿！果然灵验，缸里的水填满了。"这段故事的最后用歌谴责了婆母对儿媳的恶毒，并赠送神鞭为她解救苦难。虽不知这个老头是哪位神，但神示的马鞭体现了神的作用和用意。这种神示在《八旗子弟传闻录》中，又有新的事件，说的是佛陀妈妈用歌舞吸引人们逃离了灭顶之灾的故事：

佛陀妈妈山洞每年春暖时鲜花盛开，三姓地方的青年男女都可以到这里来谈情说爱，女青年是显示自己的手工，男青年是显示自己的能力，尤其是打猎的能力，打来的猎物，当场分割，大家在山间的空地上升起篝火烤着吃。吃饱了，喝够了，男女青年就成双成对聊开了。谁打的猎物多，打的猎物大，谁就是英雄，愿意和他聊天的姑娘就多。老祖宗把这个活动叫作"吃肉节"。每个男青年都搭自己的撮罗子，谁有本事谁把姑娘

① 孟阳讲述；于敏整理：《木兰围场传奇》，长春：吉林人民出版社，2009年，第91—92页。

抢进自己的撮罗子，如果姑娘愿意就无人管，如果姑娘不愿意，就会有人出来制止，非常自由。有一年春天，佛陀妈妈的山洞前出了新鲜事，在山花丛中，一位肌肤丰满，体态苗条的小姑娘从山洞里走了出来，她那美丽的容姿吸引了大家注意，男青年纷纷向她献殷勤，把自己打的猎物展现在山洞前。看到这么多的猎物，那位姑娘开心地笑了，在山洞口的池塘前唱起了歌：

山花烂漫儿女亲，
有肉莫要忘亲人，
幸福应该大家享，
美景应该属全村。

唱完之后，姑娘在桃花飞舞中跳入池中戏水，她那粉红的脸蛋，白皙的肌肤，把小伙子们看呆了，小姑娘们看傻了，再一琢磨她的话，大家心里明白了，这么好的天气，这么美的地方，不应该光是青年们娱乐，应该让爸爸妈妈、爷爷奶奶一同来娱乐。小伙子和姑娘们纷纷跑回家里，佛陀妈妈山洞前有位小格格公开沐浴的消息马上传遍了全村。老人、小孩也经不住青年们的鼓动，全都钻过树林，爬上山坡，来看小姑娘戏水。当全村人都来到佛陀妈妈山洞前的时候，天忽热下起了大雨，人们只好躲到四周搭起的撮罗子里，这雨一下就是七天七夜。等天晴后，人们再看山洞前的水池子里，没有了游泳的格格，只有一块白色的人形玉石卧在岸旁，再一看三姓村，早被山上冲下的泥石流掩埋丁，无影无踪。

人们明白了，这是佛陀蚂蚂救了大家，她以山花格格的纯洁少女的魅力吸引大家上山，就是为了救大家。以后每年春天，三姓村人的后代均在这一天集体聚餐，有肉同吃，因此叫“吃肉节”。①

再如《红罗女三打契丹》中：

一来二去，转眼过了三七二十一天。这天。老太太突然张开笑脸，精神爽朗，扬起脖腔，清清悠悠地唱出一支古歌，那歌声时而像长白山那样庄严雄沉。时而又似粟末水一般轻快欢乐。红罗女听着听着入了神。

突然，老人停止了歌唱，深情地说道：“孩子！你的心太好了，我唱这支古歌给你祝福。”说着又倏地从怀中抽出一条红罗巾，刹那间，满屋红光耀目。红罗女定睛一看，那巾上绣着日月星辰，山水花草，煞是神奇艳丽。红罗女正在欣赏之时，老太太念道：

红罗巾，像彩虹，
飞行百里不费工，
要在河里摆一摆，
千条鱼儿落网中。
要在地上摆一摆，
六畜兴旺五谷丰登。

红罗巾，照天红。
只要红罗一摆动，
千军万马难阻行。

---

① 赵书、常利民、崔墨卿主编：《八旗子弟传闻录》，长春：吉林人民出版社，2009年，第2—3页。

红罗巾，显神通，
只要红罗一摆动，
遇难呈祥保太平。①

老太太在这段歌唱的古歌可能就是神的咒语，掏出的红罗巾就是神物、神器，拥有着“日月星辰”的自然神的神力和“山水花草”植物神的神力。这些神力被老太太用歌唱的形式赋予红罗巾。

在《女真谱评》中“阿骨打下山救父”一章还有童子歌唱的神示：

他心急如火的如瞎猫一般，跟头把式地摸索搜寻。东一头西一头，不知找了多长时间，忽然听见有一童子歌唱着：

烟雾缭绕奇峰山，
修真养性几千年，
单等纥石麻产到，
重见天日共出山。②

这是仙童等麻产到后所唱的歌。麻产听说烟雾真子正等他，这肯定是天意。在见到烟雾真子后，便跟他一同出山报仇……可见，这时的歌已经是神和人沟通的方式了。

在《木兰围场传奇》还有“神杆木做的哨筒驯兽”的记述，说明奇妙的音乐所具有的魔力；而在《雪妃娘娘和包鲁嘎汗》中以歌

① 傅英仁讲述；王宏刚、程迅记录整理：《红罗女三打契丹》，长春：吉林人民出版社，2009年，第23—24页。

② 马亚川讲述；王宏刚、程迅记录整理：《女真谱评》，长春：吉林人民出版社，2009年，第203页。

唱天神为媒介，唱出了天神的腾格里旨意和命令：

拿起你们的刀。
拿起你们的矛。
向豺狼动手吧！
我给你们勇气，
给你们胆量，
让所有的豺狼
都死在你们的刀矛之下。
让他们暴露自己的原形吧！
腾格里，腾格里。①

我们常说音乐无国界，是全人类可以通用传情的工具。它通过旋律的高低长短、节奏的抑扬顿挫来表现人们各种情感变化。即使没有字词也可以达到理解通晓的效果。在满族说部中，人们恰恰运用了音乐的这些特征及其功能达到“神示”的作用。

第三节　满族说部中的定场歌

引子，戏剧、曲艺皆用之。引子在宋元戏曲中又称为“开”，是指人物第一次上场时开唱之前的说白或念诵诗、词。引子在宋、元时期的各种说唱艺术也指第一个曲子的泛称，也叫“楔子”。引子之后常接定场诗（亦称坐场诗）四句进行人物的介绍，再接定场白（亦称坐场白），以独白的形式介绍人物的姓名、籍贯、身世及

---

① 孟阳讲述；于敏整理：《木兰围场传奇》，长春：吉林人民出版社，2009年，第16页。

当时情境、事件过程等。而曲艺表演中的定场诗或书帽，则是在长篇曲目前往往先念诵四句或八句诗作为开词，也称为“押座文”。无论是戏剧曲艺的定场诗，还是定场白，都起到“定场”所追求的“吸引观众”“安静”“集中精力”作用和效果。满族说部中的定场歌是独有的引子！它的综合性、艺术性、观赏性是超乎一般曲艺定场诗、定场白的高级形式，不但具备了所有的定场功能，还突破了一般的表演手段，形成了自成一家的特色风格和样式，是高层次、高水准、可以相对独立的综合艺术。

引子、楔子，满语叫“雅鲁顺”。在满族乌勒本讲演时，虽然大多也有开场白式的引子，但不像其他戏剧、曲艺的引子大多都是遵照事先定好的范本去说讲，而是即兴的“跑梁子”，类似于满族、汉族的秧歌帽。所谓的“梁子”就是“大纲、范本”，“跑”也就是根据时间、地点、场合、对象的不同所进行的即兴变化。它表面上具有即兴的特点，实质上它是在范本基础上的即兴。里众所周知，在曲艺界无论是什么类型的词，都有传承下来的“范本”。它虽然大部分都是口传心授，但毕竟是经验的积累和文化的传承。这是在范本基础上即兴使用的范本，它具有不确定性和重感情的演说性，是白话、无唱的引子形式。另一种引子形式是由唱领文，先唱后讲的“雅鲁顺”。“曲调初始舒缓，渐次激昂、热烈、高亢，意在引起听众注意，提起精神，久久听之不倦不厌。”① 按文中所提示的曲调情绪发展，分析其曲式结构可能是：引子或前奏＋A＋B＋C 的三段体结构，它已突破了“起承转合”的俗套。而定场歌的内部可多变换曲调的特点又告诉我们，它是“曲联体”的音乐体制，这是曲

① 富育光讲述；于敏记录整理：《东海沉冤录》，长春：吉林人民出版社，2007 年，第 5 页。

艺音乐最突出的特点。“意在引起听众注意，提起精神，久久听之不倦不厌”，这就是定场歌最基本的目的。定场歌的深层目的和价值是它所具有的神圣性、宗族性、教化性、程式性的特征，集中体现在家族传承的窝车库乌勒本的定场歌以《萨大人传》的最为典型。

《萨大人传》讲诵的是满族镶黄旗富察氏家族的英雄——萨布素将军的丰功伟业。对于萨布素的后人而言，讴歌萨布素，其实就是对本族英雄业绩的礼赞。故每每讲唱《萨大人传》时，族人都很肃穆、虔诚。在讲唱《萨大人传》之前，讲述人得漱口、洗手、焚香，族众还要磕头。在简单表示敬重的祈祝礼仪后，讲唱人从木匣子里请出唱本的提纲，然后按提纲开讲。讲唱完毕之后要把唱本提纲放回木匣子里，供在西炕的神龛上，同族谱和萨满祭祀用的神器供在一起。这种具有严格程式化的礼仪，在《东海沉冤录》的引子中是直接唱出来的：“迎神年期香点燃啦，迎神的洽拉器、神歌从神匣子请出来啦，供桌上方盘里肥鱼山果献上了啦，铜铸的大环哈勒玛刀，穆昆达玛法双手授予了我——这是乌勒本开唱的古老礼节。”这“古老礼节”就是千百年传承下来的程式、规矩，是满族说部定场歌与其他所有戏剧曲艺引子、定场诗、开场白的根本区别。这种区别的实质在于所讲的段子与“听众”有着一脉相承的血缘关系，否则这一切就都不存在了。早年满族家族祭礼之后的余兴，则是听讲家史及族源故事。在富察氏家族中，就是讲唱《萨大人传》。这不仅仅是单纯的娱乐，也不单单是对萨布素个人的崇拜，主要的是对祖先业绩来龙去脉的一种回顾和敬仰。它将祖先创业的艰难一点一滴地向族人传递，使之从中得到教益，激励后代不辱家风，更是一种讲家风、述族史、唱英雄、扬国威的传承教育的虔诚、肃穆之举。

满族说部的定场歌的目的和作用、效果还远远不止这些。在《乌布西奔妈妈》的“引曲”（即大型古歌的引子）中充满了感恩和赞颂情结。它以长调的宽阔、舒展、自由的演唱，感谢乌布西奔妈妈所赐予的光辉。情绪激昂处，不但出现了颤音，还有呼号、挺拔、向上的大跳旋律，这种移调式的属（D）到主（T）的跳进。这是发自心底的呐喊，它调动着在场所有人的情绪融入、收拢到一起，形成演唱者与观众的互动，共同投入情境之中。因此，此时已超出“定场”的效果，是动员、是感染、是齐心合力的人心所向，大有“是阿布卡赫赫（天之女，即天母，为满族先世女真人创世神话中原始女神）给我清脆的歌喉，是德里给奥姆妈妈（东海女真人古神话中东海女神，其形为鱼首丰乳裸体跪坐女神，主宰东海最高权柄）给我广阔的胸怀，是巴那吉额母（即地母，与阿布卡赫赫为姊妹神，同是满族先世女真人崇拜的原始女性创世大神）给我无穷的精力，是昊天的飓风给我通天的声音”之气魄和气概，令人震撼不已。

《乌布西奔妈妈》的“尾歌”又全样照搬地使用了“引曲”，用音乐术语称之为“再现”“完全再现”“再现部”。这种再现的手法使其首尾呼应，相得益彰。此时，作为“尾歌”的“引曲”已经完全改变了开场、定场的结构位置，是用于结尾的“终止式”。它的定场作用已不仅仅在剧场，而是在人头脑里定下的烙印，让人有绕梁三日不绝于耳之效。《乌布西奔妈妈》“尾歌”的再现手段是令人思索、研究、解答的问题，因为它关联着满族说部是否还有未被发现和论证的其他重要价值和贡献。这种结尾处再现定场歌的形式，完全可以认为是它的结构外延形式。如果以这种结构理论看定场歌的外延，那么出现在说部段子中间部分起到定场作用的歌舞或歌舞结合的表演也应该属于定场歌的外延形式。在满族说部段子中间部分大有“唱”的出现，说明“歌”“唱”“舞”在说部中除了具有展示技巧、增加色彩作用外，同时更要起到打破单调气氛、聚精、提神、增趣、定场的作用，以吸引听众继续听下去。这样，在满族说部中就出现了前、中、后都有定场歌的独特结构形式了。

无论是《萨大人传》《乌布西奔妈妈》还是《东海沉冤录》，它们的定场歌中都分别出现了“我敲起尼玛琴鹿皮鼓啊，我弹起银色的木库连”“我弹着鱼皮神鼓，吹着深海里采来的银螺”“恰拉器敲起了，口弦琴弹起了”“萨满妈妈敲击着熊皮鼙鼓”。这些都反映了满族及其先民的生产生活习俗。满族及其先民是狩猎民族、渔猎民族，鹿皮鼓、熊皮鼓是狩猎生活的产物，银螺、鱼皮神鼓是渔猎生产的结晶。他们生活在高山峻岭，活跃于江河湖海。萨满、恰拉器、神鼓的出现说明这些都是在萨满祭祀礼仪后的表演。鼙鼓是古代军队用的小鼓，它告诉我们满族说部也是古代军队文化生活的组成部分。从这些乐器上看，不同体鸣乐器、膜鸣乐器、敲击乐器所具备的特征及其发生原理，具有一定的科学价值。

定场歌的词格和韵律由于语言的不同，不能一概而论。一般情况下，纯满语的歌词翻译成汉语后，基本就没有所谓的押韵了，但用满语演唱或文本上的音标就有韵律。如最古老的《萨大人传》定场歌一般的满文词多讲究押头韵和中韵，与汉语诗押尾韵有别，这或是阿尔泰语系各语族的共性。但上述的例子正是押尾韵，给我们对满语诗词的研究提供了宝贵的依据；原本就是汉语的歌词，其押韵全在尾韵上，并遵循着“一三五不论，二四六分明”的原则。

满族说部定场歌在文学艺术手法方面以其“民歌情调，口语化的语言形式，多变的写作手法，给人一种朴实，粗犷的艺术美的感受，”主要的写作手法有比兴手法、排比句式、夸张比喻，最具民族风格的手法是满语衬词和名词的运用。

朱伯西的演唱技巧强调个性化，同一个曲调有各自不同的演唱风格，其实这就是流派的雏形，只是在满族说部中还没有正式提出和认定。这是所有与“唱”有关的表演艺术共有的规律，也是该表演艺术已经成熟的标志。流派的产生除受历史时代、社会思潮、观众兴趣等诸多因素影响外，更重要的是“人”，即表演者。他们之所以能赢得大家的赏识，在于他们都是有一定文化素养的表演者。纵观满族说部的传承人，无论是萨满其人还是其他人都是文化人、民族知情人，他们有文化底蕴做支撑，有深厚的情感、扎实的基本功和技巧，那种言之不足歌之，歌之不足舞之、蹈之的激情演绎，各具特色，精彩纷呈。

满族说部的民间音乐有着独特的北方乡土地域性，由于其地域的特殊性，除少部分用纯满语外，存在着大量满汉语言兼并的现象。很多民间音乐无论在创编和表演方面，即兴性很强，编创者本身就是演唱者。所以大多数说部都是口传心授的传承方式，文字记录很少，曲谱就更是屈指可数。面对满族说部中如此巨大的音乐篇幅进行无谱论说，实有“巧妇难为无米之炊”之嫌。音乐是听觉艺术，实际影响对作品的理解评说起着至关重要的作用。尽管如此，满族说部的音乐内涵仍是十分丰富的，大到古今音乐的各种类别、不同的音乐体制，小到具体的曲调、曲牌，演唱、演奏技巧。尤其要提及的是，现在对满族说部的定论就是“满族先民流传久远的民间长篇说唱形式”。这就说明在代表性传承人的眼中，“唱”是重要的组成部分。而像《东海窝集传》等本来就是说唱的本子，在其序中作者做了如下说明：“‘原打算像那个前八回的形式写下去，后来我病了，写不下去了，那八回是唱的，是我三爷说唱的本子，也是1957年我被打成右派后烧毁的提纲所记录的文学形式。因为我不会唱，只会讲述，所以才写成现在出版的文学形式。’这样看来，《东海窝集传》的确是满族的说唱说部，这在第一回的开头已明确指出：‘我的乌春说起来。‘乌春’是满语，意为‘歌曲’，进一步说明《东海窝集传》是说唱民间文学作品了。”并且每讲唱《东海窝集传》前，讲唱人都要首先洗手、漱口、上香叩拜。而像《乌布西奔妈妈》《尼山萨满》《西林安班玛法》《天宫大战》等多部巨著原来就是“唱”的。这种巨篇的演唱，从音乐的角度上探究，肯定是大型的套曲结构，甚至可以追溯其整体的音乐结构、调式、调性、基本调、腔身发展、器乐伴奏等多方面音乐要素。这些复杂的音乐结构竟然出现在满族说部这样的古卉巨著中，对于挖掘中国满族音乐深厚的渊源和高超的技法都是不可多得的宝贵财富，是非常值得深入研究的满族音乐课题。从这个意义上说，满族说部不仅是满族音乐大全，更是民族学、民俗学等多学科的宝库，不愧是“北方诸民族的百科全书”。

第六章
满族说部中的民间舞蹈

民间舞蹈起源于劳动，多为集体舞形式来表现先民的狩猎、战争、宗教、信仰等，是人类本能的艺术形式。它用肢体姿态来抒发、表达情感，传达技能与信息，是中华民族艺术的璀璨明珠。满族及其先民是能歌善舞的民族，满族说部中不但记录了源于满族狩猎的熊皮舞，更有以乌布西奔妈妈为典型代表的萨满舞蹈和众多不同的满族舞蹈，还有蒙古族等其他北方少数民族的舞蹈。

第一节　源于渔猎、游牧的原始舞蹈

一　熊皮舞蹈

满族舞蹈起源说当属《东海窝集传》记载的披着熊皮跳舞的原始舞蹈："满族人对蛇和熊既尊重又讨厌。满族狩猎的时候，如果打死一只熊，就把熊皮剥下来，熊脑袋割下来，熊头当球踢一阵子，披着熊皮跳一阵子舞，最后再把熊皮、熊脑袋挂起来给它磕头，进行祭祀。"① 这段文字记载了满族先民打猎后的舞蹈实况。

① 傅英仁讲述；宋和平、王松林记录整理：《东海窝集传》，长春：吉林人民出版社，2009年，第56页。

将“熊头踢一阵子”是满族传统体育项目“踢熊头”的起源，“披着熊皮跳一阵子舞”是满族仿生舞蹈的雏形，“最后再把熊皮、熊脑袋挂起来给它磕头，进行祭祀”是满族及其先民动物图腾崇拜的写照。这种猎舞在《雪妃娘娘和包鲁嘎汗》中塞塞阔①再次出现：“此时，那日松命长号吹起来，鲸皮大鼓擂起来，乞列迷古老的‘塞塞阔’（猎舞）尽情跳起来。”猎舞源于满族先民的狩猎生产习俗，其尽情自娱的动作充满着即兴的肢体语言，具有民俗学的历史价值，可以说是满族古老的舞蹈形式之一。

二　莽式舞蹈（即玛克辛）

女真人自古就能歌善舞。蟒式即玛克辛，意为舞蹈，是满族先民女真人的代表性舞蹈。努尔哈赤把女真人的传统舞蹈“蟒式”的内容，归结出这样几条：女真的莽式舞大致分为两种，一种是哈哈玛克辛舞，这属于男子舞。这种舞蹈激昂、剽悍、旋律铿锵。跳舞的人有时就带上各种面具，模仿一些动物的动作，非常活泼；另一种舞蹈就是赫赫玛克辛舞，这是女人舞。

在《雪妃娘娘和包鲁嘎汗》中有这样一段记述：

> ……这时，努尔哈赤从座位上站了起来，大声招呼道“兔羔子们，把阿勒给（白酒）和奴勒（皇酒）拿来，跟我一起‘玛克辛’都木必！（跳）努尔哈赤边说边来到台阶下带头跳了起来，周围不少人有的拍巴掌，有的跺脚，还有的人拿起了一些乐器，像木板呀，恰拉器呀，铜肯那（鼓），他们也随着罕王爷跳起了欢快的‘蟒式’舞。大家围着努尔哈赤边饮边跳。

---

① 富育光讲述；王慧新整理：《雪妃娘娘和包鲁嘎汗》，长春：吉林人民出版社，2007 年，第 389 页。

只见努尔哈赤随着乐声，双手摆动，右手和右脚轻柔抬起，左手随势反臂舞动，反过来，左手和左脚又轻柔抬起，右手也随之反臂舞动。双手鹤展，双臂抖动，随着乐声踏步。大家也跟着跳了起来。努尔哈赤最喜欢跳舞，只要他一高兴，就带头跳舞。努尔哈赤的舞跳得最棒。随着鼓声、音乐声和脚步的踢踏声，舞姿刚健有力。”

……

舞姿活泼欢快自如，虽有基本的格式，但舞蹈中有许多即兴模拟和象声动作。而且，也常伴有面具舞，即‘玛虎’（面具）舞，因而尤为女真人喜闻乐见。……舞蹈动作优美、轻柔、悠缓、大方，飘飘欲仙。跳舞的人身上穿着女真人的彩衫或绣花长袍，脚上穿着寸子鞋，手腕、脚腕上都戴着大玉镯和铃铛，随着音乐声翩翩起舞，舞姿优美迷人。铃铛也随着脚步的动作发出悦耳而有节奏的声响，更增加了无穷的魅力。但这两种舞蹈都离不开这样一些动作：抖肩、摆翅、花步。抖肩有正抖肩、斜抖肩、甩抖肩、衬抖肩和缓抖肩。摆翅有两手双摆翅，就是双手像大雁飞翔时的摆动一样抻开。这里有七十二个动作，有大展翅、凌晨摆翅、双摆翅、前摆翅、错摆翅、上摆翅、下摆翅、扇动的摆翅、曲肘摆翅、伸肘摆翅等。手指有时伸开，有时弯曲等。大展翅就是把手伸得非常直，微微地颤动着一只手向上扬，一只手向后背弯曲。反过来这只手放到头顶，另一只手甩到背后，前摆、后摆、上摆、下摆。两只手像在水中的鱼翅一样来回摆动，随之又出现很多的舞蹈动作，例：金鹤探水、鱼龙摆尾、彩鹊飞天、金童逗鹿、飞奔马、侧奔马、滚身马、双身滚马、双探手、双侧手、对探手、对侧手等。另外，花步方面也非常有讲究，有骑马步、顿顿步、踢踏步、碎蹄步等。所有这些动作融合到一起，形成了女真人的独特舞蹈。……由于努尔哈赤特别喜欢跳舞，因此，褚英、代善等兄弟受阿玛的影响，也都喜欢跳舞。他们常常是即兴唱，即兴舞。皇太极受父兄影响，也喜欢跳舞。在他的“布库楼子”里，专门辟有一间“玛克辛包”。他选来很多青年男女在这里专攻“蟒式”舞。每逢年节，或者是努尔哈赤接待大明官员及李朝外宾，就让这些人依次即席表演，深得嘉宾们称赞。李朝人也非常喜欢跳舞。赫图阿拉人能和李朝人在一起欢聚、跳抖肩舞、汲水舞，招招式式，配合默契，引起李朝客人对赫图阿拉的称赞与怀念。①

这段文字已经把女真舞蹈分为男女两大种类及叙述各自的特点，不但对各种舞蹈动作做了细致的阐述，还对传承教授的方法进行了介绍。

三　即兴舞

女真人舞蹈具有即兴性，从对舒尔哈齐的叙述中可见：

此刻，舒尔哈齐完全被兄长和众位将军的歌舞所陶醉。他按捺不住自己激动的心情，也纵情地抖起双肩，左右双手随着乐曲声摇摆起来。口里喊着“赛音、赛音（好）”，双脚一跺一跺，缓缓地下场跳了起来。他跳着、跳着就哭了，边哭边说：“大哥，是我不对，我错怪您了，您打我吧。”说完，他又唱起

① 富育光讲述；王慧新整理：《雪妃娘娘和包鲁嘎汗》，长春：吉林人民出版社，2007年，第223—224页。

来。女真人的舞蹈就是这样，随着舞蹈动作可以即兴发挥，自编自演。舒尔哈齐唱道：

我这没记性的小燕啊，
又飞错了窝巢。
全凭母燕喳喳喳地叫，
又把我领回到
自己的窝里。
阿浑啊，
你申斥我吧，
怒骂我吧，
小燕我甘愿受罚……
阿浑得力！阿浑得力！①

“阿浑得力！”是满族舞蹈中音乐尾部的衬词，它虽没有什么具体的语意，但那有力的呼喊表现了舞蹈情感的高潮。从形式上说，女真人的舞蹈具有一定的即兴性、灵活性，在舞蹈中既可以穿插对话还可以穿插演唱，是真正的歌、舞、白融合的民间艺术。从本段的唱词中可以感受到舒尔哈齐的忏悔，这是共通的形体语言与心灵的感悟共鸣的结果，也体现了舞蹈在女真人生活中的作用。这种舞中唱、唱中舞、载歌载舞加白话的歌舞是女真民间歌舞的基本特征。在《雪妃娘娘和包鲁嘎汗》中记录了蒙古族姑娘唱起了她们自编的歌《祝福》。白雪格格唱完以后，一些蒙古科尔沁姑娘唱起了她们自编的歌：

---

①　富育光讲述；王慧新整理：《雪妃娘娘和包鲁嘎汗》，长春：吉林人民出版社，2007年，第224—225页。

带来了恩惠的人啊，
送来温暖的人啊，
赐给我们生命的人啊，
你呀，宝音姑娘，
你是我们草原的恩爱。
我们草原的月亮，草原的太阳，
让我们纵情地把心上的爱献给你，
让我们举起我们的酒杯，
祝福你呀，
永远快乐，
一生幸福！①

四 安代舞

安代舞被称为蒙古族集体舞蹈的活化石，至今已有400多年的传承历史。它的起源和传说都与萨满治病有关，后来又演变发展成为具有欢乐情绪的民间舞蹈。传统安代舞以唱为主，唱词随编随唱，即兴性很强，伴以舞蹈动作，不受地点和场地的限制，在场的人都可以任意参加。踏步、踩脚、甩巾是其基本舞步，有强烈的自娱性，简单易学。传统安代舞按其作用划分的类别也较多，有劝解妇女相思病的“阿达安代”、慰藉不孕不育的“乌如嘎安代”、“祈雨安代”等。由于《雪妃娘娘和包鲁嘎汗》故事与蒙古族有很大的关系，因此多出现了安代舞的场面，且伴随着歌唱。

如《雪妃娘娘和包鲁嘎汗》中就有安代舞记录：

---

① 富育光讲述；王慧新整理：《雪妃娘娘和包鲁嘎汗》，长春：吉林人民出版社，2007年，第304—305页。

扈尔汉越说越激动，他干脆起身跳起舞来。他跳的是蒙古的“安代”舞。他跳得那么娴熟、自然，乃至使宝音姑娘和色音布尔也按捺不住性子，跟着跳了起来。“安代”舞是蒙古古老的驱鬼舞。“安代”舞跳起来非常激烈、奔放、雄壮。它表现出蒙古人勇猛顽强同鬼魔进行战斗的场面。现在，他们三个都把多尔沙图汗看成了闯进科尔沁草原的魔鬼，要把这个恶魔赶出去。这个舞蹈的寓意和他们心情完全一致。随着酒劲，他们三人跳得那么尽情。扈尔汉边跳手里边拿着刚啃过的骨头棒子，噼啪噼啪地敲打着伴舞。色音布尔拿起了马缰绳上的铃铛，哗哗哗地摇晃。宝音姑娘甩起了自己身上的彩绸。他们几个边跳边喝，跳着跳着，扈尔汉放开了喉咙唱起了《我的宝马，我的宝刀》：

啊呀——嘎嘎嘎，
额也——呀呀呀，
我从草原选来
九十九匹神骏。
我从天上借来
九十九把宝刀。
太阳给我烈火，
月亮照我征程。
我的宝马
风驰电掣。
我的宝刀
斩棘披荆。
让太阳光焚烧鬼魅，

让神刀劈震魔精。
美丽的草原啊，
永远阳光普照，
牛马肥壮，
草儿青青。①

五 剑舞（武舞）

满族说部中除了有踢踏舞、抖肩舞、吸水舞等舞蹈外，在《红罗女三打契丹》中还有一段剑舞的故事：

……话说酒过三巡，菜过五味，大家喝得酒酣耳热，淡兴正浓时。乌黑里突然站起来说："老夫听说红罗格格自幼投师习武，谙熟剑法，现在请她为诸位献艺助兴如何?"话音未落，掌声四起，把个宾客喜得舐嘴咂舌，乐不可支。

红罗女盛情难却。只得从喜鹊手中接过七星宝剑。走到中间，向大伙施礼后，就发式起舞。只见她嗖！嗖！嗖！一进一退，姿势曼妙，一会儿忽然跃起。似飞龙腾空，赶月追风；一会儿忽然旁刺，知苍龙人海，冲波逐浪；一会儿随身翻飞，银光闪闪，风雨不透。还未等收势就听座上一人叫好，全场跟着喝彩。②

这种剑舞也可称为"武舞"，因为它属于武术类的武艺，通常出现的场合是在宴会上。因此，从环境的角度看，也可称之为"宴

① 富育光讲述；王慧新整理：《雪妃娘娘和包鲁嘎汗》，长春：吉林人民出版社，2007 年，第 114 页。

② 傅英仁讲述；王宏刚、程迅记录整理：《红罗女三打契丹》，长春：吉林人民出版社，2009 年，第 38 页。

舞”。但宴舞并不是舞蹈的名称，而是针对演出的特定环境场所而言。从某种意义上讲，宴舞的舞种包罗万象，可能是集各类舞蹈于一处，只要是舞蹈都可以拿到宴会中去表演。这种宴舞的“宴”也不一定就是人们心中那种正式场合，也可能不论室内室外、白天黑夜，只要与“宴”有关的舞蹈，都可以称为宴舞。这种宴舞《木兰围场传奇》中多有记载。

六　宴会舞

《木兰围场传奇》中出现的宴舞大多数都是以烧烤兽肉的“宴”有关，烧烤的篝火都在室外，这是狩猎生活的写照，对故事中的人物性格表现起到了重要作用。室内的宴舞也有记载，如《木兰围场传奇》祝贺太上皇的宴舞。“翌日，于淡泊敬诚殿摆宴，祝贺太上皇八十五岁寿辰，百叟会亦同时举行。宴会开始了，与会的众老叟先祝太上皇万寿无疆，又祝圣上龙体安康，万岁，万岁，万万岁！乾隆和嘉庆欠身高座，祝百叟们福寿双生，合家欢乐，万事如意！君臣频频举杯。百叟声声祝福，气氛欢快热烈，个个笑逐颜开。宴会进入高潮时，在悠扬的乐曲声中，歌女们翩翩起舞，为太上皇、皇上助兴。最后，由乾隆提议，嘉庆皇上赐每位老叟一册《避暑山庄七丨二景》画图及《木兰秋狝图》。”①

再如《红罗女三打契丹》中红罗女得胜回朝的百席筵，也暗示了宴舞的存在。“红罗女得胜回朝，刚到京城外。大钦茂已带文武百官前来迎接，后面跟来的民众前后排了几里长。场面十分热烈、壮观。入了南城，城内商铺更是张灯结彩，洒扫街道焚香酬神，献

① 孟阳讲述；于敏整理：《木兰围场传奇》，长春：吉林人民出版社，2009 年，第 428 页。

花迎宾，万众欢呼，争看英雄风采。到了宫门，御林军列队挥刀致敬，礼仪执事挥旗欢呼，宫廷乐队三凯旋歌，迎接礼仪这才结束：入宫歇息，等候庆功宴人席。这次征战契丹，驱逐寇虏，收复失地，迫签协议，大振国威，京城下，朝野内外，一派喜气洋洋。国王大钦茂更是喜笑颜开，特设百席筵，祝捷庆功。”①

以上的舞蹈从功能上看，无论是庆功、祝寿、野餐，都是以娱乐为主。在《东海窝集传》中记载了“东海舞蹈队”参加去中原进行物贸交流的事件。可见此时对舞蹈的重视，它已从娱乐的层面提升为外交礼仪、文化交流的层面。

七　秧歌舞

秧歌，是最具大众性的民间舞蹈。现代秧歌有较多广场舞的意味，规范的动作很多，有的甚至要求有舞蹈基础；传统秧歌则简单易学。北方的秧歌多具有稳中浪，浪中美，美中俏，俏中哏的特点，集“扭、逗、浪、欢”为一体，充满着喜兴和欢乐。在满族说部中，有较多对秧歌的记述。如《平民三皇姑》中记述：

> ……唱秧歌，年年扭，年年唱，不用教，不用学，看一看，练一练，谁都会。走阵式，一个跟一个，一排两排还是四排，一上装一下装，一排变两排，单数跟，双数出，这都是熟套子。挂斗走阵，领队的怎样领，后边的就怎样走，不差样，不窜位，就不会乱了队，变了形。所以，锣鼓一敲，喇叭一响，达子官的蝇甩子一甩，秧歌队就拉了出去。大家熟悉熟悉，认准了配队位置，走不乱就行了。

---

①　傅英仁讲述；王宏刚、程迅记录整理：《红罗女三打契丹》，长春：吉林人民出版社，2009 年，第 178 页。

秧歌队办起来后，首先“拜关帝庙”，一百来号人的队伍拉成一排。圆好场，扭丁一阵，一排变两排，两排变四排，拉成横排，达子官站在排前中央，向关帝叩拜，又拉队伍扭出去，扭了几通锣鼓，又竖排向关帝叩拜。拜完之后，打成圆场，唱唱的张满昌下扬唱道：

一进庙门唱共声，
关老爷在上贵耳听。
保佑保佑多保佑，
保佑一年四季都太平。

拜完丁关帝，拜娘娘，张满昌唱道：
拜完关帝拜娘娘，
王母娘娘在上贵耳听其详。
保佑保佑多保佑，
保佑百姓年年安康。
……
高升炮，响咕咚，
三皇姑奶奶在上贵耳听。
四平街鞋歌来把年拜，
脱帽弯腰施施礼我就鞠躬。

来拜年哪来问安，
三皇姑奶奶在上听周全。
您的恩德深似海，
百姓永远把您记心间。

下到场来抬头观，

皇姑奶奶容光焕发身康健。
一年更比一年好，
快快乐乐太平年！
风和日丽红景天，
金银财宝堆成山。
银子垛来金子山，
富贵荣华万万年。

张满昌一连唱了十来板，大都是祝愿吉祥的词儿。唱完之后，达子官率领队伍扭了欢快的秧歌。扭了一阵之后，打了圆场，有四个年轻人，两个上装两个下装，进场里唱起了《十二月绣花灯》《八出戏》，表演起了节目。四十人边唱边扭，大家边走边扭边和声。唱道……唱了一大气，四个人扭回到队里，锣鼓喇叭又大声响起来，开始欢快地扭了起来。真的是花团锦簇，彩蝶翻飞，锣鼓喧天，欢欢乐乐。扭完了阵式，三皇姑说："让大亲歇歇，喝口水，打打尖，回去还得拜衙门，好让大家早点走。"又对唐阿里说："赏！"唐阿里和陈把头叫煤工们把果子筐抬了来，秧歌队的人排成单排，转着太圈儿，陈把头几个人给每个队员发一包果子，然后分散围着十几张桌子边吃果子边喝茶水。大约三刻钟的工夫，大家吃完了，锣鼓又响了起来，秧歌队迅建地拉好了队伍，扭一圈儿后，又边扭边变成四排，向三皇姑拜谢。选时，唐阿里高举起银钱，大声说："三皇姑奶奶赏钱了！"秧歌队员一齐举双手，高声喊"谢！"打了圆场后，张满昌又下场唱道：

又谢吃呀，又谢茶呀，
更谢三皇姑奶奶又把钱花，

感谢感谢再感谢，
谢谢三皇姑奶奶我就把腰哈。

……这时，张满昌才回来，一看，秧歌还在衙门院里扭呢，没散场。他急忙进了院里，知道了情况后，就下了场。开口唱道：

秧歌扭得乐逍遥，
杨大老爷在上听根苗，
官运亨通洪福广，
芝麻开花节节高。

杨巡检一听高兴了，说："赏"。衙役捕头高高举起手中的钱，高声喊道，"大老爷赏钱了啊!"张满昌一边唱一边谢赏，秧歌队员一齐声地说"谢!"这时，锣鼓大声响起，大家伙卖劲儿地扭了一圈儿，扭出了衙门，又在街心打了个圆场，才卷成了白菜心后又变成两排打了圆场，一天的活动结束了。张满昌站在场中，高声告诉大家，明天要先拜各个场子，矿、店铺，各个买卖，之后，再拜各家各户，拜完年休息两天，正月十五踩灯。①

上述对秧歌的记载是春节群娱、群乐的民间集体自娱自乐活动，不图功名，不图权势，但在某种程度上具有乞唱艺术的成分。半乞半艺是其又一特征，实际表演时带有大量的唱词，这是早期东北秧歌的特点；现在多以"扭"为主，与秧歌的用途及其传承有关。《平民三皇姑》中的秧歌是由舞和唱组成的，二者相辅相成。

---

①　张立忠讲述；张德玉、张一、赵岩整理：《平民三皇姑》，长春：吉林人民出版社，2009年，第232—241页。

它多在春节期间以闹秧歌拜年讨财为主，因此也被称为“春歌”，民间也谓之小秧歌，东北二人转的产生和发展与其有渊源关系。这种小秧歌所唱之词以“喜兴词”“吉利嗑”为其基本内容，句式多样，语言平铺直叙。它既可演唱传承下来老段子也可即兴编词，所到之处以景唱情，或直道恭喜，必须要投其所好。它使用的是方言土语，与人们不隔语、不隔心，体现着真诚朴实的情感，表达着关东人豁达开朗的精神气质。春歌的词表面上具有即兴的特点，实质上它是在范本基础上的即兴。老唱手无论是什么类型的词都有承传下来的“范本”，虽然大部分都是口传心授，但毕竟是经验的积累、文化的传承。

由于春歌演唱地点的不断变换，因此春歌的词必然要不断变换。春歌的词就即兴和范本而言：“‘即兴’与‘范本’好比行进中的两只脚，‘二二相耦’，总是交替着一前一后的运动。可以看成是互为‘引导’又互为‘推动’的关系，也可以是互为‘突破’又互为‘限制’的关系。总之，‘相反相成’，‘对立统一’。‘二二相耦’不仅是你我成对的耕耘，也有你我互相突破的意味。”“即兴的创造未必都符合‘美的规律’，所以，‘即兴’是‘活’的修正和‘推动力’。这便是‘动’的章法。他需要机智敏锐的头脑、能言善辩的口才、不卑不亢的风度和幽默虔诚的交际能力。”

秧歌在满族说部中还有另外的作用那就是类似于定场歌、定场诗作用的“定场舞”。在《东海沉冤录》中有相关的记载：“东海的舞蹈在三百多年的流传中，保留了诸民族的秧歌及扭秧歌时用的秧歌调，可以说此为汉文化融进女真人的文化之中了。‘娘娘乐’乃女真人扭秧歌用的一种曲调，所谓的娘娘，是指明朝的娘娘。这位千娇百媚的娘娘到了北方的东海，同女真人在一起，她来了，同时也带来了秧歌。朱伯西嘴里唱着，身子便扭起了秧歌，那是连唱带比画兼扭动，欢快、幽默、诙谐，而且绘声绘色。东海人都爱听这个曲调，更愿意看扭秧歌，说书人这么一扭，大家自然就不想离开书场了。”① 这种以舞吸引观众、以唱联系观众、起着“定场”安定情绪的舞蹈，在真正的满族说部演讲时肯定是作为一种艺术手段经常用于现场中，其效果可想而知。

八　单鼓舞

单鼓舞蹈是汉军旗烧香的舞蹈。舞蹈的技巧较多，单片鼓、双片鼓、搬砖、顶鼓等多种鼓技都是可以独立存在的技巧。它虽然源于民间祭祖烧香活动，但其各种单鼓的舞蹈技巧都以腰铃趟子或鼓技的形式传承至今。吉林乌拉的陈汉军单鼓舞蹈以及其他地区的单鼓舞蹈，现都已经成为国家级非物质文化遗产保护项目。对于它的介绍和描述在《平民三皇姑》中有较全面的记载：“……他们从第一铺一直表演到第十铺，每铺都演唱三四个内容的唱段，从站鼓表演到走鼓表演，走鼓时表演打霸王鞭，抡三节棍，滚小鼓，腰铃，耍鼓、掰鼓，打刀，表演得精彩万分。一会儿是秧歌舞蹈。一会儿是耍刀演杂技，一会儿是武术片断，真是秧歌舞、铡刀舞、对鼓舞一载歌虢舞，丰富多彩。特别是那几个打小鼓的，一会儿是摆水打鱼、一台儿是穿针织网姿势、一会儿是奔马打猎姿势、一会儿是双奔马出征姿势、一台儿又是怪蟒出洞的龙蛇蠕动姿势，等等，时而

① 富育光讲述；于敏记录整理：《东海沉冤录》，长春：吉林人民出版社，2007年，第7页。

表演清唱，赢得围观人的一阵阵喝彩。”①

第二节 《乌布西奔妈妈》中的舞蹈

满族说部中的相关舞蹈中还有一些外国舞蹈的记述，如《萨大人传》中接待各国使臣的“洋”乐舞。因其不是主流的舞蹈，就不在此论说了。然而，作为舞蹈方面最具代表性的满族说部应该当属《乌布西奔妈妈》。

满族说部作为国家级非物质文化遗产“民间文学”类的优秀保护项目，被盛誉为“北方诸民族的百科全书”。其中，属于表演艺术的《乌布西奔妈妈》中的民间舞蹈，就是这一“百科全书”里不可多得的表演艺术瑰宝。

一 乌布西奔妈妈与萨满舞蹈

乌布西奔，满语，乌布西，即乌莫西、很、最之意。奔，满语，本领、能力之意。乌布西奔就是最聪慧、最有本领、最有能力之意。通过对《乌布西奔妈妈》的舞蹈解析，我们不但可以肯定地说这是以萨满舞蹈为主的民间舞蹈，还得出新的发现：就满族舞蹈的起源问题，不局限于目前通论的舞蹈起源于劳动的定论，还起源于民俗生活、起源于原始宗教——萨满祭祀礼仪。也就是说，《乌布西奔妈妈》的舞蹈是满族民间舞蹈的母源。满族民间舞蹈，这一人类早期艺术形式的发生和发展，具有鲜明的民族性和地域性，是具有强烈社会功能的表演艺术，与乌布西奔妈妈的诞生、成长、建

① 张立忠讲述；张德玉、张一、赵岩整理：《平民三皇姑》，长春：吉林人民出版社，2009 年，第 195 页。

功立业有着密不可分的关系。在某种意义上说，乌布西奔妈妈的一生是在舞蹈中度过的，她的舞蹈不仅是艺术形式，更是受神意志驱使的外在形象和作为。所有这些，从《乌布西奔妈妈》诸多舞蹈产生的背景事件、服饰、配饰等诸方面看得十分清楚。

在《哑女的歌》一章中，第一次出现了大型乐舞。在乌布林艾曼、古德罕六十神寿的宴会上，赫赫（女人）欢跳“查拉芬玛克辛（寿舞）”，哈哈（男人）欢戏“勒夫曷玛克辛（熊舞）”，古德罕站起身，爽笑盈盈，同阿哈朱子比唱“乌勒滚乌春（喜歌）”，冷丁想起难能可贵的天降吉星——天孩——哑女——婴儿时的乌布西奔妈妈。这表面上是欢庆氏族十里花山大寿宴，与前边讲述的“德里给奥姆妈妈说：‘你初坠人尘，先为哑女，茹苦含辛，晓谙世情，海鸥学会报时后，我还你美丽的喉声’”联系起来，这岂不是用歌舞为哑女来到人尘的庆典仪式吗？也就是说，乌布西奔妈妈尽管具有卵生说和弃生说的遭遇，但最后都是得到了“天降神女”的认可后，在歌舞中得到了真正的诞生。这正是“践行着塔其乌离女神相托，替所有弄潮儿频奏佳音”的写照，同时更符合自古以来萨满传承中的“神授萨满”所具备“患病”条件的特征。

第二次出现的大型乐舞场面，是在《吉德玛发》一章。讲的是“乌布西奔拳语嘱告发吉族众”“萧蔷频祸化玉帛”“黄獐子部同珠鲁部众重归旧好”“云海速颂乌布西奔”“推崇她为黄獐子部萨玛”时跳起妈妈传下的“窝莫洛裸踏玛克辛”（东海女真人古舞一种，俗称“子孙舞”。相传族众裸身、咏歌、踏步、环手劲舞，奔放自如，通宵达旦）。

唱起玛发传下的“阿浑德乌勒滚乌春”（东海女真人古代歌舞一种，俗称“兄弟喜歌”。相传族众与新结识的友邻部落，相欢时同唱兄弟喜歌。边舞边唱，唱根子，唱骨肉情深，围篝火几日不倦）由于“安察干一条水系重又畅行如初。图耶玛发对乌布西奔拜伏敬崇，奉戴为两部联盟大萨玛，执掌敬天育世宗祭权柄”。这段歌舞的运用表达了乌布西奔妈妈来到人尘后的第一件大功。而“裸身”是其服饰的描绘；“咏歌、踏步、环手劲舞，奔放自如”的群众性劲舞，很可能就是满族的古老传统群众舞蹈“踏锤”的来源，它的突出特征除了群众性外，具体的舞蹈就动作就是“踏步”“环手”，简单易学“奔放自如”。

第三段舞蹈是在《古德玛发的歌》中出现的，即乌布西奔妈妈的萨满鹰神舞蹈。她受阿布卡赫赫之命帮助寻找祸害黎民、糊涂有罪的罕王古德罕，“忽然，乌布西奔跃身舞双鼓，举过长发鹰展翅，双鼓慢合拢，向南亭立。这是神鹰传报”。此时的萨满双鼓寓意鹰的翅膀，合拢、分开、摆动是神鹰的翱翔之形的舞蹈化典型动作。这是乌布西奔妈妈的第一个萨满舞蹈，也就是说，乌布西奔妈妈的萨满生涯是以舞蹈出现的。从此开始，乌布西奔妈妈开始履行了萨满神祇的义务和责任。“圣明的乌布西奔萨玛，昨日哑女今朝展新姿，慧目天聪非凡质，沙延安班夹昆。（萨满天禽神祇，大白鹰）”。这告诉我们乌布西奔妈妈本身就是萨满，是鹰神的化身。这些萨满仿生舞蹈的动作流传至今，尤其是祖先发源于黑龙江锡克特里哈拉的萨满鹰神祭时必有鹰神舞蹈。萨满双手持鼓寓意着鹰神的双翅，有节奏地上下舞动，头戴鹰帽，从鹰帽下飘出的五彩飘带象征着鹰神的俊尾，在栽力一遍强、一遍弱（鼓环声为主、鼓轻击）老三点的敲击伴奏下，给人以鹰神翱翔天空的真实之感。而后边提到的“蟒匍舞”“鹤翔舞”“鹿鸣舞”等与动物神有关的舞动，看来都是传承至今的萨满仿生舞蹈的根源。

当找到古德罕后，乌布西奔妈妈接受了乌布林主持祭堂的恳求，并以萨满礼仪对古德罕进行了公正的裁决。“乌布西奔敲鼓吟咏……将皮鼓疾速旋转，敲出鸟啄声节，作舞述语，娓娓动听”，使得古德罕得到族人的谅解，改恶从善，一连六年力践神誓言行，为氏族不知疲惫，激流勇进，“不贪美色、酒肉、判若两人。”“从此，东海响彻新的征号，——乌布西奔萨玛大名百世流传。”此时的萨满乐舞不仅是神的“作舞述语”，还是挽救恶人、改恶从善的良药。

在《女海魔们战舞歌》中，乌布西奔妈妈用自己的聪明智慧，解救了各部落，感召了天神。天神又重新还给乌布西奔妈妈美丽的喉音，她从此不再是哑女。这是降神才能得到的福报，古德罕、乌布林男女和萨玛妈妈跳起“鹿窝陈”以感谢神灵的恩赐。“窝陈”是满语，汉译为“祭”，是东海女真人传统的吉祥祭礼。鹿，生存能力强，寿命长，喜群居，象征着平安康宁。他们用隆重而热烈“鹿窝陈”舞蹈，祝福乌布西奔妈妈长寿吉祥，说明乌布西奔妈妈上得天助、下得民众拥护爱戴，为后来的多项作为打下了坚实的伏笔。紧接着黄獐子部和珠鲁罕部也来祝贺并归顺旗下。大家跳起了迎亲舞、踏歌舞、野人舞、渔人舞、醉人舞、鹤翔舞、鹿鸣舞、蟒匍舞，场面十分壮观：“篝火熊熊，鼓声吟吟，皮弦嗡嗡。欢乐啊，兄弟相聚，再没有了厮杀、猜忌，各部拥戴乌布西奔为总祀萨玛，推拥乌布林古德罕为盟长玛发。歌舞、欢宴……”恢复了歌喉的乌布西奔妈妈日夜不断的传谕古趣儿，讲颂神殿的威容。“神鞭、神铃、神板神钟，神佩万响，日夜相连，嘤嘤不绝。”可见，这时庆祝乌布西奔妈妈从一个部落的萨玛升为部落联盟的总祀萨满的活动，以及乌布西奔妈妈的尽职尽责，全部用歌舞的形式体现出来，充分体现了“神的声音，神的抚爱，神的光彩，神的慈心”。这些歌舞艺术再现了乌布西奔妈妈“得民心，得天下”的深刻内涵，使人有寓教于乐的感受和启迪。

乌布西奔妈妈用九天的时间，抢救了难产的母女。她却由于口用毒液治病，使她双眼冒着血丝，昏厥在血水的地上，人事不省。梦中身披羽衣，昏迷中翩翩起舞，焚香祈神……“乌布西奔手牵古德族众，悠然阔步，背手捋髯，仰首腆腹，憨态可掬，慈眉善貌，其音其姿，酷似古德先翁临世。乌布西奔神降姿容，后世模拟难忘，创下了萨格达玛克辛，俗言‘呼喝玛克辛’，驼背弯腰，顿足翘脚，哑舞自娱，世代流传”。这是“满族女真人古舞一种，一人、十人、百人不等，全为老妪老叟合舞，活泼动人，甚有情趣。所谓‘呼喝玛克辛’，形容老人各种声态怪貌，充满豪爽乐观的老顽童形态”。这可谓是“女真版”的老年狂欢舞，是超凡脱俗的忘我之狂欢。后世模仿乌布西奔妈妈降神姿态的自娱自乐，发展为“呼喝玛克辛”。

《乌布西奔妈妈》中的舞蹈高潮出现在乌布西奔妈妈去阿里魔窟，收“阿里魔女”的情境中。舞蹈的事件背景是：东海女神裙上的白玉珠，丢落在东海，化作安乐港湾，被女魔怪霸居，无恶不作，乌布西奔妈妈决意海征比干女魔（野魔）。女魔手下有三十秀女，身怀绝技。“能歌善舞歌仿鱼声，俗语‘尼玛哈吉勒冈乌春（鱼声歌）’……其义难解，唯魔女互通。”舞迷外敌成俘虏，心悦就擒。魔女还用香果、鱼糜，诱惑外客误入香洞，自投囚笼。或戴上“玛虎”面具，“狂跳饿兽舞、缠蟒舞、蛙跃舞。”如同苦饿无亲的婴儿，诱惑同情者上钩……乌布西奔妈妈对付她们不用武力，却“以情惠魔，以舞治舞”。为此，她昼夜苦练，观学模仿百鸟啼啭，百兽驰奔，鱼宫妙音，天风呼啸。并由此创下了名垂千古的朱勒格玛克辛（古舞，蛮舞）、朱勒格乌春（古歌），还传授众徒窝陈玛克辛（祭舞）、多伦玛克辛（礼舞）、乌克逊玛克辛（族舞），为以“舞”征海做好了充分的准备。乌布西奔妈妈在与女魔以舞争强的时候，尽管女魔们文身彩舞，击手雀跃，野蛮狂酣；但乌布西奔妈妈在风神、云神、鹰神、日神、海神、地神的附体下，已经成为德里给奥姆妈妈派来的“天穹舞神”，并履行着以舞制舞的诺言，用优美的乌春，奇妙的德勒玛克辛（身舞）、乌朱玛克辛（头舞）、飞沙玛克辛（肩舞）、顿吉玛克辛（斗舞），感动征服着魔女们。“唤回姊妹的相爱，求来生活的丰厚，开垦和睦的海洋。”深受感召的魔女们也找回良知，与乌布西奔妈妈一起翘首顿足，学着、唱着、跳着党新玛克辛（连手舞）和胡浑玛克辛（乳舞，胸舞）。乌布西奔妈妈那东海一样的胸襟、太阳一样的炽热和温柔，感动得女魔们拜倒在乌布西奔妈妈的脚下，俯首称臣。这正是乌布西奔妈妈以神授的歌舞以舞治舞，完成化恶为善、化凶为吉、化丑为美、化恨为爱的天意。以此看来，乌布西奔妈妈的萨满舞蹈在这里不仅是感召魔女良知的神谕，更是征服她们的武器。

二　牲血舞

在《乌布西奔妈妈》中，最为震撼、隆重和壮观的乐舞莫过于《找啊，找太阳神的歌》这章的东海谢祭古舞。这里的太阳就是乌布西奔妈妈的爱恋。舞蹈的背景是乌布西奔妈妈心爱的男侍琪尔扬考远航未归，情急之下的乌布西奔妈妈征前为其举办谢海大祭。三百妈妈、三百玛法、三百侍女萨玛和族众全部参加，海牲祭品海狮、海象、海豹、白鲸、香鲸、灰鲸、鳟鱼、鲑鱼、比目鱼、海花鱼、胡瓜鱼、狼鱼、鳔鱼以及各色鱼种堆积如山，在虔诚的畅舞奠（畅舞奠：萨满大祭前的静场奠祭，击鼓、焚香、祭酒、叩拜、报祭、神舞等程式。其中神舞除主祭者外，族众必悉心参与，载歌载舞，形成热潮。）中展开了隆重的祭奠礼仪。

> 壮阔的神鼓声中，乌布西奔率众萨玛与族众，开始了气势磅礴的东海谢祭古舞，玛克辛古舞繁复，传世者稀稀。歌中传记数类，概略也。
>
> 萨玛与众娱神缅神共舞，盛景壮观。牲血舞骨木凿器，两面似盆，中连长柄，柄内乘牲鱼鲜血，双手持舞。萨玛着神服血舞外，众女彩妆花饰，众男衣鱼兽裘血舞。柄头垂长穗，穗有数小铃。
>
> 舞式：蹲身，呐喊有节。跳跃，雄壮凌厉有拍。
>
> 姿分单跃式、单腿跳：环手式，聚散跳，两人或众人对舞圈跳。亦有跨越式，几组，穿梭作舞。
>
> 野猪神降舞——獠猪态、小猪态、拱食态、瞭哨态、怒恐态。
>
> 蟒神降舞——仿发吱吱声，仰栖舞、拧身舞、缠抱舞、卧地舞、仰神肩动移进舞。
>
> 牲血舞世求人鼓相配，声舞相配，节韵悠扬，融洽和谐。原舞更是头、背、颈、指、腕、胸、腰、乳、臀、腿、足、胯、胫、仰、蹲、卧、滚、跃诸姿相揉，活泼百态，除此之外，有妈妈乳神舞。
>
> 乌布西奔击鼓作舞吟歌，三百侍女萨玛击鼓伴唱。

乌布西奔妈妈以海水代酒谢海神，自己双臂提鼓旋舞，将神袅血饮进祭坛、浇灌神柱，篝火抛向大海。所有人都激情昂奋，“共诵神词，同唱海号子乌春，赴汤蹈火愿随女罕海征。跳起生机木陈玛克辛（东海女真人萨满血祭时舞蹈的一种，顶血盆祭舞）。生机比干玛克辛（东海女真人萨满血祭时舞蹈的一种，双手托举血盆祭舞）。生机噶思哈玛克辛（东海女真人萨满血祭时舞蹈的一种，血祭中百禽拟神舞）”。这激动人心的场面、令人震撼的声响、忘我的狂舞、如山的海牲，凸显着乌布西奔妈妈作为东海之主、德力给奥姆赫赫女儿的号召力和凝聚力。这是神的誓师大会，更是萨满神的乐舞盛会！

服饰、配饰是舞蹈艺术的重要组成部分。在《乌布西奔妈妈》里记述着各类大量的服饰、配饰的文字，尤其是乌布西奔妈妈所穿的萨满服饰和配饰，那深厚的文化内涵、高超精湛的工艺，更让人拍手叫绝。如：乌布西奔对女魔的以舞治舞中，“身穿东珠的披肩，银雕的斗篷，白色天鹅绒长裙，飞鼠皮的金黄彩袖，锦鸡绒编织的围腰，鲸、鲨、虎、熊、豹、獾、狼、狳、狐、蟒、狢脊梁皮绣制成拖地的神裙彩带，带梢镶嵌着骨哨，银光闪闪的鱼鳞皮制成的彩裤，镶嵌着六百新小螺铃，脚穿狢绒编织的彩靴，头戴九纹鸟羽绒编织的百条辫帽，中间三只木雕金鸟展翅昂首，鸟嘴珠粒伴随乌布西奔神鼓和舞步嘟嘟鸣响”。此外，在《乌布西奔妈妈》中对祭海神衣有如下记述：“这是用虎、豹、鹰、鲸、獐、狼、蟒皮缝制的九天神服，用百个银铃缝制的神服响器，用百根海鱼牙缝制的神服骨篮，用百条海熊皮缝制的神服魂石，用百颗鲸鱼睛镶嵌的神服穗式，用百支彩燕毛围屏的神服飘饰。”[①] 又记载了光彩夺目、价值连城的乌布西奔心爱征袍：“用了九百九十九块东海彩石磨成的珠穗帔罩，用了九百九十九颗九彩海贝镶嵌的八宝彩涤，用了九百九十九根海鲸髯须编成云水星光条，用海葵、海莲叶剪出千幅花卉粘成的巴图鲁绣带围腰，用万年海龟板皮缝出来的金鹰展翅太阳帽，

① 鲁连坤讲述；富育光译注整理：《乌布西奔妈妈》，长春：吉林人民出版社，2007 年，第 106 页。

用云杉的落叶青枝染制的滚龙高靴，用青云香的汁液泡蒸而成的香气四溢的浓云荷包。”① 还写道“妈妈遗体安卧在葬筏上，身披海象皮——在海中长眠不知寒冷，身披海蟒皮——在海中行走快捷如飞，身披鱼睛珠百颗——在海中暗海变为光明海，照穿万里远，身披鲸鱼皮——在海中有威武盖世的神鲸护卫，魔鬼不敢欺。鼓有渔鼓、虎皮鼓、豹皮鼓、岩羊皮鼓、鲸皮鼓、蛇皮鼓、海豹皮鼓、枯木鼓、石板大鼓。在大鼓、小鼓、颈鼓、手鼓、腕鼓、千面鼓声震响中，点燃松脂、鱼脂、兽脂、蟒脂的油盆。”②

其他人物的服饰也有描述：“十九位裸胸坦臂的女萨玛头上戴着香水花的花环，耳上缀着虎牙的牙缀，鼻上吊着鱼牙的鼻环，脖上围着野猪牙的项饰，两腕戴着骨胶粘成的木铃，前腋罩着兽面雪豹皮，脚腕套着海龟脖花骨的骨串。”乌布逊人征师身穿晶莹透明的油浸避水鱼鳞衣，乌布西奔派出的心腹萨玛分别披着它思哈裙（虎裙）、亚克哈裙（豹裙）、达敏裙（鹰裙）、尼玛哈裙（鱼裙），女魔献上岛上的传世之宝“翡翠珊瑚神裙”。

描写野人的服饰更凸显着原始人类的荒蛮。“寒季，身披茅蓑、羽服与皮裘，盛夏，枝叶围胯，赤身光足而行。众女俗习丝麻、小皮蔽阴，丰乳垂露，长发飘然。群男赤身裸腱，同女人们嬉舞从不遮掩。”

乌布西奔妈妈的服饰、配饰是其人物造型的重要组成部分，它早已超出遮盖保暖、装饰靓丽的基本功能。它是萨满神服、配饰符

① 鲁连坤讲述；富育光译注整理：《乌布西奔妈妈》，长春：吉林人民出版社，2007年，第139页。

② 鲁连坤讲述；富育光译注整理：《乌布西奔妈妈》，长春：吉林人民出版社，2007年，第200页。

号标志的母源，也是萨满舞蹈风格特点的延伸，传承着满族萨满文化图腾崇拜的精髓。服饰既是神服又是舞服，配饰既是美丽的饰品又是与神服配套的组成部分，所有这些是乌布西奔妈妈集双重身份为一体所决定的。而上述各类人物的服饰，与栩栩如生的形象和性格紧密相关，与不同场合和事件紧密相连，对塑造形象具有强烈的震撼力。无论从用料工艺等诸多方面都如《萨满艺术论》第五章中所论：萨满的每件装束，都是全体氏族特别是萨满们，多少代渗入深厚的情感和高超智慧的艺术结晶，完美地代表着特定神灵的一切声请特征，富有极高的想象力和震撼心脾的拟态效果。采世间百灵方物，尽显神祇的神威圣容，除高扬无敌英风外，尚加饰神祇的贯通神宇的诸种神饰、灵偶、神钟、神镜、神锁、神鞭、神兜、神绳等百件用物，以备神祇御敌驱魔而用。……绘有象征信息神蜴和蛇图案，显示其神威功能。萨满神服是令人无上敬畏的名字。它那特有庄严的衣式、帽式和靴、袜、拭巾等及其五彩斑斓的彩画、刺绣、贴花、披挂和琅缀的佩件，可以说是令人眼花缭乱的世间特殊文字。它本身就是神祇的象征，同时又是某些神祇的形体寓所。神服的精神内涵，被认为是神祇法力和被降服的魔鬼魂灵的凝聚体。

纵观《乌布西奔妈妈》中的35个舞蹈，自然会联想起满族先民女真时期就已经流传的舞蹈经典九折十八式。它是满洲诸舞的基础，基本动作的总歌诀是：东海蟒式最为先，九折十八记周全。起式穿针摆水步，身手步肩紧相连。吉祥步稳是关键，每折之间用此连。单双奔马是武步，弓马刀枪临阵前。怪蟒本为杂耍段，爬抖扭甩翻跳欢。盘龙戏水更出色，恰如丰收庆丰年。这些舞蹈内容和动作与《乌布西奔妈妈》中祭祀乐舞，模仿舞蹈对头、面、肩、足、腿、腰等肢体语言的运用十分相近，很可能就源于《乌布西奔妈妈》的舞蹈。

正如闻一多先生的精辟阐述："舞是生命情调最直接、最本质、最强烈、最尖锐、最单纯而又最充足的表现。"这也是《乌布西奔妈妈》的舞蹈本质内涵，其舞蹈性质是由它的萨满文化属性所决定的。萨满舞蹈的表演既是拜祭的形态，又是原始宗教乐舞。它不是为舞而蹈，而是在萨满感应的条件下，心理意识的外在行为表现，这是因为萨满把这种对神的心理行为看作是相互沟通的符号和语言。跳神行为是神灵附体后，萨满个人舞蹈天赋的下意识发挥和展露。《乌布西奔妈妈》中的舞蹈如此丰富细腻，表明当时的社会文化生活很发达、舞蹈表演艺术很成熟，它是社会的产物，又作用于社会，反映了女真时期的政治经济、伦理道德、宗教信仰、民风民俗，是满族文化之集大成，展现了一幅融歌、舞、乐为一体的萨满艺术的画卷。它既是中华传统歌舞的巨型史诗、歌舞的图腾、歌舞的瞒尼神，又是满族歌舞之源，并承载着东海窝集及满族先民的丰厚历史。

第三节　满族说部中的祭祀舞蹈

满族说部中的萨满乐舞除了《乌布西奔妈妈》中有代表性的论说以外，在其他段子中也大量存在，这是因为萨满文化是满族文化之集大成。它内含着满族文化方面的各个领域之精华，图腾崇拜、英雄崇拜、祖先崇拜是他的核心。如《木兰围场传奇》祭祖马就是祭动物图腾的过程：

……一男性察玛穿着彩色的神衣，身扎腰铃，手拿抓鼓，把"佛爷匣子"打开，摆好绫子架，将桌帷子罩在供桌上，屋内的北炕上已悬起一面狍皮大鼓。察玛扬起鼓鞭敲击手中的抓鼓，身体左右扭着，摆动着腰铃，走起了舞步，口唱神歌，旗人也随之拍手唱了起来：

祖先的功德，
孩儿们牢牢记着。
恳求列祖列宗啊，
降福于家族……

察玛不停地唱着、舞着，族人围着转圈儿，两个时辰后，屋里屋外的灯全熄了，“背灯祭”开始了。全族人站在院子里，仰望着天空，察玛嘴里念叨着，表示对传说中的那位女子——赛花云救罕的敬意。之后，便进入了祭祀的高潮——祭祖马，神秘而庄严。据传讲，‘祖马’就是曾经救过罕王努尔哈赤的大青马，察玛唱道：

扎昆背色，
京乌勒么金那么。
乌云背色，
也金勒么金那么。
伊能也伊车得也，
片儿耶我丝混得。

歌词的大意是佛爷呀，请你收下吧，收下这匹大青马。当歌声结束时，有人牵着一匹早已调教好的公马走进屋门，把笼头拿掉后，在击鼓声中，顺着东炕沿走到西炕沿，再从西炕沿转头向南，对着察玛乖乖地站住。察玛端起一海碗米酒，对着马连说带唱道：

马儿呀今年该你的班了，
要侍候好咱们的祖先，
人们不会忘记你的功劳啊，
请耙这碗米酒喝下去吧！

公马很听话，向察玛点点头，将米酒一饮而尽。察玛接着唱道：

有功的马儿哟，
请你回去吧。
养养精神，
尽职尽责，
再立新功劳！①

再如《东海窝集传》中关于祭植物图腾——神树的记述：

在神树祭祀正式开始之前，有二十七位女萨满戴着虎皮帽子，着鹿皮裙子，点燃八十一盆年祈香，香烟缭绕，显得神圣肃穆。神树周围升起篝火，接着东南西北四路大篝火也升起来了。他们击鼓跳神，高声颂唱着祭神歌。之后由关锅头开始宰杀，摆腱在木架上，共有八十一只鹿，鹿的四条腿吊在架子上。各部派出的八十一个锅头，拿着石刀单腿一跪，将鹿脑袋割下来，把鹿头挂在早已搭好的神架上。各部落带来的神器，木筒大鼓、小鼓敲打起来，然后将鹿头放在祭坛上，全场一片欢腾。所有带来的牲畜都一律剥皮，忙坏了各部刀斧手。待祭

① 孟阳讲述；于敏整理：《木兰围场传奇》，长春：吉林人民出版社，2009年，第469页。

品摆好后，全体人员跪下向神树祈祷，祈求全年幸福安康。

第二遍祭神树开始了，二十七位萨满又开始跳神颂唱神歌，接着是众人跳舞。当祭神树完毕，外边人群早已围成一圈，从各部落中出来八个男的八个女的，他们随着木鼓声四起，翩翩起舞，像蝴蝶飞舞似的，那么轻盈好看。这时候乌苏里部和萨哈连部跳的是寅舞，有的是跳皮子，就是把牛皮绷起来，在上面跳，跳九张皮子，即从这张皮子上，跳到另一张皮子上，连续跳九张，跳的花样那就更多了，跳到一定的时候，各部落的牛角号手，随着东海老女王的牛角号声，吹起来。这时人们就明白了，择婚选偶时辰开始了，这时男的找女的，女的找男的，找各自心目中情投意合的伴侣，双方一对对都到东海老女王面前去跳，意思是让女王认同。这样一来，有些男女平时相互看中，就自然而然地凑到一起；有的是临时看中的，也到东海老女王面前给她请安磕头、跳舞。老女王也都一一赏赐，给点钱或给点物品，如鹿角啦、小刀啦、乐石等，每人都能得到一份。①

这里的萨满乐舞不仅是祭祀图腾，其中还有利用祭祀的机会进行“跳皮子”的舞蹈竞技，最后又成为择婚选偶的场合。由此可见，萨满乐舞本体以外的子产品更是“人”的情感收获它针对人的作用还体现在萨满医疗医术方面。

如《东海窝集传》记述：

老女王与从前不一样了，不杀这个就杀那个，谁也不信

① 傅英仁讲述；宋和平、王松林记录整理：《东海窝集传》，长春：吉林人民出版社，2009 年，第 6—7 页。

任。尤其是对男人更不信任了，只是对老萨满还相信。入冬以来，老女王的女儿又病了，请萨满跳神，又是搬杆子，折腾了一冬。春天开始了，病也好了。尤其是大格格，身体恢复得很快，马上还愿，举行萨满跳神。大格格病轻，二格格病重，邀请各部落穆昆达来参加还愿祭祀。①

这种萨满医药的记述在《元妃佟春秀传奇》中还有，因为这是萨满作为智者的基本技能。

第二天，女酋长椒箕找人算了算，说从西北方向请大萨满来跳神好。努尔哈赤命马臣快去西尼雅满屯请来大萨满。大萨满叮叮咣咣、敲敲打打、又砍又刺、宫里宫外地又跳了三天大神。最后，又是给佟春秀用大火罐拔肚子，又是让佟春秀喝"干水"。什么是"干水"呢……其实，这"干水"并不神秘，就是煮人参的水。萨满一边给佟春秀拔着火罐，一边念念有词：

巍巍长白山，
茫茫花果山；
低头就是药，
弯腰把宝拣。
祖师帮你采，
山神保平安。
蒲公英解毒治乳痈，
车前子利尿把目明。

---

① 傅英仁讲述；宋和平、王松林记录整理：《东海窝集传》，长春：吉林人民出版社，2009年，第31页。

清热泻火有苦莱，
……
肠痈肿痛用地丁。
……

大萨满跳完了神，治完了病，告诉努尔哈赤，赶快上山采地丁。新采回的地丁要洗净，生吃，熬水喝，熬水擦，捣碎了烀，要一直用。……这么一直用了两个多月，还真见了效，那个硬包真的下去了。①

在《阿骨打传奇》中，还有萨满超度亡魂升天的记述；而在满族说部中的萨满乐舞还有比武的方式和手段，故事的情节性更强。如在《东海窝集传》：

东海老女王打了败仗，又向丹楚提出新的条件，说："咱们不打仗了，凭真本事决定胜负。我提出一个条件，就是以萨满跳神比武，决定胜负。"丹楚同意了这种办法。老女王说："咱们选个好日子，比四件事。"于是双方撤兵回到各自的营地。第二天，双方来到中间地带，老女王首先说："第一件是比赛跑火池，就是把火升得高高的，光着脚跑三圈就算赢了；第二件是上刀山，就是在八十一阶石刀搭成的梯子上，光着脚上下走一趟就算赢了，不能划破脚一点。"此时丹楚心想：我们没有把握，因为我们部落里没有大萨满，即使有也只是在后面打打鼓，给祈祷祈祷罢了，没有上阵的大萨满。紧接着老女王又说："第三件是走木桩，用削的溜尖溜尖的八十一个木桩

① 张立忠讲述；张德玉、张春光、赵岩记录整理：《元妃佟春秀传奇》，长春：吉林人民出版社，2009年，第302—303页。

摆成的方阵，在上面走来走去，这样就算赢了；第四件是手指穿石板，就是在一寸五厚的石板上连穿九个窟窿。这四件萨满的跳神比赛，你们如果赢了，我甘愿向你们投降，任凭你们处罚。”丹楚年轻气盛说：“甭说四件，就是四十件也敢应战，没问题！还规定这四项不准一人完成，一项换一个人。”……

比武开始了，第一项是跑火池。当丹楚这边的老萨满妈妈跳神时，老女王的萨满一看，吓出了一身汗，同他比武的正是他师父，赶忙跪倒在地，向师父请罪说：“我不知是您老人家来，也没有出迎，要知道你老人家来，我怎么也不敢比呀！”老萨满妈妈说：“你不知道老女王气数已尽吗？你还保她干什么？”这时，旁边四个姑娘说：“老萨满妈妈，这是我的叔叔，是东海部的萨满达，当年我们从老女王那边逃出来，多亏了我叔叔保护，才把我们送出来，若不是这样，我们四个是活不成的。”老萨满妈妈说：“这说明你还有点人味，做了点好事，救了四位格格。今天你还跟我比吗？”女王萨满达说：“哪敢，我宁可逃跑也不敢与师父比。”老萨满妈妈说：“为了成全你，我就陪你走三圈，多了我也不走。”萨满达高兴了，两边一擂鼓，牛角号一响，腰铃也都响起来了，丹楚那边也准备了鼓，敲打起来，旗帜一晃，两边的萨满就上阵了。先是女王那边的萨满达精神抖擞地在火池里走了三圈；紧接着是丹楚这边的老萨满妈妈，只见她，扎上腰铃，手拿抓鼓，就像年轻人一样，稳稳地在火池里走了三圈。在跳神当中，甩出的乌龙架，像是抛火球，像一碗水似的流动了三圈。大家一看，这老萨满妈妈的功夫真是到家了，真是高人呀！丹楚问：“老萨满妈妈，你怎么只走了三圈呢？”老萨满妈妈说：“你知道吗，他是我的徒弟，我不能当面把他给卷了，那样他有生命危险！等以后我会劝他到咱这边来。”丹楚一听非常高兴，萨满达如果过来，太好了。丹楚就更加尊敬这位老萨满妈妈的高尚品质。第一项比赛的结果是双方平局……”①

萨满作为神和人中间的使者，深知天意，因此祭天就成为萨满行为的重要表现内容之一。《阿骨打传奇》就有祭天的情形，《东海窝集传》还讲述了萨满在军事行动方面的作用和职能：

两千大军，与乌苏城女王共同作战。其中有奴隶兵、女兵各二百人，又带了十八位老太太和十八位萨满，军营中的一切调动和指挥都听从老太太、萨满和女王的。同时不管是行军和打仗，都有萨满祈祷天神保佑，而且每天还为各营寨里的安全祈祷祝福。②

萨满除了本身是神祇人员以外，还往往是医师、军事、音乐家、舞蹈家、美术家、曲艺家，受到人们的爱戴和尊敬。在《天宫大战　西林安班玛法》就有载歌载舞地迎萨满的记述：

西林色夫方命，
鼓声停止。
篝火烈燃，
八十一堆篝火，
照彻深夜如白昼。

---

①　傅英仁讲述；宋和平、王松林记录整理：《东海窝集传》，长春：吉林人民出版社，2009年，第117—119页。

②　傅英仁讲述；宋和平、王松林记录整理：《东海窝集传》，长春：吉林人民出版社，2009年，第82页。

西林色夫命族人，
将三十位预选萨玛，
一个个都从高树间的
树屋中接下来，
载歌载舞地迎进，
“莎吉巴那”噶珊，
香獐子皮帐之中，
由西林色夫一一验看。
西林色夫披挂上，
沉重而威武的鲸皮和
鲸骨连成的大神服，
头戴虎骨、豹骨，
镶嵌而成的大神帽，
彩色飘带两丈长。①

就满族传统民间舞蹈而言，对萨满乐舞的介绍无论如何都不为过，因为萨满的代表性强、范围广、关于萨满文化的论说即深又广。萨满的乐舞从形似提升为神似的高度，是整个萨满祭祀礼仪的最高表现和萨满特质——即萨满祭祀礼仪的主体要素。它具有典型的祝祭表演艺术特征，是写实与写意、比喻与象征的艺术创造。那种程式与即兴完美结合的表演，反映了整个满族萨满文化的历史传承。萨满乐舞是科学，是艺术，是民俗、是娱乐。“宗教需要媚神，媚神需要艺术”，“艺”“术”是知识和技术的最高境界，满族萨满

① 富育光讲述；荆文礼整理：《天宫大战 西林安班玛发》，长春：吉林人民出版社，2009 年，第 159 页。

乐舞具有表演艺术的全部特质。这些都是满族萨满祭祀文化成熟的标志，它既是原始宗教的产物，更是人类舞蹈艺术的宝贵财富。

第四节　满族说部活态传承展演形式

一　满族说部的静态传承保护

满族说部以书刊出版的方式进行静态保护固然十分必要，并且是最重要、最原始、最全面的文字记录传承保护方式。但无论是“说根子”“讲古”还是“满朱衣德布达林”（manju I tebtelinl，汉意即“满洲人较长的说唱文学”）、“乌勒本”、“说部”都体现着活的、动态的“说”“讲”表演。所以说，满族说部除了具有家族传承、民族传承的庄重性、严肃性、宗教性之外，还同时兼有文化的娱乐性，在“寓教于乐”时也呈现出多元化的表现形式。有些形式，尤其是给孙乌勒本可以说是集说、讲、唱、舞、乐为一体的综合体的表演艺术，也就是说满族说部已形成自己固有的传统展演模式。只是随着历史的前进、时代的进步和科技文化的迅猛发展，物质生活水平的不断提高，人们在精神文化生活方面的审美观、欣赏情趣都发生了巨大的变化，文化选择更加宽泛。因而，属于传统文化的满族说部艺术的文化空间也发生了很大的变化甚至改变，在当今信息时代多元文化面前呈现出活态传承濒危的现状也就不足为怪了。如何使满族说部从目前以史料、书刊为主的静态保护中，逐渐过渡体现到活态传承保护中，使其在获得新的生机和活力的前提下真正地“活”起来，是满族说部全面传承所面临的紧迫任务，也是我们不断思考和探索的课题。

满族说部一般都是鸿篇巨制，可以连续讲上一两个月甚至更长。在满族及其先民生活的女真、后金、清代直至民国初期，文化生活是农业文化范畴的，其选择性较小，听书、看戏是文化生活的高端选择，甚至是一种文化的时尚和追求。然而，在生活节奏如此之快的今天，这些传统文化无论是时空、色彩、信息量等诸多文化元素都是无法与现代工业文化、信息时代所具有的强烈的视觉冲击和听觉震撼，甚至包罗整个人类生产生活信息的极其丰富的影视、多媒体、现代高科技文化生活对现代人的欣赏情趣来讲更具吸引力。在这种巨大的时代文化差异中，让生活在现代工业文明下的人们，特别是年轻人抛弃现代高科技的时尚文化生活，去选择生活在“一板一眼”下的女真、清代、民国的文化空间里，其可能性实在太小了。

固然，“‘乌勒本’中体现最突出就是满族及其先民对于祖先及自然的崇拜，这种崇拜在今天的年轻人看来或许无法接受甚至有些愚昧，但就在他们追求所谓‘快乐’的时候，却也失去了一种对自然的敬畏之心和对祖先的崇敬之意。”但从某种角度上说，人们，特别是年轻人的接受和喜好，决定着大到一种文化，小到一种记忆、技艺的传承和发展。这是不以我们的意志为转移的，行政命令更无效。我们的历史责任就是要想尽一切办法、让他们接受和喜爱，使其萌发对自然的敬畏之心和对祖先的崇敬之意，进而达到传承、保护、发展的目的。从这点上看，“适者生存”是道理也是规律、法则，满族说部的传承保护也不能例外。满族说部必须在传承方式、传承场所、表现形式和表现手段方面在继承传统的基础上应该有所出新，以适应现代审美情趣和满族说部自身生存发展的需求。

二　满族说部的展演形式

满族说部的展演场所小到家庭炕头院落、各类大小剧场，大到广播电视媒体都可以进行。“讲古不单单是本氏族内部的事，各氏族互相比赛，场面十分热烈。据《瑷珲十里长江俗记》中记载：‘满洲众姓唱诵祖德至诚，有竞歌于野者，有设棚聚友者。此风据传康熙年间来自宁古塔，戍居瑷珲沿成一景焉。’由此可见，满族早年讲唱‘乌勒本’是相当活跃的，甚而搭棚竟歌，聚众观之。”它说明了满族说部的传播不仅停留在家族、民族内，还具有社会文化的功能，群众性、娱乐性、竞技性兼而有之。这种舞台竞技在后来的乾隆年间于承德多次举办的“五音花会”更有新的发展，与当今深受喜爱的文艺“汇演”“会演”“大赛”有异曲同宫之妙。因此，我们首先选择了多数人喜爱的舞台式表演作为活态传承展演的突破口。这是因为吉林市满族博物馆本身就是省级文物保护单位，它的院落构建是典型满汉融合的古建筑风格，先天就具有了传承满族说部十分理想的“古风”文化空间及其可持续发展的生存环境。观众那种身临其境的互动感觉是广播影视所不及的优势。但它又是一把双刃剑，如果展演效果不好、不吸引人，观众就会当场离去，出现“当面羞”的可怕局面，使展演处于十分尴尬的境地。这就要求所展演的节目必须让观众接受和喜爱。也就是说审美主体与客体之间必须达成共识、共鸣才行。历史上的满族说部观众，尤其是讲述窝车库乌勒本时，“听众”都是家人、族人。“说根”“讲古”歌颂祖先及对家族先世的崇敬之情是发自内心的，参与活动是对先祖的崇拜孝敬的体现，因此他们都愿意自觉参加。传承文化为主、娱乐为辅是其明显特征，也是家族、民族文化传承的重要载体和途径。而现代的剧场观众则不同，他们所听的说部段子，在家族血缘上少有联系，大多数是把说部作为文艺作品对待的，观众也是作为娱乐的审美主体身份出现的。台上的讲述人也不单是家族的萨满或传人，更多的是演员、传承人兼备的社会文化人。此时的传承方式已不是“口传心授、神仙托梦”，而是精选范本故事下的表演。也就是说，已经把本家族、本民族的传承变为社会化的传承；把本家族、本民族的文化提升为中华民族大文化的高度进行传承传播，使其传承传播的受众面更加广泛。这是传承方式的进步，是传承手段的发展，它将家族、民族文化资源升华为社会文化资财，是社会大文化发展的必然趋势。

三　满族说部的舞台化呈现

舞台化的表演艺术离不开一剧之本的剧本。满族说部多为长篇，作为舞台化的综合表演艺术由于受制于时间和整台节目的安排，必然要进行恰当的改编。通常会采取了不离母源、浓缩精华、突出个性、相对完整的改编思想，进行剧本的一度、二度、三度创作。这是因为编剧把每个满族说部段子都作为一个独立的节目看待的，不能像传统长篇那样留下悬念扣子，去“且听下回分解”，而是要给观众相对完整故事的心理满足（长篇连续的满族说部可作为另外一种传承展演方式，不在此列）。这里所谓的一度创作就是将原始的满族说部精选连接，大块剪裁式地拔丝抽翠，进行选题的总体把握，使其在长度上符合作为综合晚会中独立节目的时间要求。二度创作是由演员根据自身的表演技能、特长以及表演的手段，结合剧情的需要而进行的真正意义上的剧本改编。它强调在保持说部的严肃性、教化性的同时，强调演员个人展演技巧的引入和发挥、传统表演程式套路的运用，力争产生跌宕的情节，引人入胜。三度创作是指舞台上的演员表演再创造。导演在这方面更多地强调个人演绎风格的展示、情感的投入、跳进跳出的人物塑造，力争与观众产生互动的效果。这种多层次的集体创作的方式，发挥了各方的优势，取得了令人欣喜的效果。上述创作思想正体现了满族说部作为非物质文化遗产在所具有的综合性和集体性上，体现了民间口头文学在传播中不断被加工、修改的特征。“满族说部传承历史表达民族的信仰和情感，开始也靠传说和故事，并以本民族的神话为主，但在传承过程中他要不断地吸收外来文化和其他民族的文化类别，这是民族自身文化欣赏力的发展，也是说部本身的不断进化和完善。……传承人不断地将自身的经历、感悟、甚至自己的‘故事’也加进说部中去，说部更加生动和别具一格。……由于一代一代的传承者不断加工传承努力完成，使得说部的形成具备集体创作的因素，说明说部也需要多人创造集体完成，这也增加了说部的非物质文化价值，不断地变化和发展。”

满族说部的传统讲述方式、形式一直是丰富多彩，具有多样性特征。因此，在策划整台展演节目的时候尤其重视理论研究先行的工作。每个节目从内容选择、表演形式的确定、表现手段的使用都要做到有理论的支撑，不做盲目的乱造，其中不同表演形式的研究探索尤为重要。因此，我们进行了针对性强的“因人设戏”“因戏找人”，以及目的性较强的探索性剧目改编甚至原创。

毋庸置疑，用满语讲唱的说部是最具民族特色和生活感的。为此，我们请打牲乌拉满族锡克特里哈拉萨满传说吉林省代表性传承人石文尧根据《五辈太爷掌劈狐狸精》故事，编撰了窝车库给孙乌勒本《五辈太爷掌劈狐狸精》唱本。主唱由石氏第十二代萨满石光华亲自担任，族人石继顺是剧组的主要成员，全用满语进行演唱，解说员做现场翻译。该节目在内容上歌颂了该家族五辈太爷智斗狐狸精的故事，在石氏家族流传几百年，是典型的窝车库乌勒本；在表现形式上采用了给孙乌勒本集讲、唱、舞、乐相结合的手法，让大家亲身感受了以家族传承为版本的原汁原味的满语满族说部，体现了作品的纯真性。

纵观满族说部的用语变化，最早是纯满语的，以后出现了满汉合璧的，最后全是汉语的，体现了不同历史阶段满汉文化的融合。而不同的展演风格体现着说部的发展和进化。以最原始讲故事形式为主的《雪妃娘娘和包鲁嘎汗》，突出了说部以“讲”为主的特点；《皇权之争》《奉旨拓乌拉》由男演员展演，是借鉴评书表现手法的说部，把传统评书的程式化套路引入其中，突出了技巧性和观赏性。

满族说部还有一个重要的程式化内容就是定场诗、定场歌，它是满族说部礼仪的重要组成部分，具有传承的神圣性、严肃性。它集中表现在窝车库乌勒本的传承展演中。在讲述《萨大人传》前还特别恢复了富察氏古老的定场歌仪式《萨大人颂》，突出了族人对祖先的敬仰之情；依据定场歌的功能，为了增加观赏性，还在《雪妃娘娘和包鲁嘎汗》之前创作了歌舞定场歌。

值得一提的是关于满族说部舞台展演整体创意设计的问题。换言之，即舞台表演艺术视角下的满族说部传承展演。单一的艺术形式最容易产生视觉、听觉的疲劳，在以说部为主的前提下，适当加入其他表演艺术同台演出，不乏是增加信息量、娱乐性、色彩性的可行之举。这些节目的加入需遵循一个基本条件，那就是要与说部无论在内容上尤其是风格上必须有一个“契合点”，能使其互相融合为统一体的一个部分。由于历史上萨满其人多是说部的主讲人、传承的主体，萨满文化在满族说部中也占有相当的比重，所以我们同台吸纳的舞蹈节目也以满族萨满乐舞为主。这些节目的曲调和唱词全部来源于原始的满语萨满神歌，使用的道具、乐器都是萨满神器，因此使得整台晚会的风格十分协调，获得了良好的艺术效果。

如满族萨满乐舞《祈太平》全剧开幕前的“序曲”“引子”，用依穆钦排神的碎点逐渐深入，再进入神歌的旋律、神歌演唱，在宏大的神歌合苏高潮中结束，以示满族说部在萨满的祝愿中拉开帷幕，使观众在不知不觉中进入了状态。马克沁瞒尼是满族的舞蹈之神，也是满族萨满祭祀的重要之神。在演出的高潮插入了满族萨满乐舞《马克沁瞒尼》，并用解说词讲到：“在中国·文化发现·满族说部活态传承展演的喜庆日子里，满族的舞蹈之神马克沁瞒尼也来到展演的现场，共同庆祝满族说部展演圆满成功!”这样就使得马克沁瞒尼成了参与此次活动的“与会代表”，显得十分融洽，提升了演出气氛。全剧在满族八角鼓舞唱《满族说部传承万代》的祝福中结束。这种形式的出新也体现了“艺术生命全部来自形式，形式才是最高的内容”的精辟论断。

用“博大精深、海纳百川”比喻满族说部的文化内涵实不为过，洋洋千万字的说部史料是我们当今活态传承的坚实的基础。但满族说部毕竟是语言艺术，如果仅停留在文字资料上，从文化价值的角度来认识将是十分遗憾、十分可惜的。因此，抓紧活态传承就成为满族说部传承保护工作的当务之急。如今活态传承的实践和理论研究刚刚开始起步。无论是活态传承的方式还是手段，急需探讨、解决的课题很多。

后　记

满族说部历经千百年的传承和发展，现已列入国家级非物质文化遗产保护项目，被国家非遗专家委员会评为优秀保护项目、抢救成果突出的项目，引起了联合国教科文组织及国内外专家学者的高度重视。它既是中华民族民间文学的宝库，也是满族以及北方民族表演艺术的宝库，是文艺创作取之不尽的源泉。

传承保护满族说部是中华民族文化继承发展的需要，就满族说部文本及歌舞要素的研究、传承工作而言，是一个满族文化的系统工程，不但涉猎面广且十分复杂。由于我们的能力和水平的局限，书中对满族说部文本的系列研究，特别是音乐舞蹈的论述肯定有很多遗漏和不尽如人意之处，权当引玉之砖，欢迎大家批评指正！

全书由朱立春主持项目，设计写作提纲，组织撰写，并对各章节内容进行修改和统稿。承担各本书各章节任务的分别是：朱立春（承担第一章），杨春风研究员（承担第三章），邵丽坤副研究员（承担第二章），明阳助理研究员（承担第四章），何均宇（承担第五、六章）。

本书吸收借鉴了一些专家学者的研究成果和观点，鉴于体例所限，未能全部详细标明出处，在此表示诚挚谢意！

长春出版社的编辑胡新、李春龙和相关人员为本书编辑出版做了大量细致工作，对本书的修改校对提出了非常宝贵的意见和建议，在付梓之际，谨向长春出版社同人付出的辛勤劳动一并表示感谢！

朱立春

2016 年 5 月